FLIC À BANGKOK

Patrick Delachaux est formateur en éthique et droits de l'homme dans la police genevoise. *Flic à Bangkok* est son deuxième roman après *Flic de quartier* (2003), une autofiction remarquée pour l'originalité et la pertinence de son regard sur le travail quotidien d'un policier de quartier.

DU MÊME AUTEUR

Flic de quartier
Zoé, 2003, rééd. 2006

Patrick Delachaux

FLIC À BANGKOK

ROMAN

Éditions Zoé

TEXTE INTÉGRAL

ISBN 978-2-7578-0125-3
(ISBN 2-88182-547-8, 1re publication)

En mémoire du capitaine
Chanvit Kaselsiri, disparu en mission
à la frontière birmane en juillet 2001,
honoré « killed in action ».

Avant-propos

Le roi de l'opium

Sud-Est asiatique. Myanmar. Birmanie. État de Shan. Pas loin de 20 000 hommes, une armée, protègent le seigneur de l'opium : Chan Shee Fu, alias Khun Sa.

L'homme est né en Chine en 1934. Son père a été exécuté par des soldats de Rangoon. Il passe son enfance dans des champs de pavot. S'y amuse avec ses trois frères. Mais le jeune Chan Shee Fu rêve d'en découdre avec les armées japonaises qui se sont rendues maîtres du pays. De l'autre côté de la frontière, au terme de sa longue marche, Mao Tsé Toung s'apprête à conquérir Pékin. L'armée de Tchang Kaï Chek, en déroute, se replie vers la côte, d'où elle s'embarque pour Taiwan, anciennement Formose.

Chan Shee Fu commence sa carrière militaire en 1950 dans les rangs de la troisième armée du Kuo Min Tang (KMT – Armée nationaliste dissidente chinoise, réfugiée dans le Nord de la Birmanie). En 1965 il vole de ses propres ailes et constitue une Kha Kwe Yei (organisation mafieuse), et change son nom pour Khun Sa. Grand organisateur, fin stratège et sans scrupules, il émerge rapidement en tant que seigneur de la drogue. Par la suite, il s'oppose au KMT et s'allie avec le commandant en chef de l'armée laotienne, le général Ouan Rattikone, qui est déjà lié à l'extrême droite traditionaliste thaïlandaise. En 1969, devenu par trop gênant, Khun Sa est arrêté par l'armée birmane, et est libéré en 1973. Pendant sa détention, il sympathise avec un ancien colonel français, lui-même prisonnier. Ils deviendront amis, et s'associeront à leur libération.

En octobre 1973 une révolution étudiante met fin au régime militaire des maréchaux thaïlandais, conférant le pouvoir aux traditionalistes de toutes les tendances. Dès lors, ceux-ci se servent de Khun Sa dans leur lutte contre les militaires. Khun Sa établit deux bases à Mae Hong Son sous l'égide de son oncle Khun Seng, et une base dans la province de Chiang Maï. Il constitue l'Armée unifiée Shan (AUS), mouvement de guérilla impliqué dans le trafic de jades et de narcotiques. Durant la dictature de l'extrême droite traditionaliste, de nombreux trafiquants sont arrêtés et quelques-uns fusillés, mais ce sont toujours ceux qui fricotent avec le KMT. C'est alors que Khun Sa étale ses liens avec l'extrême droite. Sous prétexte d'aider à la construction de routes dans les zones infiltrées par les communistes thaïlandais, Khun Sa rétablit des bases pour l'AUS. Après le retour des militaires sur la scène politique en septembre 1978, le général Kriangsak tente encore d'aider le KMT. Toutefois, il est déjà trop tard, Khun Sa est trop puissant.

De plus, les dirigeants militaires birmans comprennent rapidement les bénéfices à tirer du lucratif commerce international de la drogue. La Birmanie est, en 2005, l'un des premiers pays producteurs d'opium et d'héroïne, et fournit la moitié de la production mondiale en héroïne. La plupart des régions de production du pavot sont situées dans des zones contrôlées par l'armée nationale ou par les milices qui ont signé des accords avec Rangoon.

SOURCES

Chasseur de dragons, voyage en opiomie, d'Olivier Weber (Arléa, France, 1996).
Les Réseaux de la drogue dans le triangle d'or, de Martial Dassé (Culture et Conflits, France, 1991).

Opération Cronos
Sud-Ouest européen
Dernier jour

« Saloperie ! pense-t-il, s'allongeant derrière le buisson. Toute cette caillasse, il fait si chaud… qu'est-ce que je fous dans ce merdier ? »

Dix-neuf heures 47 minutes. Sud-Ouest européen. Côtes méditerranéennes. Traque et grand banditisme : *Opération Cronos*.

Il s'est jeté à terre le plus souplement possible et sans bruit. Aucune excuse sur ce coup-ci. Échec ou succès, certes deux menteurs… pas de deuxième mise. Les genoux calés, les coudes plantés dans la terre sèche et la pierraille, il presse la crosse de son fusil d'assaut dans le creux de son épaule, ferme la paupière gauche, garde l'œil droit sur la cible : une porte entrouverte, en point de mire à 30 mètres.

Il se concentre. Rien ne bouge. Tourne légèrement la tête, à l'affût du moindre mouvement. Du coin de l'œil, il distingue à sa droite l'ombre furtive de son collègue.

Le rythme de sa respiration s'est accéléré dans la foulée, petit à petit il reprend son souffle, se concentre sur de courtes inspirations, de longues expirations. Il se détend. Les grillons grésillent à quelques mètres. Son corps tangue entre souplesse et tension, prémices d'une action entraînée et professionnelle. La différence entre le profane et l'initié réside dans ce détail-là : souplesse et dureté. Félinicité. En observant ce corps, un spectateur ne distinguerait qu'un léger mouvement du ventre… reptilien ; rien de plus, pas une oscillation superflue.

L'air pénètre lentement ses poumons. Ses yeux balayent la bicoque en pierre de taille et bois de mélèze. Le toit est d'ardoises et de tôles ondulées. Une cheminée. Deux fenêtres étroites. Rien d'autre. Ni banc, ni jardin. Terrain de pierraille, de ronces et de fleurs sauvages : rhododendrons, gentianes pourprées et dauphinelles violettes.

« Encore une trentaine de mètres », pense-t-il, fixant l'objectif, l'œil mobile pour ne pas laisser une tension hypnotique s'installer.

Il retient une envie d'éternuer. Collée à la peau, sa cagoule lui compresse le visage. Seules deux minuscules ouvertures lui permettent de souffler, deux autres d'observer. Il résiste à la tentation de relever le tissu et de respirer à pleins poumons. Il y a aussi le gilet pare-balles qui lui comprime la poitrine.

À travers les gants noirs, en cuir souple, il sent le métal lisse et glacé de son arme ; elle fait corps, seul l'index est légèrement appuyé sur la détente. Les gants ont été confectionnés sur mesure, comme le reste de la combinaison d'ailleurs. Lisse. Lustrée. Glacée. Rien n'est raccommodé, rien n'est rapiécé, pas d'accrocs. Première main. Noire comme du charbon, cette tenue d'assaut est équipée d'innombrables poches à fermeture velcro, remplies de grenades lacrymogènes, hurlantes, sifflantes, et de munitions de combat.

Il porte aussi un casque noir à la visière relevée et un viseur de nuit, des lunettes de combat, aux verres épais, qui protègent les yeux en cas d'éclats ou de fumée. Il est harnaché d'une ceinture de charge où sont pendus un masque à gaz, des menottes et un petit outillage d'urgence. Le holster, dans lequel est glissée son arme de service, est solidement fixé à sa cuisse droite, il lui est ainsi plus facile de dégainer en position couchée. Sur la cuisse gauche est fixé son poignard, poignée noire, lame d'acier. Dans le dos son matériel de transmission est accroché.

« Marre, j'en ai foutrement marre de cette mission Cronos… et de toute cette cambrousse ! » pense-t-il, les jambes et le haut du corps ankylosés. Jusqu'à présent, son travail l'a plutôt familiarisé avec les entrelacs labyrinthiques des villes bétonnées. Ici, il peste intérieurement contre la pierraille, les ronces et les coquilles dardées des fruits des châtaigniers, qui jonchent le sol, le piquent et lui blessent les coudes.

Il soupire profondément, lorgne une minuscule coccinelle qui grimpe sur son avant-bras. Points rouges. Points noirs. Petites antennes frétillantes. Les battements frénétiques de ses ailes annoncent son envol ; il suit sa trajectoire dans le ciel.

Début de soirée. La luminosité perd de son arrogance. L'air chaud qui, les journées les plus torrides, s'élève du sol et brouille la vue se dissipe et fait place à la délicatesse des soirées estivales. Les derniers rayons de soleil éclairent le pollen, les pistils secs et les minuscules insectes qui virevoltent. Tourbillons poussiéreux. Le soleil disparaît à l'horizon. La nuit approche en recouvrant le paysage. « Un orage ? » se demande-t-il, frissonnant, inspirant longuement les merveilleux parfums portés par une légère brise méditerranéenne.

Il résiste à l'envie de se redresser et de foutre le camp. Se retient. Il a déjà appris que l'initiative appartient à la cible traquée. « C'est toujours le gibier qui mène la danse ! a lâché un vétéran avec désinvolture. C'est une nécessité absolue pour nous d'entrer parfaitement dans le tempo, a-t-il ajouté. Bref un jeu de miroir, approcher plus près, encore plus près, fusionner de telle sorte que la proie ne se rende compte de rien. Et nous sommes là... Chabadabada, chabadabada, a fredonné l'ancien en esquissant deux pas de danse, avant de se figer en disant : un seul défaut de synchronisation et notre cible comprendrait aussitôt qu'elle est traquée... la chorégraphie s'enraye, p'tit, et l'opération échoue. »

Dix-neuf heures 49 minutes. Il attend l'assaut final. À présent il veut en finir. L'obscurité gagne du terrain. Il scrute la cabane, se disant qu'observer reste malgré tout le propre du travail d'un policier. Non pas regarder, mais observer, scruter, épier et interpréter.

Son regard revient se fixer sur la porte, il croit voir un mouvement. Rien. Jeu de lumière. La lumière des lampadaires alignés tous les 100 mètres sur la route en contrebas se réfléchit sur les brindilles sèches. L'ombre des arbres dessine des silhouettes menaçantes contre les murs de l'objectif. Au-dessus, floraison d'étoiles sur fond de ciel camaïeu... sombre. Naissance des ombres dans un clair-obscur. Les tons sont francs, purs, blafards ou bien estompés.

« T'inquiète ! se raisonne-t-il, qu'il bouge, le lascar... » Il imagine les tireurs d'élite qui couvrent l'intervention dans le viseur de leur fusil à lunette ; au centre de la visée, la cible est marquée par deux traits qui s'entrecroisent ; les armes sont stabilisées sur de solides trépieds plantés dans la caillasse.

Tireurs d'élite ! Il ne sait rien de ces hommes. Enterrés et recouverts d'une toile de tente et de branchages, habillés de noir et de treillis vert, le visage maquillé, les tireurs sont des ombres… Ne disent rien. Ne pensent rien. Frappent sur ordre. Adoptent les techniques de guerre que les soldats d'élite utilisent derrière les lignes ennemies. Leur identité est secrète. « On les appelle des snip'… pour sniper, lui a-t-on seulement enseigné. Ces types-là travaillent en équipe, souvent en tandem… et ça roule, celui qui planque est discrètement relevé par son coéquipier, et ainsi de suite, le manège peut durer plusieurs jours, plusieurs semaines… »

Jusqu'à présent il n'a reçu qu'un seul message radio de leur part : « Cible assoupie ».

Dix-neuf heures 51 minutes. Il tend l'oreille. La stridulation des insectes le tranquillise. Il jette un coup d'œil à sa droite. Son coéquipier, Fred, lève le pouce. Le geste est sûr. Il est rassuré de le savoir à ses côtés pour cette première mission d'envergure. Fred est agent de liaison aux services de renseignements européens, il a bientôt dix ans d'opérations spéciales dans les veines. Grand banditisme et terrorisme sont ses dossiers quotidiens.

Il observe son partenaire qui reprend calmement sa position, qui épaule son arme, paré à franchir l'espace dégagé entre les fourrés et la bicoque. Il distingue furtivement l'éclat de ses yeux humides à travers les verres de ses lunettes de combat. De l'annulaire il presse alors deux fois le bouton rouge fixé au creux de la paume de sa main droite. Transmission radio. Deux crépitements dans l'oreillette, qui titille et agace. Pas un mot n'est prononcé dans le minuscule micro dissimulé dans le col de sa combinaison. La cible peut être à l'écoute, aujourd'hui n'importe quel petit truand est muni d'un scanner et décrypte les fréquences de police.

Fred lève le pouce une seconde fois.

Il acquiesce en clignant des yeux. Se concentre. Les secondes s'écoulent. Lui reviennent en mémoire les propos tenus par un officier supérieur des services de renseignements d'Europol, à La Haye, en lien permanent avec les services d'Interpol. « Pas d'inquiétude, ses habitudes nous sont connues, ses réactions prévisibles… je le chasse depuis plusieurs années. Nous avons réussi à placer plusieurs caméras à l'intérieur de la planque. On attend qu'il s'assoupisse et vous interviendrez sur mes ordres… c'est pigé ? » L'homme a conclu en expliquant que l'arrestation serait effectuée par les hommes de son unité d'élite, des policiers espagnols, français, allemands et autrichiens, alors que les renforts assureraient la couverture.

Le fugitif, dont l'identité est tenue secrète, a été présenté comme une vermine qui, depuis deux ans, fait tourner en bourrique la cellule spéciale occupée nuit et jour à sa traque. Sa famille et ses proches ont été placés sur écoute permanente, ainsi que ses anciennes connaissances et maîtresses connues. Ses comptes bancaires ont été bloqués. Il a été aperçu dans plusieurs villes, plusieurs pays. Les cheveux longs ou les cheveux courts, noirs ou décolorés, une barbe de trois jours ou rasé de près, le corps épaissi ou amaigri. Tous ces renseignements se sont révélés foireux. Les différentes planques où il se serait réfugié ont toutes été investies… trop tard.

Finalement, ce sont des semaines d'investigations informatiques, regroupements possibles et impossibles de connexions Internet, qui ont mis les équipes de renseignements sur la bonne piste. Les bureaucrates se sont excités, les conseillers ont conseillé, les états-majors tracé des plans, les politiques transpiré… et sont inévitablement apparus les ordres et les contre-ordres hiérarchiques. S'en sont suivi des prises de vue par satellites américains à usage exclusivement militaire… mais pour cette fois policier. Et enfin, un cliché pris par l'un des hommes de l'unité spéciale a immortalisé le fuyard.

« Il est relax, le zigoteau ! » a commenté l'officier, à bout de nerfs, découvrant l'homme devant son repaire, le dos appuyé contre la porte, chaussé de sandales en cuir brun, d'un short clair et d'une casquette de base-ball. Les yeux mi-clos, l'homme savourait une Gitane.

Immédiatement les agents de liaison ont fait boucler le secteur dans un périmètre de plusieurs kilomètres.

Chaque jour, épié, l'homme s'éloignait de son abri durant des heures. Il occupait ses journées en randonnées, à la pêche à la mouche, aux lectures et aux appels internationaux. En fin d'après-midi, il se rendait au village le plus proche, s'installait au cybercafé de la place centrale, à l'ombre de pins centenaires. En repartant, il laissait un excellent pourboire et saluait la jeune fille, belle comme un ange, tombée sous son charme d'étranger.

C'est lors de ses absences que les services spéciaux ont visité son refuge. La fouille n'a rien donné. De minuscules caméras, pas plus grandes que des têtes d'épingle, ont été placées çà et là dans les pièces. Le lieutenant-colonel responsable de l'opération a pris sur lui l'ordre donné de rester à couvert, de desserrer le dispositif et de laisser la proie en liberté surveillée ; il suffisait alors d'attendre le moment opportun. Quitte ou double ! Raison pour laquelle on a demandé des renforts.

Ne reste alors que l'arrestation. Encore faut-il que le bonhomme soit le bon, car l'utilisation de sosies généreusement rétribués est un procédé ordinaire dans les affaires de truanderie transfrontalière. C'est pourquoi le lieutenant-colonel et ses supérieurs directs des différents ministères européens impliqués dans l'opération, dont l'identité, tout comme celle de l'homme pourchassé, est restée secrète, les protégeant ainsi en cas d'échec retentissant, se détendront quand le type sera formellement reconnu. Mais il faut tout d'abord l'alpaguer.

Dix-neuf heures 52 minutes. Il tourne légèrement la tête. Fred fait signe qu'il va glisser sur quelques mètres à gauche, près d'un abreuvoir à bétail : une baignoire posée sur un socle en béton autour duquel vaches, chèvres et cochons ont laissé des empreintes profondes dans la terre boueuse. Il devine une eau fraîche qui s'écoule doucement d'un tuyau d'arrosage en guise de robinetterie, une eau qui surgit des entrailles de la terre.

Fred se glisse sans aucun bruit. Délicatement prend appui, s'agenouille et épaule son arme. Silence. Atmosphère pesante. C'est l'inactivité totale dans la maison. Deux crépitements dans l'oreillette, Fred est prêt, couvre son partenaire.

Il se redresse souplement, reste accroupi. Se lève. Fait un pas. Un deuxième. Respiration courte. Il s'approche. Vingt mètres. Tient son arme levée à hauteur des yeux. Respire lentement. Quinze mètres. S'accroupit. Sait les tireurs d'élite au paroxysme de leur tension.

Se redresse. Douze mètres. Dix mètres. L'arme pointée. Deux mètres. Un mètre. Enfin, il se plaque à la droite de l'encadrement de la porte entrebâillée. Tend l'oreille. Silence. Appuie comme convenu à deux reprises sur le bouton au creux de sa main. Une, deux, trois… six secondes. Fred le rejoint, s'appuie à son tour contre le mur. Ses genoux et la pointe de ses rangers sont boueux. Il lui fait un clin d'œil : l'assaut sera ordonné dans un instant… une éternité.

Il fait chaud. Il inspire profondément. Fred a obstinément gardé les yeux sur l'entrebâillement de la porte.

Il se concentre sur sa respiration. Tend l'oreille à l'écoute du moindre bruit. Un léger souffle vient de la forêt. Les feuilles s'agitent. Les poussières tourbillonnent.

Il observe Fred qui bouge légèrement, se repositionne. Son rythme cardiaque s'accélère. Il lui traverse l'esprit que le type s'est certainement douté de quelque chose, qu'il a bien évidemment déjoué leurs plans, qu'il va leur plomber le ventre dès la porte franchie.

Il chasse toutes pensées parasites. Il attend l'ordre de l'assaut. Croise une nouvelle fois les yeux de son camarade. Il transpire. Lorgne un minuscule mille-pattes accroché à la poignée en fer forgé de la porte d'entrée. Le voit glisser, glisser, glisser, désespérément onduler pour ne pas tomber dans le vide.

Et son oreillette grésille.

– À tout le dispositif, on l'saute ! go !

Moment tant redouté. Il contracte ses abdominaux, les oreilles bourdonnantes. Il flotte, se sent léger. Son pied heurte la porte entrouverte. Pénombre. Poutres en chêne. Plafond bas. Plancher de sapin. Ses yeux balayent la pièce, se posent un instant sur une canne à pêche et un fusil à pompe appuyé contre la minuscule fenêtre à carreaux, aux rideaux clairs ; de nombreuses cartouches sont dispersées sur le rebord en bois. Il tourne la tête. L'homme est affaissé dans un large fauteuil sur sa gauche, recouvert d'une couverture de laine en crin beige. Un livre posé sur les genoux.

Il n'a pu faire que deux pas que déjà Fred est sur le fugitif, accompagné de trois collègues apparus de nulle part. L'homme est maîtrisé, menotté, la tête recouverte d'une cagoule noire. Saisi sous les bras, il est aussitôt relevé et traîné énergiquement à l'extérieur.

De toute part. des collègues investissent le lieu.

Il est bousculé.

« Nom de dieu où est Fredo ? » se demande-t-il. Un coup d'œil, il aperçoit le livre tombé à terre, le ramasse, le glisse dans la poche arrière de sa combinaison d'assaut, sort à son tour. Il aperçoit Fred et les trois agents de la brigade d'intervention, l'arme d'assaut en bandoulière, qui traînent l'homme capturé à travers les broussailles. Ils empruntent un sentier de terre, de pierres et de racines qui mène à la route éclairée en contrebas. Le prisonnier, cagoulé et les mains menottées dans le dos, maintenu fermement par les coudes, marche tant bien que mal. Fred le tire vigoureusement par le col de sa chemise canadienne, carrelée rouge, bleu et blanc. L'homme trébuche à plusieurs reprises, maintenu fortement ; ses jambes patinent dans le vide.

Il s'élance pour les rattraper. Déboule sur le sentier broussailleux. S'essouffle. Se fait distancer. Accélère et se tient à deux mètres de l'équipée sauvage. Sans ralentir il jette un coup d'œil par-dessus son épaule, aperçoit une vingtaine de flics autour du refuge… ombres mouvantes. Le site est à présent éclairé par des projecteurs branchés sur une Jeep équipée d'une génératrice.

Il perd haleine. Distingue de côté la lune ronde et majestueuse, qui s'amuse à cache-cache avec les branches souples des sapins et des mélèzes.

Il enjambe un ruisseau. « Enfin la route », se dit-il une fois sur la chaussée goudronnée, découvrant avec surprise cinq limousines noires, aux vitres teintées. Une dizaine d'hommes cagoulés montent la garde, mitraillettes à la main. « Je peux parier qu'elles n'étaient pas là tout à l'heure… » Il comprend alors qu'il n'était que partiellement tenu au courant de l'opération. Imagine les heures d'entraînement de ces hommes d'élite pour arriver à tant de professionnalisme. Les gestes sont sûrs et réglés comme sur du papier à musique. Exact tempo.

Il se précipite. S'approche du premier véhicule. Deux hommes se jettent à l'intérieur. Deux montent à bord de la deuxième voiture ; deux autres dans la troisième. Les moteurs vrombissent.

Il rejoint Fred qui ralentit à la hauteur de la quatrième. Relâchant le col du prisonnier, son collègue retire casque et lunettes de combat, mais garde sa cagoule.

– T'es chauffeur, Patrick, les clefs sont sur le contact, allez monte ! ordonne Fred en ouvrant la portière, lui faisant signe de grimper à bord.

– Pardon ?

Les hommes retirent à leur tour casque et lunettes. Bousculent le prisonnier, l'allongent sur le sol de la limousine. Ils posent leurs pieds sur son dos, l'empêchant ainsi de se redresser. Deux hommes s'installent aux extrémités de la banquette en cuir noir, font descendre les vitres, pointent leurs armes, chacun responsable d'une zone d'observation. Fred s'assied à l'avant du véhicule.

– Pardon ? répète-t-il en retirant son casque, faisant glisser ses lunettes sur son cou, les laissant pendouiller.

Il monte à bord… place conducteur.

– Reste calme, Patrick, tu vas t'en tirer. Il te suffit de suivre la voiture de tête, le rassure Fred, ouvrant la fenêtre et positionnant son arme sur la portière, le canon dans les étoiles. Nous, on s'occupe de la sécurité du VIP !

Il note que pour la première fois il n'est plus question de cible, de gibier ou de fugitif, mais de VIP. Interpellé, le fuyard prend ainsi du grade, passant de truand en cavale au statut d'importante personnalité qu'il faut protéger à tout prix.

Dix-neuf heures 59 minutes. Les moteurs vrombissent dans la nuit. Dans le rétroviseur, il aperçoit des hommes qui montent à bord du cinquième et dernier véhicule. Il reconnaît entre autres personnes le lieutenant-colonel, accompagné de son ordonnance.

Il allume le moteur. Point mort. Coup d'accélérateur. Rugissements. Haute cylindrée. Se dit que ces véhicules n'ont rien à voir avec les caissons qui servent de voitures de patrouille aux flics dans les quartiers ; véhicules utilitaires aux odeurs de vinasse imprégnées sur les sièges en tissus ; relents d'alcool et souvenirs des trognes empaquetées pour la soirée… Fred toussote.

Il se cale dans le siège. Étudie le tableau de bord, ses boutons lumineux et ses couleurs multiples. Le pictogramme des ceintures de sécurité, pas encore bouclées, clignote en émettant un léger signal sonore. Une voix électronique annonce la bienvenue à bord. « Connerie », pense-t-il en réglant le dossier du siège ergonomique en cuir ferme. Il vérifie la position des rétroviseurs électriques et chauffants, allume les feux de croisement et saisit le volant. Il est prêt au départ, mais reste anxieux. Les rares fois où il a participé à la conduite d'escorte VIP, durant des rencontres internationales ou des sommets européens, il a appris à faire preuve d'un calme absolu tout en roulant à grande vitesse. Dès lors, les gymkhanas effectués en ville à la poursuite de casseurs lui sont apparus comme un jeu d'enfant ; suffit d'appuyer sur le champignon, de tamponner les fuyards et de se dégager de l'airbag qui, un jour, lui a sauvé la vie. A contrario, la conduite en escorte est effectuée entre 100 et 150 kilomètres heure, une distance de 10 mètres, ni plus ni moins, devant être respectée entre les véhicules pour contrecarrer toute tentative qu'une voiture importune se glisse entre la voiture de tête et celle de queue… et fasse feu. À cette vitesse, ce n'est pas une sinécure de garder la distance. Sans oublier les épaisses semelles des chaussures militaires qui empêchent de sentir la pression sur les pédales. Manœuvre prescrite : le conducteur de la première voiture décale légèrement son véhicule, suivi par la dernière voiture qui se calque parfaitement sur elle. Les autres chauffeurs restent en colonne l'un derrière l'autre en prenant soin de ne jamais se laisser déporter d'un seul mètre ; le conducteur qui ferme la marche doit en tout temps garder un œil sur la voiture de tête, anticiper les événements, se déporter soit à droite, soit à gauche selon les circonstances, déjouer toute intention de remonter le cortège ;

coûte que coûte une bulle de sécurité doit être maintenue autour de la berline de Monsieur VIP. Ces manœuvres sont effectuées à de telles vitesses qu'à tout instant un carambolage est possible. Le calme et une maîtrise de soi sont indispensables sur 50 kilomètres comme sur 300.

Les chauffeurs font rugir les moteurs, chacun leur tour. Jolie cacophonie nocturne ! Il entend dans son oreillette les ordres communiqués à la voiture de tête ; mais rien de précis sur l'itinéraire. Éclairés par les phares, des hommes s'agitent autour des véhicules. Ombres furtives. « Qui sont ces gars ? » se demande-t-il en jetant un coup d'œil à Fred, devinant que sous sa cagoule, son collègue fronce ses sourcils. Il comprend, le voyant agiter nerveusement sa main gantée, que ce remue-ménage ne le regarde pas. D'ailleurs Fred se penche et ouvre le vide-poches, en sort un gyrophare qu'il place sur le tableau de bord ; après quoi il scrute consciencieusement les alentours.

Vrombissements. Deux motards remontent à toute allure la colonne, viennent se positionner à l'avant du convoi. Ils ouvriront la route en bloquant les intersections, évitant ainsi le ralentissement inopportun du cortège. « Dans quel merdier je me suis mis ? » se dit-il en inspirant profondément, calmant les battements de son cœur, observant à travers le pare-brise la voûte étoilée… astres flamboyants. Cassiopée chatouille la Voie Lactée, Mars la rouge défie Pégase.

Un mot d'ordre, Go ! résonne dans les oreillettes.

Les motards démarrent sur les chapeaux de roue. Le premier véhicule bondit, suivi aussitôt par le deuxième et le troisième. Il réagit illico, donne un puissant coup d'accélérateur. Fred saisit le gyrophare et l'actionne. Aussitôt la lumière bleue illumine l'intérieur du véhicule. Fred fait passer l'appareil par la portière, le pose sur le toit. Clac ! L'aimant s'est stabilisé.

– La sirène sera inutile, fait Fred calmement, les motards s'en chargeront si nécessaire.

Huit cents mètres sont parcourus. Premiers virages en épingle. Pas de freinage. Le convoi garde sa formation. Ligne droite. Accélération. Décélération.

Il maintient la distance prescrite. Ses doigts se crispent sur le volant. Au plus petit écart de conduite, Fred le rappelle à l'ordre par un léger sifflement. Il est à cran, craint à tout instant d'emboutir l'arrière de la voiture qui le précède.

Accélération. Les motards prennent de la vitesse dans les virages, devancent le convoi sur plusieurs centaines de mètres, ralentissent aux premières intersections et bloquent le trafic routier ; après quoi ils gazent au maximum, remontent la file pour venir rejoindre la voiture de tête.

Le convoi débouche sans ralentir sur une route nationale. Nouvelle accélération. Fred siffle sèchement. Il corrige sa trajectoire.

Il conduit à ce rythme depuis 15 bonnes minutes. Ressent une grande fatigue. Ses yeux le picotent. Il profite d'un léger ralentissement pour se dégourdir les bras et corriger son assise ; mais déjà le convoi accélère.

Le pied au plancher, il voit les chiffres de son compteur grimper : 90, 110, 120. Le véhicule qui précède plante sèchement. Il enfonce la pédale de frein.

Voit les feux arrière de la voiture s'approcher à vive allure. Il se crispe. Elle accélère. Reprend la distance. Dix mètres. Il perd du terrain. Sifflement de Fred. Il remonte… 110, 120, 130. Freinage. Accélération. Le convoi s'engage sur une bretelle d'autoroute, 130, 140, 150… alors la vitesse reste constante sur près de 40 kilomètres. Il zigzague quelquefois, eh bingo ! Fred siffle. Il garde la distance. Dix mètres. Cent cinquante kilomètres heure. Il se fatigue, se crispe. « Combien de temps va durer cette épreuve ? »

Trois quarts d'heure de course effrénée, le convoi ralentit sérieusement. Plusieurs voitures de police, feux bleus actionnés, bloquent l'accès à une aire de repos. Deux chars de grenadiers veillent sur les côtés. La voiture de tête s'engage. Il suit. Au passage, il aperçoit trois limousines noires stationnées, les feux éteints.

– T'occupe… et avance au pas, marmonne Fred en éteignant le gyrophare.

Il découvre un hélicoptère militaire de transport de troupes. Les moteurs fonctionnent, les pales tournent à petite vitesse. L'appareil, carrossé vert foncé, brun et noir, se fond dans la nuit. La porte coulissante est ouverte.

Le convoi approche. Passe près de policiers revêtus de gilets pare-balles et armés de mitraillettes. Ils tournent le dos à l'appareil, cherchent à repérer tout mouvement suspect… ils n'hésiteront pas à faire feu. La voiture de tête s'immobilise. Il freine. Les portières s'ouvrent.

– Reste prêt au départ, dit Fred en sortant. Et à tout à l'heure à la caserne ! ajoute-t-il.

Le VIP, demeuré allongé sans émettre aucun bruit, est extrait énergiquement du véhicule. Plié en deux, il est précipité vers l'échelle appuyée contre le fuselage de l'hélicoptère. La porte coulissante se referme dans un claquement. Le bruit des moteurs s'intensifie et les hélices s'emballent dans un bourdonnement assourdissant. L'appareil vibre, prend de la hauteur.

Penché sur le volant, il retire enfin sa cagoule, s'essuie le front en soufflant, ne quitte pas des yeux la trajectoire de l'oiseau noir qui s'éloigne parmi les étoiles.

Deux heures se sont écoulées depuis l'envol du VIP. Il a rejoint la troupe à la caserne militaire mise à disposition de la police. Curiosité ! Aucune carte civile ne mentionne ce lieu… secret défense. Les enjeux ? Sécurité intérieure, renseignements et maintien de l'ordre.

Il comprend, devant le refus des vétérans de s'exprimer, qu'il est inutile d'insister pour connaître l'endroit où l'homme a été emmené. Fred, de retour, reste aussi évasif que les autres, marmonnant quelques beaux mensonges.

Alors, en attendant les dépêches officielles des états-majors, il rejoint les hommes avachis aux tables de la salle de repos. Il y a ceux qui tuent le temps en plongeant le nez dans les revues à potins, ceux qui commentent les formes généreuses des filles nues des magazines de charme et ceux qui restent bouche bée devant les acrobaties illustrées des revues pornographiques ; il y a ceux qui jouent aux cartes et ceux qui relisent les meilleurs passages du dernier San Antonio ; il y a ceux qui discutent des techniques et des tactiques d'intervention ; il y a ceux qui posent leur tête contre le mur et s'assoupissent ; il y a ceux qui mastiquent des sandwichs, jambon fromage, préparés par le personnel de soutien. Tous ont les yeux brillants et vaseux, le visage crispé.

Enfin le débriefing de l'opération est annoncé dans une salle contiguë. Béton brut, murs couverts de cartes géographiques de la région et de prises de vues satellite ; sur les tables de campagne amovibles sont posés les écrans, les claviers et les standards téléphoniques. Des filets de fumée s'échappent des cendriers qui débordent de mégots. Les couvertures et les sacs de couchage sont froissés sur les lits de camp alignés au cordeau, au fond de la pièce. Les sacs à dos militaires sont posés sur les armoires métalliques groupées selon les grades.

Le lieutenant-colonel entre dans la pièce, rejoint une estrade. L'homme est pète-sec, galonné du torse au cou, la cinquantaine, le corps athlétique, le visage taillé au couteau, les cheveux gris et coupés ras. Il est suivi de scribouillards d'ordonnance et d'officiers de police provenant des quatre coins de l'Union européenne. En effet, il n'est plus question pour les ministères de faire cavalier seul. Grâce aux expériences acquises par les Anglais contre l'IRA, par les Espagnols contre l'ETA, par les Français contre les nationalistes corses, les informations circulent et les polices partagent leurs connaissances. Il y a aussi les coopérations indispensables pour combattre la cybercriminalité, le terrorisme, le blanchiment et la pédophilie. Les brigades des pays européens peaufinent leurs méthodes d'intervention. Interpol centralise les données, redistribue l'information à Europol, qui fait suivre…

Le lieutenant-colonel fait tinter une cuillère contre le pied d'un verre d'eau posé à sa droite. Les murmures s'estompent. Silence total.

– Merci à tous pour votre engagement et votre disponibilité, commence-t-il sèchement. Nous avons identifié notre homme, c'est le bon, l'original en quelque sorte. La phase pratique de l'opération Cronos est terminée…

Acclamation générale.

– Merci bien, j'admets qu'il n'en a pas toujours été ainsi, poursuit-il, se raclant la gorge. Ma carrière n'a pas toujours été couronnée de succès. Bref, passons, la fouille du refuge nous a permis de mettre la main sur plusieurs dizaines de milliers d'euros, sur des armes et des passeports falsifiés. Nous avons aussi saisi des carnets d'adresses et des numéros de comptes.

Le lieutenant-colonel retrace alors les deux années de traque, et plus personne n'écoute véritablement. Petit à petit règne dans le local une euphorie, que même la fatigue n'arrive plus à étouffer. Les casquettes de service, les gants et les lunettes de combat s'envolent vers le plafond, et les dernières paroles de l'officier sont étouffées par les cris. L'homme se tait. Il se tient droit, figé, sourit à la troupe. Un sergent s'approche alors, lui tend une bouteille de champagne, ainsi qu'un sabre court. Les cris s'amplifient. Les visages s'illuminent de larges sourires. Les yeux sont humides et les poings serrés.

Coup de sabre. Le bouchon saute. Dans la salle, les hommes s'enlacent et se félicitent. Les cœurs d'acier s'adoucissent. D'un même essor la troupe entame quelques refrains égrillards et populaires.

– Allez, rejoins-nous ! lui jette au passage un chef de groupe, exalté. Tu t'es bien défendu pour une première. Attends-toi à être contacté dans les deux prochaines semaines.

Il est dubitatif, ne sachant pas encore si ce sont ces aventures-là qu'il recherche. Certes, il a quitté son travail de patrouilleur pour se frotter à un milieu plus pointu, a postulé pour faire partie d'une brigade d'intervention, mais s'interroge sur ce qui l'a véritablement motivé. « Je verrai bien. Je fais peut-être une grosse connerie ! » Il saisit le verre de plastique qu'on lui tend, avale d'un trait le champagne, pétillant et de mauvaise qualité acheté quelques heures auparavant dans un supermarché de la région.

Des groupes se forment. Chacun trouve un endroit pour s'asseoir, s'appuyer ou s'allonger. Les paquets de cigarettes, de contrebande, saisis dans les opérations précédentes, passent de main en main. Les verres ne cessent de se remplir. Il refuse le cigarillo offert. S'approche de Dany, sous-brigadier de gendarmerie, qui pratique le métier depuis vingt-deux ans. Un verre à la main, l'homme livre, à qui veut l'entendre, les affaires rocambolesques de truanderie auxquelles il a participé.

– Suspendu au troisième étage, je me balançais dans le vide au bout de ma corde… ce con m'avait refermé la fenêtre sur la gueule. Véridique, les gars ! Je descends du toit, l'assaut est donné, je prends mon élan, m'élance les pieds en avant pour briser la fenêtre… et ce bâtard, un costaud en plus, devait m'attendre. Voilà qu'il me repousse, je me retrouve la tête en bas, suspendu dans le vide. Et le meilleur, j'ai le pied traversé par un morceau de verre, vous voyez le tableau, mézig blessé, suspendu dans le vide. J'ai dû attendre la fin de l'assaut que mon équipe vienne me décrocher.

Les hommes boivent et rient à l'évocation des souvenirs du vieux renard. Dany enchaîne.

– En 85 ou en 86, je ne sais plus tout à fait, j'ai fait une démonstration d'autodéfense devant un public venu voir les nouvelles méthodes d'intervention. Ma femme et mes gosses sont là aussi. Le petit Marcel est face à moi, une hache entre les mains, vous vous souvenez du p'tit Marcel ?... sacré mec. Eh bien, il devait s'élancer, frapper droit. Blocages, coups de pied et je l'étendais, le retournais et lui passais les menottes... enfin vous voyez, la routine ! Ben v'là que mon beau cogne comme un sourd, le manche se brise et la hache m'arrive droit sur le haut du crâne... je me suis réveillé plus tard... dans le cirage et gueulant pour savoir qui avait éteint la lumière, le noir complet, nom de dieu. Heureusement qu'il avait frappé avec le dos de la hache. Bref, ma femme a eu la trouille de sa vie, mes gosses m'ont traité de bon à rien et ont refusé de venir me voir à l'hosto.

– Raconte-nous quand tu t'es fait planter, demande Pierre en toussotant et en se resservant de champagne. Sa main tremble et le goulot heurte le verre. Il titube. Sourit niaisement. Les jeunes ne l'ont pas encore entendu, poursuit-il en se marrant.

– Mouais ! fait Dany en filant cul sec son champagne. Huit coups dans le bide, fait-il en relevant sa chemise, dévoilant ses cicatrises. Chacun pénètre la chair, mais la lame se plante à chaque fois dans une côte, une chance incroyable...

Le temps passe, il est las. « Mouais, une fois encore, flic, une tentation de l'ombre », se dit-il, sentant ses muscles s'ankyloser, abandonnant Dany et ses histoires pour rejoindre d'autres groupes et d'autres souvenirs de voyoucratie.

Il surprend les propos que tient Michel, un inspecteur. Il y a un certain temps une déferlante de cocaïne, en provenance du Surinam, s'écoulait de la gare ferroviaire à l'hôtel de ville.

– Le Surinam ?... Ben c'est un petit pays d'Amérique latine, à l'extrémité orientale du plateau des Guyanes. On y parle néerlandais. Eh ! héritage colonial. Je suis né près d'Amsterdam, suis bilingue, c'est pourquoi on m'a envoyé là-bas. Michel s'interrompt, vide un verre, cul sec. La police locale, reprend-il, corrompue à 100 pour 100 ! Mais j'ai réussi à me faire accepter, à nouer des liens auprès de deux bourrins pas trop ripoux. Ils m'ont mis sur la bonne piste, contre paiement.

Michel dépeint le tableau. Rien de bien nouveau : les miséreux triment dans les champs de coca, les négociants négocient, les banquiers s'enrichissent et les mules se remplissent l'estomac de préservatifs bourrés de poudre.

– Voyez les gars, poursuit l'inspecteur, d'ordinaire les quantités qu'ils ingèrent avoisinent les 600 grammes pour les bonnes femmes, 800 pour les mecs, ils ont un plus long intestin, j'y peux rien ! On est tombé sur quatre Surinamiens qui débarquaient pépères à l'aéroport. Je vous mets dans le mille, l'un d'eux a expulsé plus d'un kilo de cocaïne, un record digne du *Guinness book*, plus de 150 boulettes, vous vous rendez compte, les gars, le bide rempli... un éternuement et il nous aurait fait une overdose, le con !

Il bâille, a fréquemment entendu ce genre d'histoires, elles ne l'amusent plus trop. Il fait quelques pas les mains dans les poches, glane encore, par-ci par-là, des chroniques d'interventions plus ou moins réussies, des histoires de fesses, des amours clandestines.

Véronique, une collègue française, passe près de lui. Fragrance d'un parfum piquant. Il se retourne, pose les yeux sur son corps élancé, ses jambes interminables, ses hanches arrondies. Il remonte le creux du dos jusqu'à la nuque, fine.

Véronique penche légèrement la tête et lui sourit. Il détourne les yeux… mal à l'aise. « Ces derniers temps je n'ai pas tellement pensé à la gaudriole, se dit-il. Ça prend la tête, ces opérations, pas trop d'appétit pour une gymnastique sexuelle. »

L'esprit passablement grisé par l'alcool, il se faufile parmi ses camarades d'aventures. Tout est dit et tout est raconté. Certains s'emportent pour des divergences d'opinions, excités par les liqueurs de framboise, de prune ou de gentiane, achetés chez les agriculteurs de la région ; d'autres échangent des commentaires obscènes en se tapant dans le dos… hilarité gaillarde.

Il s'écarte. Ainsi s'éloignent les ballades coquines, menées à la baguette par des adjudants rondouillards, chantées à gorges déployées par les anciens des brigades qui connaissent le répertoire sur le bout des ongles. Il pose sa main sur la poignée d'une lourde porte blindée, et quitte ces hommes au coude à coude, qui parlent à voix forte d'histoires vécues ou fantasmées. Il se dit que tout est pardonné dans ces rencontres fraternelles, les plus grandes exagérations comme les plus petites mesquineries ; que l'homme se découvre dans l'adversité, quand les difficultés de la vie forgent les amitiés, celles qui valent plus que n'importe quelles médailles gagnées au champ… d'horreur.

Le brouhaha s'estompe. Il traverse un couloir gris. Tous les trois mètres sont fixés au mur des extincteurs rouges, au plafond une série de néons blancs. Il pousse la porte des douches et toilettes. Une collègue se retourne précipitamment et fait volte-face en dissimulant son visage.

– Excuse-moi, Pascale, tu veux rester seule ?

– Non, fais seulement ! dit-elle en se penchant au-dessus du lavabo.

Il s'approche. Elle s'essuie les yeux. Du mascara coule sur sa joue. Son visage est crispé, le regard noyé.

– Excuse-moi. J'peux pas rester comme ça sans rien faire, t'as besoin d'un coup de pouce ? demande-t-il, en lui touchant l'épaule.

– Rien, laisse tomber, répond-elle. C'est seulement… c'est que… oh ! des histoires de gonzesses. Laisse tomber, j'te dis.

– Essaye pour voir ce que ça donne.

Elle s'essuie le nez.

– … pas seulement de gonzesses, j'ai eu des mots avec un collègue. Y en a marre de se faire continuellement traiter de morue.

Il n'est pas surpris, sait trop bien que quelques-uns de ses collègues se comportent comme des clébards. Et les femmes flics les subissent. Histoires de service étouffées sous prétexte d'une culture policière, virile et séculaire.

– Tu n'en parles à personne, c'est juré, Patrick ? demande-t-elle en essuyant ses larmes.

– Juré. Mais c'est bête, tu devrais le dénoncer.

– Pas pour l'instant, tu sais comment on règle les choses chez nous. Ce serait à moi de quitter la brigade et… d'aller trier les pommes et de jouer la connasse au secrétariat.

– Pourtant il faudra bien qu'un jour ou l'autre une nana ose…

Elle n'en dira pas plus, se dirige vers la sortie.

Il ouvre le robinet d'eau froide. S'asperge le visage. Il accompagne le reflet dans le miroir de sa collègue. Elle s'arrête un instant sur le pas de la porte.

– Tu sais, dit-elle, il faut avoir des couilles dans ce métier… et pas seulement dans les interventions.

La porte claque.

« … et c'est dans une indifférence générale qu'une flic subit insultes et propos sexistes », remarque-t-il.

Il a vu plus d'une collègue quitter la table, se réfugier dans les vestiaires. Les attaques sont rarement frontales. Aucune collègue n'en parlera, pas même à ses proches. Minorité silencieuse. Ambivalence, puisque si elles dénoncent l'ignominie, les femmes reconnaissent ne pas être assez fortes pour la profession ; alors elles se taisent. Silence. Il s'étonne de leur résistance pour mener leur vie de femme et une carrière, parfois dans l'humiliation quotidienne. Il se souvient, tout dernièrement on a glissé un passereau mort et ensanglanté, qui avait heurté le pare-brise de la patrouille, dans l'armoire d'une agente de son commissariat. « Regarde, a-t-elle dit en montrant le petit cadavre. Ils sont vraiment odieux. »

Il observe ses cheveux grisonnants dans le miroir, les quelques rides aux coins de ses yeux. Comprend mieux les raisons pour lesquelles il a souhaité quitter les trottoirs, tourner le dos aux commissariats, cabarets, bordels, dancings, cafés et salons de massages… quitter la misère des femmes. « Nom de dieu, où sont les hommes ! » Embrumé par trop d'alcool, il cogite grave. S'agite. Et souvenirs. Et opération Cronos. Et chasse à l'homme. Et conduite VIP. Convoqué il y a dix jours dans le bureau de l'un des officiers des brigades urbaines et suburbaines, il a grimpé les marches qui mènent à l'état-major, pas véritablement rassuré ; il ne l'est jamais dans ces lieux. Un des rares endroits dans lequel il traîne de bureau en bureau les mains hors des poches, sur le qui-vive. Eh ! il maîtrise davantage les ambiances critiques des troquets malfamés du quartier…

Il a rendez-vous. L'homme est bourru, arrogant et misogyne… il l'a vu à l'action. Affublé d'un léger tic aux commissures des lèvres, en partie cachées par une épaisse moustache grisonnante, l'homme a la lèvre supérieure qui se retrousse nerveusement, découvrant une dentition jaunie, et simultanément son œil droit, bovin, a tendance à se refermer ; sa face violacée est affublée d'un nez camard, les narines sont profondes ; par-dessus son ceinturon pendouille un ventre lourd de graisse, qui gargouille constamment.

Méfiance, c'est la première fois que l'officier le reçoit aimablement. Il l'autorise à s'asseoir, parle d'une voix de rogomme du temps où il était lui-même patrouilleur. « Il n'est pas impossible, Patrick, qu'un jour vous soyez nommé adjudant, lieutenant ou capitaine, comme je l'ai été », fait-il, plein de componction.

Il écoute cet homme et flaire le piège. Chasseur. Chassé. Se recule dans son siège. « Reste vigilant, tézig, se dit-il en le voyant qui retrousse sa lèvre, cligne nerveusement de l'œil. Chez lui l'imbécillité, c'est quelque chose, cet enviandé peut être dangereux… un vieux briscard. »

L'officier reprend, parle de sa carrière en roulant un crayon sur le sous-main en cuir posé devant lui.

Selon les grades, les officiers ont droit à un bureau métallique, sous-main plastique sur le plateau en formica, corbeilles à courrier et lampe de bureau grises, ou alors un mobilier en bois verni, sous-main de cuir incorporé au plateau du bureau, corbeilles à courrier en cuir et lampe montée sur pied laqué noir, abat-jour assorti à la couleur du sous-main.

« Combien de temps ce con va-t-il tourner autour du pot ? » se demande-t-il, balayant la pièce du regard. Trônent les trophées gagnés aux concours de tir interpolice et ceux gagnés, par équipe, aux journées de pétanque organisées par les amicales. « Je suis tombé dans un traquenard », ne cesse-t-il de penser en regardant le crayon rouler sous la main de l'homme, sa lèvre se retrousser et son œil se fermer.

« Viens-en à la raison de cet entretien, Gérard ! fait-il finalement. Si tu as une mauvaise nouvelle à m'annoncer… vas-y ! »

La réaction de l'officier l'a surpris. Il s'attendait à ce qu'il braille à tue-tête ou qu'il brise sec son crayon. Mais au contraire l'homme tapote de ses doigts une enveloppe jaune canari posée sur le bureau et sur laquelle est inscrite – *Opération Cronos.*

« Patrick, tu me gonfles depuis l'école de police, lâche-t-il de but en blanc. Je ne t'ai jamais trop apprécié… t'es un merdeux. Mais aujourd'hui je veux bien tirer un trait sur le passé… t'es affecté à la brigade d'intervention, seulement pour une première mission. Alors tiens-toi à carreau, car tu risques bien de revenir sous ma direction la queue entre les jambes, petit connard ! »

Silence. Il soutient son regard, qui n'exprime aucune émotion. Il se remémore ces énormes bestioles rencontrées en Afrique, des herbivores aquatiques de près de

500 kilos, au corps massif et bleuâtre, à la tête de veau et à l'œil vide. « Ce mec est un lamantin, se dit-il, content d'avoir percé le mystère. Ce mec est un lamantin », se répète-t-il en souriant discrètement.

L'officier regarde l'enveloppe posée devant lui, saisit le document, le lui tend.

« Serait capable de mordre, l'animal », se dit-il en déchirant le cachet de cire estampillé Europol. Il en sort un document de plusieurs pages, parcourt les premières lignes.

« Je l'ai reçu ce matin avec l'ordre de te le transmettre au plus tôt… Qu'est-ce que c'est, Cronos ? » demande l'officier en s'avançant par-dessus le sous-main.

Il relève légèrement les pages du document devant son visage.

« Cronos ? fait-il ironique, se redressant et tournant le dos. Ben, c'est le patron d'Olympe. Pourquoi ? »

« T'es un connard, Patrick ! Tire-toi et ferme la lourde ! »

Quatre heures plus tard il achetait un billet d'avion, classe économique, pour se rendre à un point de rencontre dont seules quelques personnes avaient connaissance. On n'avait en aucun cas prévu de transport officiel. Trop d'employés aéroportuaires, indélicats, renseignent les journalistes, et parfois les truands, sur les mouvements des policiers.

– Et voilà comment je me suis trouvé embarqué dans cette équipée sauvage, soupire-t-il en toisant son reflet dans le miroir de ces toilettes militaires.

La fête est finie. Il gagne les dortoirs.

– Il faudra que tu te mettes à table, mon pote, que tu m'expliques quelques petits trucs, je gamberge pas mal, quémande-t-il auprès de Fred qui s'est glissé sous la douche.

Couché sur son lit au sommier métallique, écusson de la compagnie des grenadiers imprimé sur les couvertures, une serviette de bain nouée autour de la taille, le corps encore quelque peu humide, il tient devant ses yeux le livre qu'il a ramassé au cours de l'intervention. *Voyage au bout de la nuit* est gravé en lettres dorées sur la couverture cartonnée vert olive.

– Céline, murmure-t-il en entrouvrant l'ouvrage.

– Pardon ? réplique Fred depuis la salle de bains.

– Oh, rien…

Une photo d'un jeune garçon glisse d'entre les pages. Guère plus de six ans, les cheveux frisés blonds, de grands yeux clairs. Il est déguisé en cow-boy, tient deux pistolets dans ses mains et mime un tir en direction de l'objectif.

Il feuillette quelques pages et s'arrête sur une phrase surlignée au marqueur jaune fluorescent : *Voyager, c'est bien utile, ça fait travailler l'imagination. Tout le reste n'est que déceptions et fatigues. Notre voyage à nous est essentiellement imaginaire. Voilà sa force. Il va de la vie à la mort.*

Il déglutit. « Le môme doit imaginer que son père est un aventurier… un Robin des Bois en quelque sorte. Qu'en sera-t-il plus tard ? » Il détaille le visage insouciant et rondelet du jeune garçon figé par l'image, se dit qu'il est le fils de l'homme traqué par la police, le fils de la douleur, fils d'un truand… aujourd'hui mis au secret.

– Eh bien vas-y, pose tes questions, bafouille Fred.

– C'est quoi cette histoire, ces limousines aux vitres teintées, ces hommes qui accompagnaient le colonel ?

– Ben des flics, comme toi et moi.

– Arrête, Fredo, on se connaît depuis trop longtemps, alors Français, Allemands… Anglais ? fait-il en tournant la tête alors que son ami passe devant lui, une serviette de bain sur la tête.

Fred évite son regard.

– Quelque chose me dit que tu me racontes n'importe quoi. Allez balance, quels services… quand même pas la CIA ?

– T'es bête, tézig, rien de tout ça, tu connais mon boulot, discret. Je ne suis plus flic de quartier depuis longtemps, je suis dans l'intervention, agent de liaison et d'autres petits trucs… comme tu t'en doutes.

– Agent de liaison, petits trucs… arrête ton char.

– Il est inutile que je te balance tout, c'est sans intérêt.

– Vas-y ! les limousines… qui ?

– Des grosses nuques, des ronds de cuir de Strasbourg, Dublin et La Haye. L'histoire dépasse largement les problèmes de quartier, crois-moi. Tu comprendras quand tu auras intégré définitivement la brigade, et que tu auras un peu de bouteille.

– Ça dépasse mes compétences ? En bref, vous répétez les mêmes erreurs que dans l'affaire…

– Non, c'est du sérieux sur ce coup-ci.

– Du sérieux, je vais te dire…

– Eh ! on ne va pas refaire le monde, tu te prends trop la tête, Patrick.

– Je me prends trop la tête ! Alors zieute-moi cette photo, et dis-moi si le gosse ne préférerait pas voir son père à la maison plutôt que de le savoir en cavale ou au mitard.

– Le truand, c'est lui, pas nous.

– Si t'es certain que c'est un truand, vous avez souvent foiré…

– Mal informés, nuance.

– Tu devrais dire désinformés, ce serait plus juste. Tu sais comme moi qu'ils vous balancent ce qu'ils veulent, que dans la plupart des cas ce sont leurs intérêts personnels qui comptent, ils se foutent bien de la justice.

– C'est c'que je dis, tu te prends trop la tête, allez, pense à autre chose. Laisse-nous bosser ! dit Fred en s'asseyant sur son lit qui grince. Fais seulement ce que l'on te demande de faire. On se pieute, ça nous fera le plus grand bien, ajoute-t-il une fois allongé.

Il n'en veut pas à son ami de rester dans le vague.

– Bonne nuit, dit Fred en détachant sa montre et en l'accrochant au montant métallique de son lit.

– 'nuit…

Il se retourne, voit son flingue posé sur la table. Entend les ronflements de plusieurs collègues déjà endormis. D'autres bouquinent. Il ferme les yeux. Oublie la photo et les services secrets. Brouillard. Se demande si ses petites affaires de la vie quotidienne ne sont pas finalement plus nobles. Le flic de quartier veille à la paix dans les immeubles, les écoles et les commerces… en tous genres. Rien de plus. Et pourtant cela permet d'établir des liens sociaux.

Les dernières lampes s'éteignent dans le dortoir. Les lits grincent. Il s'assoupit. Compte les respirations profondes de ses camarades. Il sent le sommeil qui gagne la partie. « Mais aujourd'hui j'ai tourné la page. J'ai vraiment envie de passer à autre chose, même s'il est difficile de lâcher les vieilles amitiés de quartier. »

Vingt-trois heures 45 minutes. Maintenant l'opération Cronos est terminée. Dortoirs militaires. Le sommeil a vaincu les dernières résistances. Les respirations se sont tues. Les hommes des troupes spéciales se sont endormis.

Son corps s'allège. Il prend de la hauteur. Sent des odeurs de sapin et distingue la lune entre les arbres. Brouillard. Il se trouve sur une piste forestière. Quelques pas. Des éclairages artificiels illuminent une maison de bois et de pierre, toit en ardoise. La porte est entrouverte et il a peur. Peur de pénétrer dans ce néant. Quelques pas. La mort rôde. Il la sent… toute prête. Inexorablement il est porté vers l'avant. Il doit entrer. Il n'a pas d'autres choix. Il pousse la porte. Un mille-pattes tombe sur le sol. Il voit sa chute au ralenti. Un pas. Le sol grince. Il pose ses yeux sur un fauteuil. Un homme y est affaissé. Il s'approche. Touche son épaule. L'homme remue et relève son visage.

Horrifié, il recule, reconnaît son propre visage. Il est hors de tout. Il hallucine. Néant. Il tend désespérément les bras. Dernier espoir d'approcher, de toucher, de sentir… de vivre.

Sommeil profond.

Bangkok
Opération Suzette
Premier jour

Quarante-cinq mètres carrés. La cellule est plongée dans le noir. Les murs suintent une eau sale. Sous le béton qui s'effrite, la mousse recouvre la pierre. Sol brut. Nattes de bambou. Une faible lueur de clair de lune pénètre par la seule ouverture, interstice grillagé. Plaintes des détenus.

L'homme tend l'oreille. Bruits de pas. Jette un coup d'œil par la minuscule anfractuosité dans le mur de pierre et de béton. Il fait froid. Pluies ininterrompues des moussons. Il attend, les jambes ramenées contre lui. Observe l'obscurité… Il est à peine troublé par les odeurs fétides, par les soufflements des malades et les râlements de ceux dont l'héroïne perd en force. Il est assis à même le sol, avec une trentaine de détenus thaïlandais, laotiens et birmans. Il est le seul Européen. Il va s'évader. Il a été discrètement averti par le gardien de se tenir prêt pour ce soir.

Il respire doucement tout en comptant les minutes qui s'écoulent. Il referme le dernier bouton de sa veste en coton bleu foncé, qu'il a dû acheter 1 000 bahts au magasin particulier du directeur de la prison. D'un pied il chasse un cancrelat qui approchait de sa jambe. Il est chaussé de sandalettes de plastique. Ses pieds blancs et ses ongles bien taillés détonnent à côté des pieds larges et tannés, aux ongles rognés, des prisonniers asiatiques. Il y a moins de 20 minutes qu'un groupe s'est allongé pour dormir quelques heures. Les autres se tiennent les genoux sous le menton, en attendant la rotation pour s'allonger à leur tour.

« Je ne peux qu'avoir été dénoncé, rumine-t-il en crispant les mâchoires. Vais leur mettre du plomb dans la tronche. Khun Sa ne laissera pas faire, ne se laissera pas humilié de la sorte ! »

L'homme a de la chance, d'ordinaire les nouveaux venus prennent place auprès de la bassine d'aisances ; large récipient, confectionné de lames de bois, cerclés d'anneaux métalliques. Ici, on mesure l'ancienneté à la distance qui sépare un détenu de cette infection, vidée une fois dans la semaine par le plus jeune... C'est son bizutage, en quelque sorte.

« Tu es un homme de main de Khun Sa, n'est-ce pas ? lui avait-on soupiré à l'oreille. Alors installe-toi ici... sur la natte. »

Il a exceptionnellement reçu la permission de prendre la place d'un ancien, mis à mort le jour précédant son arrivée. Ici, la peine capitale se pratique par une rafale de mitrailleuse. Le condamné est ligoté à un poteau, un paravent de tissu blanc le sépare de deux armes lourdes fixées sur trépieds. Le magistrat ne cligne qu'une seule fois des yeux. Et le bourreau actionne le mécanisme. L'homme avait trafiqué ou avait tué ; avait séquestré ou avait violé ; peut-être avait-il insulté le roi Bhumibol de Thaïlande... crime de lèse-majesté. Il n'avait en tous les cas pas eu les moyens de verser de l'argent pour être gracié.

Le garde-chiourme scrute la cellule. Choisi par le caïd du pénitencier, il rapporte les causeries, sanctionne les fortes têtes et contrôle les va-et-vient des produits stupéfiants. Il sait qu'il est condamné… en sursis quelque temps si le travail est satisfaisant. Arrangement tacite entre la direction de la prison et les caïds à perpétuité. Il a reçu l'ordre de ménager le Français, de le protéger s'il le faut. Il lui a réservé une place auprès de lui. A veillé à ce qu'il échappe aux assauts des détenus, pour qui les nouveaux ne sont qu'une tentation sexuelle.

Plaisir et souffrance… bienvenue à la prison centrale de Bangkok, Klongprem !

Il s'impatiente. Des pas. Une clef tourne dans la serrure. La porte s'entrouvre. Quelques têtes se redressent. Les crânes sont rasés, les yeux tirés et les bouches édentées. Ne savent pas encore que c'est prendre un risque énorme que de se faire remarquer de la sorte, qu'il vaut mieux ne rien avoir vu.

D'un bond il se lève. Enjambe les corps. Le garde-chiourme l'observe filer à l'anglaise, avant de poser son regard sur ceux qui ont bravé l'interdit.

– Salut, bande de cons ! fait le Français en crachant par terre, avant que la lourde porte métallique ne se referme sur son ombre.

Départ. Aéroport international. Le taxi s'immobilise. Il tend la main et empoche la monnaie en retour, actionne la poignée.

– Attends, Patrick ! dit Rachid, se retournant. Laisse-moi t'ouvrir la portière. Si tu rayes une bagnole… nom de dieu tu devrais connaître le règlement.

– Excuse, Rachid, j'prends rarement le taxi…

– Mouais, pourtant t'es flic, tu d'vrais savoir. Allez, c'est pas grave, reviens-nous vite. Fatima fait la gueule depuis que tu ne passes plus la voir… et elle pochetronne pas mal.

– Bof, nous sommes assez vite remplacés, je ne m'inquiète pas trop pour elle.

Fatima danse depuis plus de 30 ans sur la scène de chez Aba-el-Lissan, dit Laurence d'Arabie. Le patron tient son boui-boui, un repaire, depuis les années 50. La musique orientale et la décoration n'ont pas varié, à l'instar des danseuses, de fausses pierres étincelantes dans leur nombril graisseux, qui ondulent de leurs 80 kilos à la barbe des clients éméchés, qui cherchent sous les tissus voilés et colorés les beautés qu'elles n'ont jamais été. Bref, chez Laurence, la clientèle se perd en salamalecs entre les Marocaines, les Algériennes, les Libyennes ou les Tunisiennes.

– Allez, Rachid, à très bientôt, fais-moi l'honneur d'ouvrir la portière de ton carrosse.

Rachid sort prudemment du taxi, effectue un tour rapide du véhicule.

Il se rappelle que cet homme en a vu des vertes et des pas mûres, d'un point à l'autre de la ville. A passé sa vie sur le siège de ses taxis. A vécu les situations les plus folles, est aujourd'hui une figure de ce quartier. À l'instar de Nicolas le postier, Mustafa le cordonnier, Tony le truand ou Ginette la putain. Ces lascars sont les héros des histoires inlassablement racontées au coin du comptoir d'un estaminet de quartier. Dans le fond d'une salle d'un café ou d'une épicerie, il est toujours possible de dénicher une photographie d'une de ces gueules-là. Photos sans âge, puisque pas grand monde ne se rappelle avec exactitude qui est le bonhomme ou la bonne femme immortalisé au bar… un verre à la main. Mais l'essentiel demeure, la réminiscence des années passées et des guinches entre amis.

Dix-sept heures. Cases – TAXI – de l'aéroport. Il quitte Rachid qui lui fait signe, les yeux mouillés.

Il fait chaud. Il s'approche de la guérite, son sac de voyage en cuir à l'épaule. Un jeune garde de la sécurité internationale contrôle les laissez-passer dans le secteur transit. Trois hommes le devancent. Coup d'œil. « Des diplomates », constate-t-il. Costumes sombres, chemises blanches, cravates bleu foncé, souliers noirs, vernis ; il parie pour des chaussettes en soie noire.

Le garde vérifie scrupuleusement les documents présentés. Peu sûr, l'homme force une mimique autoritaire. Il porte une chemise verte, une cravate verte et un pantalon gris vert ; pistolet automatique et talkie-walkie accrochés au ceinturon de cuir. Sa casquette est baissée sur ses yeux. Il scrute page après page, vérifie chaque tampon. De temps à autre relève les yeux pour les planter dans ceux de son interlocuteur.

Il observe son vis-à-vis, se dit que le contrôle est une affaire de routine et de subjectivité. Les réflexes se développent petit à petit. Un passeport neuf ou anormalement vieilli, un passeport contenant trop de tampons, ou au contraire trop peu – ça dépend de la provenance – éveillent les soupçons ; mais encore l'arrivée d'un touriste colombien, chilien ou équatorien, des types qui débarquent, une valise pleine de tenues estivales… alors que c'est l'hiver, les entretiennent.

Bien entendu, cette façon d'apprécier, de jauger, de juger n'est pas prescrite, ce sont exclusivement des combines acquises par l'expérience. C'est pour un détail qu'on pointe un type dans la file des voyageurs. « Pourquoi moi ? demande-il. À cause de ma gueule ? » Il a presque deviné… Le flic expliquera qu'il a des soupçons pour tel ou tel motif, parfois bidon, mais jamais il ne révélera que ce sont de tels détails qui ont motivé son contrôle ; ses camarades comprennent bien, mais le règlement condamne le délit de faciès… officiellement.

Un reflet. Il observe sa silhouette dans la vitre. Chemise kaki à manches courtes sous laquelle il a passé un t-shirt blanc. Pantalons de toile beige, deux poches sur les cuisses, chaussures de marche montantes, cuir brun foncé. Son visage : barbe de trois jours, les cheveux mi-longs. « Ben j'ai sacrément changé », se dit-il. Il a porté les cheveux rasés et l'uniforme de gendarmerie plus d'une dizaine d'années. Petit à petit il s'est lassé d'être la cible quotidienne des regards, des plaintes, des dénonciations, des insolences, des provocations et des insultes. Beaucoup ne voient dans le flic qu'un exutoire à leurs frustrations sociales, politiques, économiques ou philosophiques. En travaillant habillé en civil, il a imaginé qu'il gagnerait en liberté, mais s'est finalement retrouvé enfermé dans un rôle d'agent de liaison. D'ailleurs à l'annonce de cette mission… tropicale, il s'est rappelé l'accoutrement des aventuriers de ses lectures, de Jack London à Joseph Kessel, et il n'a pas résisté à l'envie de leur ressembler. « Tu vas chasser le tigre ? » se sont exclamés ses collègues, retenant un éclat de rire.

– Passez, messieurs… et bon voyage, lâche le garde sur un ton autoritaire.

Il regarde s'éloigner les trois bonshommes. Tiennent à la main leur mallette en cuir de vachette et leurs documents de voyage. « À coup sûr que le premier est pakistanais, l'autre, c'est un Brésilien et le dernier un Jap », pense-t-il en tendant l'oreille. Il distingue un accent british impeccable. « Études à Cambridge », hasarde-t-il. Un dernier coup d'œil. Ils portent à la boutonnière un insigne des Nations Unies. « Foutu métier, je ne peux pas m'empêcher de parier sur leurs origines. » Alors le soupçon… le propre du flic ?

– Salut, collègue, fait-il, présentant son ordre de marche timbré d'une série de sceaux officiels, ainsi que sa carte de police.

Le garde remonte sa casquette sur le crâne. Paraît tout à coup plus sympathique.

– Range ta Brême… tu pars où ? Tu dois être sur un sacré coup, à voir tous les sceaux qui estampillent ton papelard. Europol ne plaisante pas ces temps-ci, j'en vois des gus de ton espèce… vous tramez quoi ?

– Bangkok, je vole sur Bangkok.

– Veinard, fait le garde, clignant de l'œil.

– Bof, c'est pour le boulot…

– C'est ça… les petites Thaïs sont à notre taille. Allez, bon vol !

– Encore une chose, le bureau 206, j'ai rendez vous avec le lieutenant.

– Parle-lui de mon congé… non j'plaisante, fait le garde hilare, désignant la ligne tracée sur le sol. Tu la suis jusqu'au bâtiment 3A, les numéros sont sur les portes… facile.

– J'te remercie.

– Bonne bourre, camarade, embrasse pour moi les filles de Patpong…

Il plie le document, le glisse dans la poche de sa chemise. Un avion décolle. Il renverse la tête, se protège les yeux la main en visière, suit la traînée blanche laissée par le passage d'un gros porteur dans le ciel bleu. Son regard glisse vers l'ouest, le soleil se fait pâle. Chaleur. Il transpire. « Et ça ne va pas s'améliorer », pense-t-il. Bangkok se trouve sur le quatorzième parallèle Nord, à cette saison les températures ne descendent pas sous 30 degrés.

Il passe la barrière de sécurité, traverse le parking en direction du bâtiment de l'administration aéroportuaire. Il suit scrupuleusement la ligne rouge, repensant à ce qu'avait ordonné le juge d'instruction : « Un aller-retour à Bangkok en commission rogatoire. Vous m'entendez cette canaille et vous collaborez avec les autorités thaïlandaises. »

« Enquête pour… ? »

« Important trafic d'enfants entre l'Asie et l'Europe… voici tous les détails, a ajouté le juge en remettant un dossier confidentiel estampillé – *OPÉRATION SUZETTE*. Et faites gaffe, les ordres proviennent directement de La Haye… faudrait pas débloquer. »

« Opération Suzette, s'est-il dit en glissant le dossier dans son sac à dos EastPak. Eh bien ! de Cronos à Suzette, il y a du chemin, car si l'importance des missions se mesure au nom de code, Suzette va être de la tarte, une partie de plaisir. »

De retour dans sa brigade, il a lu dans le détail chacune des pages. L'affaire prenait racine en Chine, un pick-up avait été intercepté dans la vallée de Guangxi, dans le Sud du pays. Des enfants nouveau-nées artificiellement endormies avaient été découvertes allongées dans des sacs de voyage recouverts de paille. Ce n'était que des filles achetées quelques dizaines de dollars à des paysans d'une extrême pauvreté, n'ayant pas accès à la moindre sécurité sociale. Répercussion de la politique de l'enfant unique : les filles sont les premières victimes du planning familial instauré par les autorités de Pékin. Si le premier enfant est une fille, le couple peut tenter l'aventure d'une deuxième grossesse ; l'objectif est la naissance d'un garçon. Dans le cas où le deuxième enfant serait encore une fille, le couple comprend qu'il n'a aucun avenir. La décision lui appartient, soit l'enfant est noyée, avec chiots et chatons, soit il a la chance qu'un trafiquant s'installe dans la province et cela lui permet de se débarrasser de cette erreur de la nature tout en y gagnant quelques sous. La roue tourne et parfois il y a plusieurs filles d'une même couche qui sont noyées ou vendues… selon la saison. L'engrenage prend fin à l'arrivée de l'héritier. Les enfants nouveau-nées qui échappent à la mort sont envoyées dans les provinces pauvres du Nord de la Chine. Elles sont alimentées, éduquées pour être mariées aux jeunes hommes du village ; ainsi les pères ne versent pas de dot, d'ailleurs ils n'en auraient pas les moyens. La belle-fille devient une domestique à bon marché. Tout le monde y trouve son compte, les parents touchent un léger montant d'argent et tentent de faire de nouveau un enfant, mâle évidemment ; les pères y gagnent des belles-filles qui travailleront pour presque rien, les trafiquants se remplissent les poches. Tout le monde y trouve son compte… à l'exception une fois encore des femmes, qui sont une monnaie d'échange. Il y a aussi les nouveau-nées envoyées à l'étranger pour alimenter les réseaux pédophiles, via le Cambodge, la Thaïlande ou la Malaisie. Plus rarement, certaines de ces filles finissent en Europe ou en Amérique dans les sous-sols d'immeubles commerciaux, à confectionner des vêtements vendus au rez-de-chaussée à une clientèle occidentale, jeune, branchée.

L'interception du bus a permis aux enquêteurs de remonter jusqu'à un ressortissant français qui sévit à Bangkok, à la solde de l'une des plus grosses pointures du Sud-Est asiatique : Khun Sa. Les enquêteurs, qui connaissent Khun Sa pour son trafic de drogue, n'ont pas compris son soudain intérêt pour le trafic d'enfants, et ils ont demandé un complément d'enquête.

Le Français a été interpellé par les autorités thaïlandaises. Il s'est ensuivie une commission rogatoire à l'encontre du dénommé Lefebvre, ordonnée par Interpol, qui a cherché à cerner les liens entre ces deux trafics, humains et stupéfiants, d'habitude bien distincts. Comme n'importe quels commerçants et hommes d'affaires, les voyous ont leurs modus vivendi et operandi : ceux qui trafiquent les drogues ne collaborent pas avec ceux qui trafiquent les gosses, et vice et versa ; les terrains de jeux sont une chasse gardée.

Il a refermé le document, dégoûté, mais excité à l'idée de s'entretenir avec ce Lefebvre, avant qu'il ne soit condamné, façon sud-est asiatique, à la peine capitale.

– Où se trouve ce satané bureau ? fait-il une fois entré dans le bâtiment nouvellement construit.

Il monte deux à deux les marches d'un escalier recouvert d'une moquette épaisse, la ligne rouge imprimé dans le tissu. Couloir. Néons blancs. Les murs en crépi clair sont couverts de photos publicitaires de compagnies aériennes : plages et cocotiers aux Seychelles, neige et traîneaux en Finlande, bus multicolores et bondés de monde en Inde, pyramides de Teotihuacán veillant sur l'empire toltèque. Il replace son sac, qui a glissé de son épaule, ralentit devant une prise de vue des Alpes enneigées, le massif du Mont-Blanc perçant les nuages, les toits en ardoise des chalets de Chamonix à ses pieds. À côté, une photographie des marchés flottants de Bangkok, bateaux et nénuphars ; il ferme les yeux et imagine déjà les odeurs et le bruit du glissement du bateau sur les eaux marécageuses.

Bureau 206. Salle d'attente. Il pousse la porte. Alignement de chaises, table basse au plateau vitré, sur laquelle sont déposées de nombreuses revues… presse *people* et nouveaux scandales. À sa gauche, un homme assis, les coudes sur les genoux. « Congolais ! » parie-t-il. Il localise rapidement la caméra de surveillance sur sa gauche, suspendue discrètement au plafond.

Cinq, 10, 15 minutes s'écoulent. Il entend les réacteurs des avions sur le tarmac, remarque que l'homme, face à lui, sursaute chaque fois qu'un appareil décolle.

– Impressionnant quand ils s'arrachent du sol, n'est ce pas ?

L'homme redresse la tête, très lentement.

– Pas vraiment…

Il s'attendait à une autre réponse.

– L'attente est longue ?

– Toujours, pour nous, fait l'homme en soulevant ses poignets entravés par des menottes.

« Pourquoi t'as pas fermé ta gueule », se dit-il, regardant fixement le bonhomme. Visage épaté, pommettes hautes, yeux profonds, dans lesquelles la lumière ne semble pas atteindre l'iris. Les lèvres épaisses, la nuque large et les épaules lourdes, l'homme avoisine la quarantaine, reflets grisonnants dans ses cheveux crépus.

– Comment vous appelez-vous ? demande-t-il, à présent mal à l'aise.

L'homme sursaute au passage d'un nouvel avion. Les yeux semblent se fermer, plus noirs encore.

– Ibrahim, je m'appelle Ibrahim Katchelewa.

– Ibrahim… c'est congolais ?

– Jean-Marc pour les chrétiens.

– Deux identités ?

– Comme tous les miens.

L'homme s'appuie contre le dossier de la chaise et garde bien en évidence ses poignets menottés. Accélération d'un avion. Bruit assourdissant. Son visage se crispe. Masque d'argile. Un gros porteur décolle. L'homme lève les yeux au plafond et accompagne de la tête la trajectoire, imaginée, de l'appareil.

La porte s'ouvre. Entre Louis-Philippe, lieutenant, officier supérieur de la police de sécurité internationale.

– Salut, Patrick, fait-il la main tendue. Content que tu sois à l'heure, je t'escorte au pied de l'avion afin que tu puisses embarquer avant les passagers.

– Salut, mon lieutenant.

Il se lève, jette son sac sur l'épaule et ajoute sans se retourner :

– Au revoir, Ibrahim !

– Au revoir, monsieur.

Un peu en retrait du lieutenant, il longe les vitres derrière lesquelles des milliers de voyageurs font la queue devant les guichets d'enregistrement et les postes de douane. Sans s'arrêter, Louis-Philippe se retourne et montre du doigt trois types dans le hall des départs.

– Tu connais, t'as pas déjà perdu la main ?

– Mouais, pickpockets… mais en plus classe, répond-il en « frimant » les bonshommes désignés.

Les trois lascars, endimanchés, proprets, costumes sombres, évoluent entre les passagers en attente de l'enregistrement de leurs bagages. Des valises, des mallettes et des sacs à main… déposés par terre. Ici et là, des parents courent après leurs rejetons qui s'amusent à cavaler dans l'immense hall ; là une dame tente son amant devant la vitrine d'une bijouterie ; et là-bas des messieurs, le nez collé sur l'écran de télévision suspendu au-dessus du bar, regardent bouche bée la retransmission d'un match de football ; ces inattentions sont tout bénéfice pour les professionnels du vol à l'astuce, à l'arraché ou à la salissure.

– C'est chaque jour les mêmes, Louis-Philippe ? demande-t-il en vérifiant s'ils portent des baskets.

Eh ! Les voyous ont différentes façons de se chausser ; ça dépend s'ils prévoient ou non de se faire la malle.

– Ouais, plus ou moins toujours les mêmes, parfois l'un ou l'autre est à l'ombre quelque temps. T'as vu leurs chaussures, des Nike… rien que ça… ça veut tout dire !

Le ton sur lequel Louis-Philippe a répondu est sans équivoque : ici ou ailleurs, flic de quartier ou flic d'aéroport, le sentiment d'être les larrons d'un perpétuel recommencement… c'est kif-kif !

Dix-neuf heures. Il grimpe les marches qui le mènent à bord du Boeing 747. Le commandant l'accueille, lui présente son équipage.

– Les pantalons de brousse, c'est pour la chasse ? remarque le chef de cabine, le guidant en classe business tout en remuant des fesses.

– C'est ça, pour la chasse.

« Tapette ! » pense-t-il en déposant son sac de voyage dans le box au-dessus du siège.

Il s'installe. Le siège est moelleux. Il se cale contre le dossier. Vérifie les positions et les inclinaisons possibles. Relève l'appuie-tête, contrôle le maintien de la nuque. Petits gestes pour masquer une légère angoisse qui ressurgit toujours quand il monte à bord d'un avion.

Il observe les premiers passagers qui embarquent pour Bangkok. Des ronds, des sveltes, des allongés ; des fronts plats ou bombés ; des pommettes hautes, saillantes ou creuses ; des chevelures denses ou clairsemées ; des oreilles pointues ou charnues ; des nez aquilins ou épatés ; des bonnes mines ou des masques ; des têtes à claques ou des gueules sympathiques. Il observe les gestes des habitués et des angoissés. Salue d'un léger signe de tête son voisin. Un homme bedonnant, le teint pâle, les gestes maladroits et saccadés. Celui-ci se penche et saisit par-dessous les bras un petit garçon âgé de quelques années. Bouille mafflue et rigolote, cheveux blonds et frisés, il gigote sans cesse, remuant ses bras épais, ses jambes boudinées. Le père l'assied dans le dernier siège de la rangée, mais l'enfant ne reste pas en place. Une hôtesse vole au secours du malheureux père. Boucle la ceinture de sécurité et remet au petit garçon une boîte de carton. Puzzle miniature. Le père s'assied en s'épongeant le front. Une après l'autre, les pièces du puzzle tombent entre les sièges. L'enfant grogne. Le père se lève, puis se rassied.

Il sourit discrètement. Regarde une femme qui se dirige vers les sièges de la première classe. Tailleur sombre, jupe courte échancrée sur la cuisse, bas de soie clairs. Corps élancé. Elle tourne légèrement la tête, son épaisse chevelure rousse masque son visage. Il distingue une boucle d'oreille, cristal aux reflets sanguins. Soupire en observant le déhanchement sensuel. Elle disparaît derrière les rideaux. Il ferme les yeux.

Le décollage est annoncé. Il feuillette les pages d'un catalogue qui présente la compagnie aérienne et ses destinations. Il observe les photographies de la Thaïlande, les costumes traditionnels présentent des couleurs lumineuses : rose, vert clair et foncé, ocre, jaune et orange. Les vêtements de cérémonie sont richement ornés de pierres précieuses et cousus d'or. Les coiffes représentent des animaux de légende bordés de verre, d'argent, d'or et de pierres. Les danseurs miment des divinités, des dragons, des grues, des hérons, des singes ou des tigres. Il détaille les paysages, des bords de mers aux montagnes recouvertes de jungle, en passant par les rizières, les villages et les grandes villes. Les marchés flottants de fruits, de légumes et de poissons, côtoient les marchés de fleurs et d'osier, de rotin, de bronze et de cuivre. Les artisans travaillent le bois de teck, la soie et la laque. Dans les parcs nationaux, les tigres et les éléphants en liberté font la joie des touristes à la recherche d'aventures sûres. Ils sont venus rencontrer les Karens, tribus des montagnes, dont les femmes ont le cou cerclé d'anneaux argentés, ou encore les Méos et leurs femmes aux jupes plissées couleur indigo. Sur chaque cliché le soleil brille. Rouge. Jaune. Orange. Reflets scintillants sur les dorures des quelque 40 000 temples de Bangkok. Il admire le lever de l'astre sur le temple de l'aurore, se mirant dans les eaux du Chao Phraya, fleuve divin qui traverse la capitale. Ses yeux se posent sur l'inscription : *Krung Thep (Bangkok) – La cité des Anges.*

Il referme le magazine. Les photographies d'agences de voyages, aussi superbes soient-elles, masquent trop souvent des vies moins Disneyland. En effet, pour préparer son voyage, il a glané ça et là un maximum de renseignements sur la Thaïlande : habitants, institutions, activités de la police et réseaux mafieux. Son ami Uthai, un type du quartier, un Cambodgien réfugié en Europe il y a une trentaine d'années, lui a enseigné quelques petites choses à retenir sur le fonctionnement de l'État de ce pays. Uthai et ses compatriotes avaient à l'époque fait la une de la presse… *boat people*. Sec comme un coup de trique, Uthai bosse nuit et jour pour faire tourner un kiosque de tabac, de journaux et de produits d'Asie.

Il lui a demandé de lui garder chaque jour un exemplaire du *Bangkok Post*, le journal en édition anglaise le plus lu de la Thaïlande. Un matin, en glissant le journal dans un sac de plastique, son ami s'est laissé aller, un peu gêné. « Je ne sais pas pourquoi tu pars à Bangkok, et je ne veux pas le savoir. Mais il faut bien que tu te rendes compte qu'à la tête des plus grosses magouilles se trouvent les hommes politiques, les moines bouddhistes, les chefs des diverses polices et de l'armée… alors fais gaffe à tes miches. » Après quoi Uthai s'est détourné pour empiler des boîtes de mangues et de litchis au sirop.

Il a traîné entre les rayons de l'épicerie, sifflotant, faisant semblant de s'intéresser aux boîtes de nouilles aux crevettes.

« Je sais, j'ai lu, a-t-il finalement soupiré, mais depuis février le gouvernement et la famille royale investissent pas mal de fric pour la lutte contre la corruption… tu ne crois pas ? »

Uthai a immédiatement cherché à accrocher son regard.

Il a fait mine de rien. Connaît les Asiatiques, sait qu'il est inutile de les questionner ouvertement… faut les laisser mijoter, les laisser venir.

« Pfft ! Dis pas de grosses conneries, a fini par lâcher Uthai en passant près de lui, lui glissant dans les mains une page des faits divers du *Bangkok Post*. Écoute bien, Patrick, ce n'est pas rare qu'une grosse nuque se fasse dégommer par la police, à moins qu'elle ne s'échappe au Cambodge, en Birmanie ou au Laos, alors tu vois, pour un petit flic européen… »

Il jette un coup d'œil en coin, ne lui dit surtout pas que depuis quelque temps il est un des agents de liaison d'Europol. Se plonge dans l'article de presse : *… le magistrat abattu écoulait des ecstasys et trafiquait de jeunes phouyng dans le quartier de Patpong à Bangkok, à Pattaya et à Phuket.*

« Qu'est-ce que de jeunes phouyng ? » demande-il à haute voix.

« Des gamines qui se prostituent », répond Uthai avec désinvolture, empilant ses caisses de fruits et de légumes.

Il secoue la tête et reprend sa lecture. L'article est rédigé par un ancien agent de la Drug Enforcement Administration américaine, reconverti au journalisme. Ce dernier explique qu'au cours de l'année, la guerre menée contre les trafiquants de drogue a engendré plus de 50 000 arrestations ; que plus de 2 000 personnes ont été abattues au cours de raids de commandos organisés par les autorités, qu'à ce jour une soixantaine de corps ont été identifiés et rendus aux familles. Il précise que les saisies se chiffrent par dizaines de millions de pilules d'amphétamine, de produits euphorisants et autres cousins d'ivresse.

Uthai ronchonne et s'agite autour de ses caisses.

Il sourit. Repère un tabouret, s'installe. Le coude posé sur le comptoir, il reprend la lecture attentive de l'article dans lequel l'ex-agent de la DEA dénonce plusieurs affaires scabreuses, affaires de drogue pour la plupart, prostitution et assassinats. Il lit que l'armée a interpellé un haut fonctionnaire de la police ; qu'à son domicile ont été saisies plus d'une vingtaine de Mercedes, 12 motos de grosses cylindrées, des BMW et quelques Triumph ; que 20 millions de bahts en petites coupures étaient planqués dans les coffres des véhicules, ainsi que 120 millions en chèques.

Uthai interrompt son travail, abandonne ses caisses, s'approche et prend place sur un tonneau de riz parfumé, après quoi il décapsule deux Singha, bières blondes thaïlandaises, en dépose une sur le comptoir et lui fait signe de se servir. « La population rend parfois justice toute seule, fait Uthai en avalant une gorgée. Par exemple dans le dernier mail de mon cousin… ah ! au fait ! fais-moi penser qu'il faut que je te file son adresse à Bangkok. Il m'a raconté qu'à Pattaya un sergent et un lieutenant de police avaient été lapidés par une foule déchaînée. Les flics étaient impliqués dans des affaires de vols et d'extorsions. La routine ! »

Il n'a pas interrompu son interlocuteur quand celui-ci a parlé de Newin, son cousin. Il se rappelle que le cousin est chargé de donner au reste de la famille, disséminée de par le monde, les dernières nouvelles du pays.

« Je vais te dire encore une chose, murmure Uthai en s'avançant pour rester discret. Si les organisations mafieuses ont pu se développer si facilement, c'est parce que les militaires contrôlent les marchés, c'est d'ailleurs ceux-là qu'avaient fuis les communistes en 49… les troupes de Tchang Kaï-Chek en déroute. » Uthai observe furtivement autour de lui avant de reprendre en baissant encore plus la voix : « Ils se sont appropriés les trafics de drogue, ce sont eux, les vrais parrains… on les appelle les Chao por. N'oublie pas que pendant près de 30 ans il y a eu l'Indochine et le Vietnam… je te laisse imaginer les magouilles. Eh bingo, aujourd'hui la Thaïlande est le nouveau Dragon d'Asie. »

« D'accord, Uthai, mais t'exagères un peu », dit-il en déposant sa bière sur le comptoir.

« Rien du tout, Patrick, je n'exagère rien, bordel, pourquoi quand on parle de politique, vous vous débinez sans cesse ici ! Il y a des réalités… »

« Écoute-moi… »

« Écoute-moi d'abord, de l'opium, ils sont passés en quelques années à l'héroïne, au LSD et à la China White, et aujourd'hui à l'ecstasy. Eh ! c'est la loi du marché… l'offre et la demande. Mais quand même, l'interdiction de cultiver le pavot dans la région date de 58, c'est curieux que rien n'ait changé depuis ces années-là, non ? Aujourd'hui, c'est par conteneurs gigantesques que la poudre déferle en Amérique et en Europe ? Tu ne crois tout de même pas que tout cela peut se faire sans appuis ! Et je ne te parle pas des Russes installés à Bangkok qui concurrencent les Chinois depuis une dizaine d'années. »

Son ami s'est agité, rien de commun avec l'expression douce et presque mélancolique qu'il arbore d'habitude. « A-t-il souffert de ces atrocités ? » se demande-t-il, scrutant le visage caramélisé : large face, yeux rieurs en amande, nez épais et bouche fine. Ses cheveux poivre et sel tout ébouriffés tombent sur ses épaules étroites, se mêlent à son bouc grisonnant.

Uthai a certainement lu ses pensées, car il a terminé sa bière d'un seul trait, l'a jetée dans une corbeille derrière le comptoir et a soutenu son regard. « Tu sais, j'ai fui avec mes gosses en avril 75. La nuit du 17 à 23 heures exactement, ça ne s'oublie pas… Phnom Penh était tombée aux mains des forces khmères… on n'oublie pas des choses pareilles. Tu sais, Patrick, j'ai bossé comme un forcené dans les cuisines des plus minables restaurants, avant de fuir, encore et encore… et de pouvoir ouvrir une boutique comme celle-ci, dans ce quartier qui est le mien aujourd'hui. Tu comprendras que rien n'est pareil là-bas, rien à voir avec ce que tu as connu. Au Cambodge, j'avais une vie, j'étais professeur de sciences politiques et sociales. Pol Pot est tranquillement mort… de mort naturelle, avec le soutien de la Chine et la complaisance de la Thaïlande. »

Il a dégluti. N'a plus rien lu dans les yeux de son ami. Uthai a entrouvert son âme quelques instants pour la refermer aussi sec. Il a repris l'entassement des caisses de légumes. « Et je n'ai jamais cessé d'étudier », l'a-t-il entendu murmurer, quand il a refermé la porte de l'épicerie, le *Bangkok Post* sous le bras.

L'avion roule sur la piste ; il saisit le carton imprimé : *for your safety*. Coupe transversale de l'appareil, pictogrammes des sorties de sécurité et toboggans d'évacuation, instructions pour fixer les gilets de sauvetage et les masques à oxygène. Les recommandations en cas d'avaries, d'atterrissages forcés ou d'amerrissages, sont imprimées en cinq langues. Bon voyage !

Son siège vibre. Il sent la puissante accélération des réacteurs. Compte les secondes et imagine le commandant de bord annonçant à la tour de contrôle : « *Take off !* » en tirant sur le levier de commandes. Collé à son siège, il voit les lumières de la ville s'éloigner. Les feux de position de l'avion se reflètent sur les premiers nuages. Rouge. Bleu. Blanc.

Il se décontracte, s'échappe quelque peu. Repense à la délicatesse de Rachid qui souhaitait absolument lui tenir la portière de son taxi. « Sacré bonhomme », se dit-il. Il pense aussi à la solitude ressentie, la porte de son appartement refermée sur lui. Plus personne pour l'embrasser et lui souhaiter bon voyage. Ses gosses sont partis depuis longtemps de la maison, sa femme l'a quitté. Eh, les femmes de flics s'enfuient… avant la dépression. Dans son cas, elle a choisi la distance, se disant qu'éloignée, elle leur rendait service. La situation était devenue complexe. Elle avait compris son attachement à ses collègues, à ses enquêtes, les relations qui se tissent, qui se nouent et se dénouent. Mais comment préserver sa place d'épouse quand le conjoint est constamment impliqué dans des histoires de fesses, des règlements de comptes, des histoires sombres et humaines. À cela s'ajoutent les heures de service de nuit, les arrestations, les blessures… et l'angoisse à l'idée de recevoir un appel téléphonique : il ne rentrera pas, a reçu un mauvais coup en plein cœur, ou alors il a percuté un réverbère de plein fouet. Situations banales pour ces flics aujourd'hui seuls, dont les femmes et les enfants ont déserté ; ce qui comble le vide… une bouteille de Jack Daniel's.

Il ferme les yeux. Ressent une forte pression dans les oreilles. Bâille. S'enfonce profondément dans son siège. « Je vais vivre une belle histoire », se dit-il en s'assoupissant.

Dix heures de vol. Les lumières s'allument. Une agréable odeur de café envahit l'appareil. Les hôtesses poussent devant elles les chariots de service.

« Bangkok n'est plus bien loin », se dit-il en regardant l'écran de télévision sur lequel se dessine la voie aérienne empruntée. Les passagers s'éveillent les uns après les autres. Les bâillements sont répétés et les corps s'étirent dans un élan collectif. Le petit déjeuner est composé de croissants, de tranches de pain, de beurre et de confiture, de tranches d'ananas, de café noir et de jus d'orange. L'homme assis à ses côtés demande au steward de réchauffer un biberon pour son gamin tout en prenant garde de ne pas faire trop chauffer la tétine mâchouillée. L'enfant dort à poings fermés. La tête appuyée contre l'accoudoir, le corps en travers du siège, les jambes pendantes. Bienheureux. Innocent. A contrario du teint blême et des yeux rougis du père, qui s'est baladé une grande partie du voyage dans les étroites allées, en susurrant des comptines à son bambin qu'il berçait.

Le plateau est rendu à l'hôtesse, et voilà que l'appareil amorce en douceur sa descente. Ses oreilles se bouchent, il force un bâillement pour rééquilibrer la pression.

Il est 14 heures, heure locale. Il règle sa montre. « Eh hop, je vieillis de six heures en trois secondes », plaisante-il en contemplant le paysage à travers le hublot. La luminosité est éclatante. Soleil jaune, et parfaitement rond. Les champs et rizières paraissent être des pièces de puzzle. Il aperçoit le delta, dessiné par les innombrables voies d'eau, qui filent à la mer à quelque 100 kilomètres plus au sud. L'avion perd de l'altitude. Vire tantôt à droite, tantôt à gauche. L'atterrissage est imminent. Le commandant de bord remercie d'ores et déjà les passagers d'avoir choisi sa compagnie aérienne et leur souhaite un excellent séjour.

Le sol approche. Un terrain de golf au gazon impeccable s'insinue entre les pistes d'atterrissage. Il peut même voir les joueurs concentrés sur un swing, qui ne relèvent même pas la tête à l'approche de l'appareil. L'avion vire légèrement sur la droite, plonge. Haut le cœur. Contact. Alors défilent à toute allure des palmiers aux feuilles larges et étendues, des bougainvilliers aux fleurs rouges, blanches et violettes, des arbres à orchidées sauvages… haies d'honneur. L'avion s'immobilise.

Click ! concerto pour ceintures de sécurité. Les passagers se lèvent, il reste assis. Dans une légère bousculade les coffres à bagages sont vidés les uns après les autres. Il y a les voyageurs qui bougonnent, ceux qui s'étirent, ceux qui sourient et ceux qui se penchent pour regarder à travers les hublots.

Il salue discrètement l'homme et l'enfant qui déjà s'éloignent. Repère la femme au tailleur, à présent légèrement fripé. Comme à l'embarquement, sa chevelure rousse, épaisse et tombant en cascade, masque une partie de son visage poudré. Elle tient collé à son oreille un téléphone portable, ses ongles sont bleu métallique, ses lèvres teintées d'un gloss rose. Elle passe près de lui. Il inspire à pleins poumons, profite de son parfum, et lorgne l'échancrure de sa courte jupe. La femme s'échappe. Il la regarde s'éloigner. Soupire.

– Alors, excellente chasse, monsieur, fait le chef de cabine, l'accompagnant à la sortie de l'appareil et désignant un couloir réservé au personnel volant.

L'homme lui fait un clin d'œil et file retrouver les hôtesses.

– Putain, quel enfoiré ! souffle-t-il en empruntant une passerelle vitrée.

Après avoir parcouru couloirs et traverses, qui ne semblent jamais se terminer, il arrive près de guichets derrière lesquels se tient le personnel d'aéroport en uniforme, pantalon bleu foncé, chemise blanche. Un homme, debout près d'une porte entrouverte, le voit et s'approche de lui. Asiatique, de petite taille, les cheveux noirs coiffés de côté, la peau caramélisée, son visage est illuminé d'un large sourire. Il porte sur la poitrine un badge : *Don Muang International Airport – Bangkok Thaïland.*

– Bienvenue ! dit l'homme dans un anglais impeccable, en inclinant légèrement la tête, les mains jointes devant les yeux.

L'homme porte au doigt une fine chevalière ornée d'une gueule de cobra entourée de points rouges.

– Nous vous attendions. Avez-vous des bagages à récupérer ?

– Non, seulement ce sac de voyage.

– Bien, avez-vous effectué un bon vol ?

– Très bon… je vous remercie.

– Je vous laisse suivre cet officier de police, dit l'homme, désignant d'un signe de la tête un jeune type à quelques mètres en retrait. Je me charge des formalités d'immigration, remettez-moi votre passeport, s'il vous plaît.

Le policier désigné porte un uniforme bleu foncé, la poitrine bardée de plusieurs médailles argentées, fixées sur la poitrine. Il est également de petite taille, le visage sec, les yeux fortement étirés. Il sourit et effectue le même salut que son collègue. Après quoi il se retourne en marmonnant quelques mots en thaï et en faisant claquer ses talons sur le carrelage.

Il hésite à laisser ses documents d'identité à un inconnu ; a connu trop d'histoires de falsifications. Finalement il se décide à lui faire confiance, lui remet son passeport et file derrière le policier qui déjà s'éloigne.

L'homme précipite ses pas. Pousse une porte, se lance dans un escalier en colimaçon, saluant les équipages des compagnies Qantas, Thaï Airways, British Airways, Lufthansa, ainsi que des membres du personnel de l'aéroport et des agents de police, vêtus d'uniformes de différentes couleurs, des marrons, des bleus, des blancs.

Il suit tant bien que mal le rythme imposé par son guide. Ils empruntent une passerelle vitrée qui surplombe l'immense hall d'arrivée, il aperçoit contre l'un des murs de bois verni une inscription en lettres gigantesques et dorées – *SAWASDEE – welcome in Thaïland* – ; au-dessous, des milliers de personnes fourmillent. Elles se bousculent. Elles se fuient. Elles se saluent. Elles s'embrassent. De nombreux bonzes, crâne rasé, soutane ocre, safran, jaune ou orange, se frayent, avec un calme absolu, un passage au cœur de cette effervescence humaine. Une cage de verre, d'à peine plus de 20 mètres carrés, est réservée aux fumeurs invétérés qui se sont retenus pendant toute la durée de leur vol. Ils sont une trentaine, l'un sur l'autre, à tirer nerveusement sur une cigarette ou un cigarillo. La cage est enfumée. Les visages sont blêmes.

Le policier se précipite dans un escalier.

Il avale les marches deux par deux, ouvre une porte. D'un seul coup il est enveloppé par la chaleur étouffante qui règne à l'extérieur du bâtiment. Il s'arrête, les épaules lourdes. Reprend doucement son souffle. Des dizaines d'avions attendent sur le tarmac dans un bruit assourdissant. Il aperçoit dans le ciel bleu clair les lumières clignotantes des appareils en phase d'approche. Il reprend sa course.

Deux cents mètres sous un soleil de plomb avant qu'ils pénètrent à l'intérieur d'un bâtiment administratif, dont l'air climatisé le revigore quelque peu. Ici, les murs sont lézardés et les plaques du faux plafond laissent apparaître la structure métallique et le béton brut. Le sol est recouvert d'une moquette fatiguée. Pas de ligne rouge, pas d'affiches publicitaires, pas de caméras de surveillance. Ils empruntent un escalier aux marches rognées, deux étages, et poussent la porte du bureau de l'immigration.

– Petit moment à attendre, articule avec application le policier en anglais, en désignant trois fauteuils usés.

Un Européen d'une trentaine d'année au teint blafard est assis là, le visage creux et herbu, des cheveux longs et emmêlés, des jeans crasseux, une chemise grise et des sandales de cuir. Junky.

Il décline gentiment l'offre et reste debout. Pose son sac à côté d'une ancienne machine à écrire Hermès, boîtier noir charbon et clavier usé, trônant sur le large comptoir qui sépare l'entrée de la salle de travail. Une pointeuse grise, munie d'une grosse horloge, est fixée contre le mur crevassé. Les fiches des employés sont disposées sur un immense panneau métallique.

Il balaye la salle du regard. Compte une vingtaine de personnes. Des hommes, des femmes, en uniformes kaki foncé, usés et rapiécés, élimés aux manches. Un t-shirt blanc est visible à l'échancrure des chemises. Ce détail le fait sourire, il se rappelle l'énergie déployée par sa hiérarchie pour interdire le port d'un sous-vêtement blanc qui pourrait se voir sous l'uniforme. Prescription de service !

Il pose ses yeux sur les médailles épinglées sur les poitrines, ainsi que sur les plaques indiquant les noms et prénoms, est étonné par la longueur de ceux-ci. Sur les cols de chemise sont fixés des insignes dorés. Plusieurs personnes arborent de larges épaulettes, sur lesquelles sont cousues des barrettes ou des étoiles argentées. Il jette encore un coup d'œil sur les revolvers à six coups pendant aux ceinturons, avec radios, téléphones portables et menottes. Note que les hommes et les femmes ont la même silhouette. Ils se confondent. Un mètre soixante-cinq au plus, les épaules et les hanches sont étroites, les visages lisses, les peaux foncées, les cheveux noirs. Il les regarde tamponner des documents en répondant au téléphone, leurs mains s'agitant sur des claviers d'ordinateurs vieillissants. Là encore, il sourit en imaginant que, à l'autre bout du monde, ce sont les mêmes gestes administratifs. En tendant l'oreille, il relève que les voix sont aiguës et nasillardes, les syllabes s'enchaînent à un rythme effréné. Il ne distingue aucun mot.

Coup de chaleur. Coup de fatigue. Il a la tête qui tourne. Retient un haut-le-cœur. Il s'appuie contre le comptoir, dérange une famille de blattes moirées qui filent dans une fissure. Il tire sur le col de sa chemise, respire profondément tout en levant les yeux en direction des ventilateurs accrochés au plafond, les pales poussiéreuses tournent doucement.

– Vous avez une cigarette ? demande en anglais le jeune type au teint blafard, qu'il n'a pas entendu approcher.

– Non, je ne fume pas, répond-il en se raclant la gorge.

– Zut, ça ne m'arrange pas. Mais bon, vous avez raison de ne pas fumer, dit l'homme d'une voix vacillante, le regard fuyant.

Il comprend à son accent que le type est francophone, français certainement. Il devine qu'il est claqué, à bout de nerfs.

– France ?

L'homme lève des yeux étonnés.

– Eh bien ! ça fait plaisir d'entendre parler français… depuis le temps. Ça fait dix ans que je croupis dans ce foutu pays, quelle chienlit !

– Tiens donc ?

– Mouais, faites gaffe, ce sont des vicelards, les Thaïs, fait l'homme, baissant la voix, regardant de biais les policiers. Vous me paraissez sympathique, mais prenez garde à vous… allez-y en lousdoc, soyez plus mariolle qu'eux… un conseil de compatriote.

Le type est si proche qu'il remarque son corps trembloter, distingue les petites cicatrices d'une acné juvénile mal soignée, les poils de barbe, les dents jaunies et les yeux rougis.

L'homme fait un pas en arrière, puis revient à l'assaut.

– J'ai pourri dans les centres de détention de ce foutu pays… pas humains, j'vous dis. Des cadavres j'en ai vu tous les jours, les corps squelettiques… pas d'hygiène, bordel ce que j'en ai bavé. Un voyage en Thaïlande… et c'est un voyage au bout de la dope, j'vous le dis, au bout de la dope.

« Ce mec doit pas mal tâter de la veine », pense-t-il à la vue de la peau blême, du léger balancement du corps, d'avant en arrière, de ses doigts qu'il tortille sans cesse. « Au bout de la nuit ou de la dope, c'est si proche… quelle coïncidence », pense-t-il encore après avoir jeté un coup d'œil sur son sac, dans lequel il a glissé le bouquin de Ferdinand Céline ramassé pendant l'opération Cronos.

– Mais votre voyage est terminé, n'est-ce pas, vous retournez chez vous ?

– Mouais, vous croyez, je viens tous les jours réclamer mon passeport. Il m'a été retiré quand ils m'ont jeté au mitard. Il n'y a pas d'autres moyens, l'ambassade est de toute façon de connivence. Dites voir, vous me paraissez bien naïf. Vous glandez quoi par ici ? Avec ces fringues on dirait que vous venez dégommer du tigre. Eh ! eh ! eh ! savez-vous qu'il n'y en a plus… que Bangkok est une putain de mégapole.

– Je suis ici pour des affaires d'import-export.

– Ouais, naïf quoi, le plouc total. Bref, il faut avoir vu leur système de l'intérieur pour comprendre. Vous savez, les boss du centre de détention de l'immigration retiennent mon passeport, comme ça je dois besogner… à leur service. Je crache des fortunes pour qu'ils me foutent la paix. Y sont tous corrompus ! Regardez les épaulettes… ça se paye ici et…

– Calmez-vous, allons nous asseoir, vous allez m'expliquer tout ça, dit-il, comprenant qu'il ne se débarrassera pas facilement de cet agité.

L'homme s'affale sans discuter, s'étire et étend ses jambes blanches, marquées de plaies sanguinolentes. Ses sandales déchirées laissent paraître des orteils sales, des ongles terreux.

– Vous vous appelez comment ?

– François.

– Moi, c'est Patrick.

– Salut, Patrick ! Tu sauras qu'ici tout est une question d'argent, dit-il nerveusement en écrasant un cafard, qui craque sous sa semelle. En prison bien sûr, mais aussi à l'extérieur, dans la rue, les commerces, les administrations… tout est pourri. Bon, d'accord j'ai voulu sortir un peu de dope et je me suis retrouvé dans une cellule avec 40 mecs, prévue pour à peine une dizaine. Se désintoxiquer là-bas… des clous. La came passe de main en main, s'injecte avec n'importe quoi. Et devine qui approvisionne les détenus… eh bien les gardiens, et il n'y en a pas un de *clean*… je te le jure.

François regarde tout autour de lui. La crainte après l'excitation.

– T'as pas une clope, Patrick ?

– J'ai pas de clopes.

– Mouais, c'est toi qu'as raison. J'ai pas l'intention de te raconter mon histoire. Elle n'est pas intéressante, de toute manière. Tu sais, je me rends bien compte que si tout le monde était comme moi, ce serait le foutoir. Je n'en veux jamais à la police, même si j'ai souvent eu des côtes cassées, la gueule un peu fracturée, et je sais de quoi j'cause… c'est le jeu ! c'est régulier ! Mais ce que je veux dénoncer…

c'est cette justice de merde ! Je n'ai quand même jamais suriné une rentière…

– Ferme-la. Tu veux récupérer ton passeport ?

– Pauvre nouille, il est fort possible que je ne le récupère jamais… que dalle. Ils me font venir ici tous les jours en me disant que le lendemain je pars pour la France… contre 1 000 bahts. Et comment faire pour avoir 1 000 bahts tous les jours ? Ben devine, on devient dealers pour les flics. Quelle chienlit !

Il s'enfonce, pensif, dans le dossier du fauteuil et observe François qui baisse les yeux, lesquels se remplissent de larmes. Il jette un coup d'œil à un portrait peint du roi Bhumibol accroché au-dessus de l'encadrement d'une porte. Le monarque trône dans son costume blanc d'apparat, un cordon d'honneur rouge en travers de la poitrine. Au-dessous de la photo, on a fixé un plateau de bois sur lequel brûle de l'encens, on y a déposé un verre d'eau, des fleurs jaunes, des blanches, ainsi qu'une multitude de fruits exotiques.

– Je me foutrai en l'air si je dois retourner au gnouf, ça, c'est sûr, reprend François. Tu sais, la cellule, une seule pièce et des gogues remplis de merde vidés tous les 15 jours par le dernier venu. Tu fais devant ces enfoirés qui se marrent de voir un Blanc chier, putain je n'y retournerai pas, fait-il en se penchant en avant, la tête entre les mains. Ce n'est même pas une vraie prison. L'immigration… c'est du provisoire qui dure.

– Du provisoire ?

– Ben oui, je suis passé devant des juges, mais je n'ai jamais été jugé. Et si tu l'ouvres, tu disparais. De toute façon, faut savoir qu'ils signent tous les documents à ta place, alors quoi que tu dises, ils s'en contrefoutent.

Plusieurs minutes s'écoulent. Il observe le plafond. Des néons sont abîmés. De l'eau y a dessiné des auréoles jaunies.

– Et pour couronner le tout, poursuit François en bafouillant et en s'essuyant le nez, ce mercredi j'ai failli me faire flinguer, un vrai dingue, le Gaulois, s'interrompt-il, se massant nerveusement le cou. J'ai bien failli me faire trouer la peau, reprend-il. Tu sais, je connais tous les Français par ici… il a dû y avoir un sacré merdier. Des grosses pointures qui se sont flinguées entre elles. Boum ! Boum ! des balles dans la tronche, fait-il en pointant deux doigts et en mimant les tirs. Je me suis retrouvé au milieu de ce carnaval comme un con, trois compatriotes abattus comme des hyènes, heureusement qu'aucun mariolle ne m'a zieuté… j'y ai échappé de peu, en lousdoc, ah les enfoirés.

François se redresse d'un bond, se précipite au comptoir qu'il frappe violemment d'un puissant coup de pied.

– Mon passeport ! Mon passeport, bande de salopards !

Il n'esquisse aucun geste pour le retenir. « De toute façon, que veux-tu y faire ? » Les policiers se sont retournés dans la direction des cris. Il les voit s'esclaffer puis se replonger dans leurs tâches.

Une ou deux minutes s'écoulent avant qu'un officier de police s'approche de lui avec un large sourire. « Que cache cet artifice ? » L'homme fait signe de l'accompagner sans se préoccuper le moins du monde des insanités que François braille par-dessus le comptoir.

Il est invité à traverser la salle, puis à entrer dans une pièce contiguë, sombre et poussiéreuse, remplie de classeurs en métal et de cartons d'emballage. Il se retrouve face à un type jovial, quadragénaire, le corps sec et musclé, habillé d'un blazer blanc, d'un pantalon de toile et de baskets blanches.

– Bonjour et bienvenue, fait en anglais l'homme, un officier sans doute, s'avançant vers lui la main tendue. Avez-vous effectué un bon voyage ?

– Oui, je vous remercie, répond-il, lorgnant le drapeau thaïlandais épinglé contre le mur au-dessus d'un cadre de photo en bois clair, présentant un cliché du roi en uniforme militaire, accompagné de son épouse et de ses enfants. Il fait chaud chez vous, ajoute-t-il en s'essuyant le front.

– Et ça peut encore grimper, dit l'homme en souriant, tout en se dirigeant vers le bureau qui trône au centre de la pièce.

Il tourne un ventilateur de table dans sa direction, retire son blazer et le jette sur le dossier d'une chaise.

– Je suis le capitaine Chanvit Kaselsiri, des narcotiques, envoyé pour vous accueillir. Venez seulement… et prenez place, j'ai quelques formalités à remplir avant de vous indiquer votre hôtel. Nous commencerons à travailler demain matin.

– Pourquoi les narcotiques ? demande-t-il étonné, une fois qu'il a pris place sur le siège à roulette mis à sa disposition.

Avec soulagement, il reconnaît son passeport posé sur le bureau, une règle métallique le maintient ouvert sur sa photo.

– C'est un proxénète que je suis venu entendre, capitaine, reprend-il en le jaugeant d'un coup d'œil.

L'homme contourne le bureau et s'installe dans un fauteuil tournant, au cuir craquelé. Le pied grince. Contre le mur grisâtre, derrière lui, une affiche illustre une baraque de bambous sur pilotis. Plusieurs vieux, squelettiques, allongés dans la pénombre, sourient béatement, entourés d'un halo de fumée, une longue pipe entre les lèvres. *NO DRUG* est imprimé en lettres capitales noires en travers de l'image.

– Votre affaire est complexe, commence le capitaine, saisissant dans le revers de sa chemise le paquet de cigarettes placé sur son biceps. Mais avant toute chose, avez-vous un badge de votre brigade ? demande-t-il en chassant une araignée qui s'est laissée tomber sur le bureau, filant sous une pile de dossiers. J'aime faire des échanges, j'en ai du monde entier, poursuit-il, désignant un panneau sous verre.

Des dizaines d'insignes de polices américaines et européennes sont épinglés sur un tissu feutré pourpre ; des photos aussi.

– Je n'ai pas pensé à en prendre, capitaine.

– Pas d'importance. Cette affaire est complexe, disais-je, mais sachez qu'en Thaïlande rien n'est simple. Croyez-moi, j'ai fait mes études aux États-Unis, je connais assez bien l'Europe et je vous assure que rien ne ressemble à notre système.

– Je m'en doute bien, mais expliquez-moi pourquoi les narcos s'en mêlent ?

Le capitaine amène mollement une cigarette à ses lèvres, approche la flamme qui vacille.

– Le dénommé Lefebvre Christian est impliqué dans de gros trafics. Votre Lefebvre, pour faire sortir des filles du pays et en faire entrer d'autres de Birmanie et du Laos, copine sérieusement avec Khun Sa.

– Qu'est-ce exactement ? Une organisation ?

– Plutôt qui est-ce. Khun Sa est devenu en quelque sorte un mythe.

– Un mythe, rien que ça.

– Exactement. Vous fumez ?

– Non merci, capitaine, fait-il en refusant le paquet qu'il lui tend.

– Bien, il est vrai que chez vous les mythes ont presque disparu, mais pas chez nous, nous y tenons… vous comprendrez plus tard. Sachez que Khun Sa, de son véritable nom Chan Shee Fu, est à la tête des plus importants réseaux de drogue. Propriétaire de multinationales à Bangkok, à Taipeh, à Singapour, à Shanghai et à Manille… et en Europe certainement. Personne ne l'a vu depuis pas mal d'années, même s'il s'est officiellement rendu aux autorités birmanes en janvier 96. Il se peut qu'il soit mort et que sa famille, il a trois frères, entretienne sa légende. Khun Sa aujourd'hui, un homme ou une organisation, ça ne fait plus grand différence.

– Et d'où vient-il, ce Khun Sa ?

– Il est né en 34 en Chine. Il a perdu son père quand il était encore un gamin et s'est enfui dans la jungle. On n'a rien de particulier avant qu'il ne s'illustre comme combattant dans le KMT, l'armée nationaliste chinoise, Tchang Kaï Chek mis en déroute par Mao, vous savez certainement que ses soldats se sont réfugiés en Birmanie, dans l'État de Shan, et qu'aidés par les Américains et les Français, ils croient encore possible un retournement de situation, n'est-ce pas ?

Il acquiesce.

– Ils ont pour mission de couper les bases arrière des Vietcongs, précise-t-il. C'était l'époque où Washington mettait tout en œuvre pour vaincre le communisme, enfin depuis la fin de la Deuxième Guerre mondiale.

Le capitaine s'interrompt, tire plusieurs fois sur sa cigarette, la fumée enveloppe son visage.

– Aujourd'hui nous ne vivons plus dans la même urgence, reprend-il en toussotant, et il semble bien que l'intégrisme religieux ait pris le relais. Enfin c'est pas notre souci ! Voilà, Khun Sa a vite compris que la tentative était vaine, il s'est tourné sur un marché plus lucratif… l'opium. Il profitera par la même occasion de l'armement que les Américains ont fourni aux rebelles. Mais les Birmans s'en sont mêlés et ont fait la chasse aux insurgés. Khun Sa et les vétérans de l'armée chinoise ont dû se replier sur la Thaïlande. La boucle est bouclée, on est alors en 53 ou 54 et le général Pao, le patron de la police thaïlandaise, de surcroît agent de la CIA, reçoit Khun Sa comme un ami. Je vous rappelle que les Américains croyaient encore à une lutte contre les communistes. C'est comme cela que la drogue a librement quitté le pays depuis les pistes construites dans la jungle par la CIA. Bon ! les Ricains voulaient harceler les Vietcongs… je n'épiloguerai pas sur l'utilisation des pistes d'atterrissage.

Le capitaine s'arrête un instant.

– Vous suivez ?

– Parfaitement, capitaine. Dites, le général Pao n'est pas venu en Europe… en Suisse ?

– Bravo, vous êtes bien renseigné. C'est après un coup d'État manqué que le général s'est réfugié en Suisse, il y est d'ailleurs décédé. Mais concernant Khun Sa, le plus important à retenir, c'est que depuis 1965 il collabore avec tout le monde, passe les frontières comme bon lui semble. Il a établi des bases à Mae Hong Son et à Chiang Mai, mais aussi à Ho Mong et Nam Luang en Birmanie… je vous laisse imaginer l'imbroglio, communistes, anticommunistes, militaires, trafiquants et services secrets. Je continue ? Vous semblez épuisé, cher collègue.

– Continuez… mais mon Lefebvre dans tout ça ?

– Lefebvre Christian, venu en Thaïlande à la fin des années 80. Nationalité française, né en 53 à Caen, dans le Calvados… vous avez d'ailleurs une excellente eau-de-vie dans cette région… Brillant élève, il se découvre globe-trotter. Quitte la France avec une bande d'illuminés accros au haschisch. Beatniks idoles de Kerouac – *On the road* – sous le bras, c'est Paris-Kaboul en voiture, ils découvrent l'opium à Qadesh.

Le capitaine s'interrompt un instant, tire goulûment sur sa cigarette.

– Lefebvre, reprend-il, abandonne ses amis et part seul pour Bombay, via le Pakistan. Il termine sa course à Bangkok. Là, il passe aux choses sérieuses. Après plusieurs tentatives pour faire sortir des objets d'art, il s'installe à Pattaya et ouvre des établissements. La police a eu vent qu'il s'intéressait aux jeunes… ça rapporte plus. Il traficote avec des Européens, des Japonais et des Chinois. Entre en scène Khun Sa… depuis, notre bonhomme est devenu intouchable.

Le capitaine fait une pause, écrase sa cigarette dans une soucoupe.

– Je profite de votre interruption pour vous retourner le compliment, capitaine, vous êtes sacrément bien renseigné.

– Merci, répond-il, flatté. Mais nous ne saisissons pas pourquoi Khun Sa se mouille dans le trafic humain… pas son genre, il a assez d'influence avec la drogue. En tout cas, mon équipe est tombée sur Lefebvre qui rentrait de Chiang Mai, certainement pour négocier des enfants chez les paysans avant de les descendre dans le sud du pays. Mais cette fois-ci, le coffre de son 4 × 4 était rempli de paquets de la meilleure poudre. Et pour l'instant, il est entre nos mains.

– Pour l'instant ? demande-t-il étonné, en voyant se dessiner une grimace sur le visage du capitaine. Il le sent plus tendu, l'homme ne soutient tout à coup plus son regard.

– Pour l'instant, c'est ça, répond le capitaine, crispé.

Il ne dit rien, l'observe qui sort une deuxième cigarette, la porte à ses lèvres, le geste est saccadé. « Est-il corrompu jusqu'à la moelle ? »

– C'est bien, toutes ces histoires, capitaine, fait-il finalement, retenant un bâillement. Mais je dois entendre Lefebvre… où puis-je le rencontrer ?

– À la prison centrale de Klongprem, je vous y conduirai demain. Je vous propose que nous nous rencontrions à 9 heures à mon bureau, ça vous va ?

– Il me faut juste l'adresse.

– Phloenchit road, répond le capitaine. Pas loin de Lumpini park. Facile, c'est la police royale, tout le monde connaît. D'ailleurs je vous ai préparé un sauf-conduit et tenez, dit-il encore, voici votre passeport. Vous souhaitez que je vous fasse chercher ?

– Non, ça ira, capitaine.

– Votre hôtel n'est pas trop éloigné. Nous vous avons réservé le Firsthouse. Tenez, gardez sur vous cette carte de visite, les chauffeurs de taxi ne parlent généralement pas l'anglais, et mieux vaut ne pas se perdre à Bangkok. Vous pensez rester combien de temps ?

– Quelques jours, c'est encore à voir. Tout dépend de Lefebvre.

– C'est en ordre pour moi. Vous avez besoin d'autres renseignements ?

– Je ne crois pas, dit-il en se levant.

Le capitaine lui fait signe de patienter.

– Attendez. Je suis honoré de travailler avec un collègue européen, je peux vous appeler Patrick ou khun Pat peut-être… vous acceptez ?

– Khun Pat ?

– Oui ! Khun signifie monsieur en thaï.

– Alors, allons-y. Khun Pat me plaît bien.

– Moi, c'est Chan, appelez-moi Chan, ou capitaine Chan. Encore une chose, khun Pat, poursuit-il en sortant d'un tiroir un collier de fleurs. C'est pour vous, c'est la tradition et on dit que cela porte bonheur… ce sont des fleurs de jasmin et des œillets d'Inde tressés. Bienvenue chez nous, khun Pat ! fait Chan en lui glissant le collier autour du cou. Au fait, elle est bien votre chemise, ajoute-t-il avec un large sourire. Si vous voulez voir des fauves, je peux vous organiser une visite de la région de Khao Laem, après la rivière Kwaï, vous savez le fameux pont… trois ou quatre jours de safari… ça peut s'arranger.

Il ne répond rien. Se lève et empoigne brusquement son sac de voyage, hésitant à se déshabiller immédiatement et à balancer ses vêtements à travers la pièce.

– Vous reste-t-il des cigarettes, capitaine ? demande-t-il, irrité.

– Tenez, tenez, fait Chan en tendant le paquet. Prenez tout, il en reste trois ou quatre.

Il repasse de l'autre côté du comptoir, épuisé. Il s'approche de François, qui s'est affaissé dans son fauteuil, momentanément calmé.

– Eh ! fait-il en lui tendant le paquet. C'est pour toi, garde le moral et sache que je vais voir ce que je peux faire pour ton passeport.

D'une main, François dégage de ses yeux ses cheveux sales.

– Tu ne fais pas de l'import-export, toi, soupire-t-il, une fois la cigarette à la bouche. Pour être accueilli comme ça par ces connards et recevoir un collier qui te donne un air d'andouille… tu dois être un flic, pas vrai ?

– Garde le moral, c'est tout ce que je te demande.

– Un flic de chez moi, putain que ça fait du bien ! crie alors François en faisant volte-face, les bras tendus en direction des places de travail.

– Ta gueule, François, fait-il en refermant brutalement la porte du bureau de l'immigration.

Don Muang. L'aéroport est à 25 kilomètres du centre ville. Il lui faut trouver un taxi. Il fait chaud. Il peine à respirer. Immédiatement les odeurs de kérosène et les vrombissements des moteurs diesels lui font tourner la tête. Le bruit est infernal. Il ferme les yeux, la sensation que du sable s'est glissé sous ses paupières. Il se masse légèrement les tempes. Les histoires de Chan virevoltent dans son esprit. Il pense à Khun Sa et à Lefebvre. Manque de perdre son équilibre. Se ressaisit. Des centaines de coolies se battent pour les bagages des passagers à peine débarqués. Ces hommes peu vêtus, pète-sec et pieds nus, se précipitent à petits pas en poussant devant eux des chariots métalliques ou des diables à roues basses et hurlent d'une voix nasillarde. Certains ont la peau jaunâtre, comme les Chinois. Les Cinghalais et les Hindous, bien reconnaissables, ont la peau marron et tendue comme une toile cirée. Les Thaïlandais, de petite taille et la peau couleur sable, sont vêtus à l'occidentale. Les chaussures reluisantes, ils accueillent les passagers et leur proposent hôtels, voitures de location et visites guidées : « *Where are you going ?* Pattaya ? Kho Samui ? Phuket ? »

Des femmes et des enfants vêtus de guenilles, assis à même le sol, tendent la main. D'autres, aveugles, récitent des incantations sur un ton monocorde, leurs lèvres collées à un micro qu'ils tiennent fermement entre leurs mains déformées.

Il se fraye un passage. S'écarte devant un groupe de moines la tête rasée et portant une toge jaune, petites lunettes rondes et mallette de séminariste à la main ; ils traînent les pieds, chaussés de savates qu'il entend glisser sur le sol.

Coups de sifflets. Des agents de police en uniforme brun, ceinturon noir, casque de moto blanc sur la tête et masque de tissu blanc sur le nez, s'agitent dans tous les sens en soufflant comme des forcenés dans des sifflets chromés qui ne quittent par leurs lèvres.

Il sourit devant ces déhanchements effrénés. File entre les hommes, dépasse d'une tête le plus grand d'entre eux, circule entre les voitures, lève le bras et hèle un taxi. Il jette des coups d'œil sur sa droite tout en prenant garde aux voitures qui roulent à gauche, héritage britannique oblige.

Il repère aussitôt les *tuk-tuks*, ces taxis bariolés à trois roues, ouverts sur les côtés, qui ont remplacé les *sam-lo*, des tricycles et des pousse-pousse. Un taxi limousine, jaune et vert, s'arrête à sa hauteur. Le conducteur reste à bord, ouvre la portière depuis l'intérieur. Il remet à plus tard une virée en *tuk-tuk*.

Il prend place sur la banquette arrière, tend au chauffeur la carte de visite de l'hôtel. L'intérieur de la voiture est kitsch, décoré d'ampoules scintillantes et de guirlandes de jasmin qui embaument l'air. Les sièges sont recouverts d'une fourrure à longs poils blancs. Une photo du roi est collée sur le tableau de bord, à côté de frimousses d'enfants et d'une représentation du Bouddha couché, le bras replié sous la tête. Sur le siège du passager il y a une glacière de plastique et une radio portable qui diffuse un rock, tempo thaïlandais. Sous ses pieds, une épaisse moquette découpée à la va-vite.

Il observe la rue à travers la vitre constellée de vignettes couvertes de signes thaïs et de nombres à 10 chiffres. Les bruits se cumulent en une cacophonie qui ne semble déranger personne. Ça grouille de monde, de vie. Le chauffeur passe son bras et sa tête par la fenêtre et engage de force son véhicule dans le trafic. Klaxons. Sifflets. Freinages et accélérations. Ballotté, il saisit la poignée de sécurité et se cale dans son siège. Coup de chaleur. Des milliers de véhicules, voitures japonaises et européennes, motos, minibus, camionnettes bariolées et *tuk-tuks* peints en bleu, en rouge ou en jaune, s'entrecroisent dans une furieuse bataille pour gagner un mètre sur le véhicule d'à côté. « Et dire que j'avais la trouille en conduite VIP. »

La route est large et encombrée. Embouteillage géant. Le taxi circule, le capot collé à l'arrière d'un pick-up Nissan blanc, le pont chargé de tiges de bambou. Le chargement dépasse de plus d'un mètre la cabine et manque à chaque virage de se déverser sur la chaussée. Deux gosses, visage rieur, sont assis sur les bambous et s'égosillent en direction de la circulation.

Déformation professionnelle, il regarde la plaque d'immatriculation : couleur jaune, deux lettres en écriture thaïe, suivies de quatre chiffres.

Les motos de petites cylindrées, Honda et Suzuki, se faufilent à toute allure, pilotées par un conducteur vêtu d'un gilet fluorescent : mototaxi. Plusieurs d'entre elles transportent deux, trois, quatre parfois cinq personnes, une famille. Les gaz noirs des moteurs diesels et des moteurs deux temps s'échappent des pots d'échappement. Les bouches d'égouts refoulent des excès d'eau et des détritus, des légumes et des fruits avariés. Sur les toits des immeubles vétustes, béton gris, des multitudes de panneaux publicitaires de plusieurs mètres de hauts sont fixés, maintenus par des échafaudages métalliques ou de bambous brinquebalants : annonces et slogans pour des produits occidentaux, à dominance américaine. Sur le bord de la chaussée, des magasins proposent des pièces mécaniques ; les moteurs sont démontés, çà et là on trouve un carburateur, un réservoir, des batteries, des pneus… les sols, les parois et les établis sont recouverts d'huile et de cambouis. Des panneaux Elf et Castrol, Good Year et Michelin, sont fixés sur les devantures.

Le centre ville n'est plus qu'à quelques kilomètres. Plusieurs gratte-ciel, dont une tour gigantesque, fenêtres noires sur murs blanc cassé, percent la couche de pollution. Le chauffeur fait signe que l'hôtel se trouve dans cette direction.

– Pratunam ! *Water Gate !* répète l'homme en riant.

Il montre qu'il a compris en levant le pouce. Des voitures, le capot ouvert, gisent sur le bord de la route ; plusieurs personnes sont penchées sur le moteur.

Stop. Feux rouges. L'air chaud s'engouffre par les fenêtres ouvertes à l'avant. Les sifflements stridents et discontinus des policiers qui gesticulent aux carrefours, les musiques des chaînes HI-FI surpuissantes installées à bord des voitures de sport, les klaxons, les pétarades des *tuk-tuks* entraînent de violents maux de tête ; les changements fréquents et brutaux de direction lui retournent l'estomac. Il se sent mal. Retient un vomissement. Ouvre les boutons de sa chemise et respire profondément. Les odeurs de gaz pénètrent ses poumons. Il défaille. Repose la tête contre le dossier et ferme les yeux. Il chavire, l'estomac au bord des lèvres. Finalement il décide de garder les yeux ouverts pour le reste du trajet.

Le chauffeur bifurque et engage son taxi dans une ruelle si étroite qu'il doit rabattre le rétroviseur pour ne pas le briser. Il débouche sur de nouvelles avenues. Plus larges. Plus encombrées. Le taxi avance par à-coups. Pare-chocs contre pare-chocs. Bifurque une fois encore. Emprunte la descente d'un parking d'un hôtel. Passe sous le bâtiment et sort à l'autre extrémité. Autre avenue. Autre embouteillage.

Le centre de la ville est tout près. La chaussée et les trottoirs sont mieux entretenus. Les étals des artisans ont laissé place à des magasins fermés, aux vitrines bien décorées, à des restaurants thaïs, indiens, coréens, japonais, italiens ou français. Les hôtels se concurrencent en affichant leurs prix, à la baisse, et leurs prestations : *Sky view, Sky Lounge... The best of sea food of Thaïland... swimming pool, Music Live, Wine cellar...* Par centaines, par milliers, des affiches : *Room's rent – Guest House – vacancy*, sont suspendues aux fils électriques qui traversent la chaussée.

Ici, le bord des trottoirs est alternativement peint de rouge et de blanc. Des arbres à grandes feuilles vertes et à fleurs rouges, qui ressemblent à des chenilles géantes, se dressent à la jonction des rues. D'imposantes jarres noires ou ocre, dans lesquelles sont piqués des yuccas et des aloès, des agaves et des dragonniers, des palétuviers et des camphriers, ainsi que bien d'autres plantes qu'il admire sans pouvoir les nommer, palmes larges ou fines, troncs lisses ou rugueux, sont disposées par intervalles réguliers. Entre les immeubles, des terrains en friche où les chiens lèvent la patte contre des palmiers ; des arbrisseaux recouverts d'azalées aux couleurs chatoyantes surgissent des broussailles. Des bâtiments administratifs et des banques aux murs blancs et aux fenêtres vitrées, grillagées, ont remplacé les habitations miséreuses des périphéries. Des maisons d'architecture coloniale sont entourées de jardins luxuriants. Il passe sous le maillage d'un métro aérien, au design futuriste. Il se glisse entre d'immenses centres commerciaux : Siam center, Gaysorn, Jim Thompson's House, Thaï House market.

Au milieu d'un gigantesque carrefour grand comme un stade de football, le taxi tourne autour d'un monumental pilier gravé et couvert de feuilles d'or. Des statues de soldats en faction, dorées et revêtues des uniformes coloniaux, gardent l'édifice.

– *Victory Monument !* entend-il marmonner le conducteur, après quoi ce dernier rit et garde la main enfoncée sur le klaxon, coupant ainsi la route aux autres véhicules.

Des dizaines de ponts enjambent des rivières saumâtres, couvertes de jacinthes d'eau. Il découvre des choses insolites. Ici, un homme qui s'accroupit pour uriner. Là, une femme sans âge couchée à même le sol. Des enfants mutilés qui tendent mains et moignons. Des bonzes vêtus de robes orange, colliers de perles noires autour du cou. Des hommes d'affaires en costume occidental, mallette de cuir et portable scotché à l'oreille. Des carrioles de fruits et de légumes poussés par des hommes déchaussés. Des chiens sauvages qui se précipitent entre les jambes d'éléphants enchaînés à des pilots de bois. Partout du mouvement, de l'agitation. Partout des hommes, des femmes, assis devant leur marchandise à même le sol, dans l'attente de clients.

Le taxi ralentit et s'engage dans une rue marchande. Un panneau indique Pratunam.

– *Here ! It's here !* fait le chauffeur en klaxonnant.

Les policiers gesticulent toujours autant et sifflent sans s'interrompre. Des poussières de sable tourbillonnent par-dessus la route. Par centaines des gens entourent le véhicule. Bousculades. Piétinements. Des motos tant bien que mal se frayent un passage au sein de cette marée humaine, d'énormes sacs de marchandises fixés au siège arrière. Les conducteurs utilisent leurs jambes comme balanciers. Sur les côtés de la chaussée, des échoppes débordent de vêtements : blue-jeans et pantalons, t-shirts et chemises, bermudas et sous-vêtements ; d'autres sont remplies de chaussures de sport et de ville, ou encore truffées de matériels électroniques et d'appareils ménagers. Des chariots présentent des fruits et des légumes, des fleurs et des graines. Par terre s'écoule une eau mousseuse, entraînant avec elle des épluchures et des restes de nourriture.

Le taxi avance au pas. Le chauffeur heurte avec son pare-chocs les piétons récalcitrants ; il évite cependant soigneusement les moines qui marchent en tenant devant eux des récipients en osier où des mains glissent quelques pièces ou un billet. Encore une centaine de mètres, et le taxi bifurque entre deux bâtiments. En travers de la route, un énorme panneau peinturluré signale : Transcargo co., Ltd, *men wear, sport wear and ladies wear... factory price, door to door to your country.*

À l'approche du véhicule, un policier lève la main et s'avance. Siffle sèchement. Sans s'arrêter, le chauffeur tend une coupure de 100 bahts. Le policier acquiesce, empoche la coupure et s'éloigne. Le taxi s'engage alors sous un immeuble de béton brut et débouche dans une ruelle obscure. Des hommes torse nu ou en débardeur, la peau brûlée par le soleil, des pagnes bleu foncé ceints autour des reins, sont assis autour de caissons de bois ou de plastique, jettent des dés et déplacent des capsules sur des échiquiers improvisés ; ils s'interrompent au passage du taxi, saluent en joignant les mains, souriant généreusement.

Il transpire. A de violents maux de tête, des nausées. Les odeurs de kérosène se mélangent à celles des égouts, il met la main devant son nez. Il souhaite à présent atteindre rapidement son hôtel.

Enfin le véhicule s'immobilise devant un temple chinois, aux murs laqués de rouge et bardés de gueules de dragons. Le chauffeur se retourne et désigne, en souriant, la porte vitrée du Firsthouse. Déjà plusieurs bagagistes se précipitent.

Chambre 36. Troisième étage. Une orchidée est délicatement posée en travers de l'oreiller, son parfum balaye la pièce.

Allongé sur le large lit à baldaquin, il reste un long moment à observer les pales de bois du ventilateur fixé au plafond marron clair. Ressent une grande fatigue, laisse aller sa tête de côté. Il écoute le bruit de l'activité des hommes, lequel parvient étouffé de la rue, presque lointain, couvert en partie par le ronronnement régulier de la climatisation, qui diffuse un léger parfum ambré, piquant mais délicat.

Les yeux fixés sur une lézarde en forme d'éclair que reflète le miroir sur lequel il a accroché le collier à fleurs reçu du capitaine Chan, il médite sur cette première journée de mission.

Il sent une caresse sur sa joue. Perçoit le léger frottement des pales du ventilateur. Ferme les yeux et se met à penser à la physionomie des Thaïlandais. Sveltes et de petite taille, ils paraissent cependant puissants et agiles. Dans l'ensemble, leurs déplacements sont précipités. Campés sur leurs jambes, ils semblent prêts à changer à tout moment de direction. Gauche. Droite. En avant. En arrière. La bouche légèrement entrouverte, ils laissent apparaître la blancheur de leurs dents. Ils ont un visage rieur, les yeux étirés, le nez large et les pommettes épaisses. Le haut du corps est imperceptiblement voûté, comme pour éviter un plafond imaginaire. Ce peuple paraît soumis à un constant contrôle social. Réminiscences d'habitudes séculaires, que créent les codes sociaux des peuples. Une chose est certaine, ici, la vie est publique.

Il s'interroge sur l'accueil que lui a réservé le capitaine Chan. « Est-il fiable, il avait l'air drôlement gêné de parler de la détention de Lefebvre. De toute façon, pour l'instant je n'ai pas d'autre choix que de lui accorder ma confiance. » Il se dit qu'il s'arrangera pour glaner ça et là des renseignements sur l'équipe des narcotiques, de toute manière, il a rendez-vous avec Lefebvre, et quelles que soient les intentions de Chan, il ne devrait pas trop s'attarder dans la région.

Ses yeux le piquent. Il bâille. Se redresse. Tout flapi, il s'assied sur le bord du lit. Apprécie les murs recouverts d'une tapisserie vert pâle, ornée de bambous beiges tracés comme des coups de sabre. Les meubles sont fonctionnels, sans chichis, en teck verni foncé et rotin clair. Une télévision. Un mini frigo. Une armoire et des étagères. Une coiffeuse sur laquelle est déposée une corbeille de fruits : ananas, papayes, oranges et mangues. Une colonne de minuscules fourmis se perd derrière le meuble. Sur la table de nuit : un téléphone, des prospectus d'excursions et de salons de massage ouverts 24 heures sur 24. Il ouvre le tiroir central. Une bible : *New Testament – thaï and english,* ainsi que le livre des enseignements du Bouddha : *The Teaching of Buddha.*

« Quel choix… » pense-t-il en souriant.

Il passe la main sur la couverture molletonnée qui recouvre le lit. Il se lève, ouvre son sac de voyage, en sort le livre de Céline.

« Voyage au bout de la nuit… c'est ce qu'on verra, mon coco ! » marmonne-t-il, déposant l'ouvrage sur la table de nuit.

Il range ses affaires personnelles. Les blattes affolées filent en zigzaguant sous les meubles. Il gagne la salle de bains, se déshabille et passe sous la douche. L'eau fraîche et le savon parfumé au fruit de la passion le revigorent. Il sent ses muscles se décontracter, reste longtemps sans bouger, avant de s'enrouler les reins d'un paréo orange.

Il s'approche de la fenêtre, et sans même un regard à l'extérieur fait pivoter les lamelles de bois patiné. La chambre s'assombrit, laisse place à une pénombre mordorée.

Il se laisse tomber sur le lit, les bras en croix. La climatisation ronronne, le berce. Il entend du remue-ménage dans la chambre voisine. Des enfants chahutent. Un père hausse le ton. Il imagine les ordres qu'il donne. Les pères ont certainement les mêmes exigences aux quatre coins du monde : « Cesse d'embêter ta sœur ! Lave-toi les dents ! Range tes affaires ! » Une porte claque.

Il ferme les yeux. S'évade de Bangkok et de ses 10 millions d'habitants. Entre deux mondes, il perçoit des pas dans le couloir. Un couple chuchote en faisant jouer une clef dans une serrure. Il imagine qu'ils s'embrassent. La porte se referme. Ils se sont allongés, il entend le grincement de leur lit. La sirène d'une ambulance le ramène brutalement à Bangkok. Il attend. Les sons s'éloignent à nouveau. Il se détend. Surprend les halètements forts et saccadés du couple voisin qui s'étreint. Son corps s'échappe. Il voyage. Retrouve une femme sur une terrasse, en bord de mer, sous l'arc de la nuit. Elle lui tourne le dos, compte les étoiles. Il prend une couverture de laine et la lui dépose sur les épaules, soulève les cheveux de la femme et lui mordille l'oreille en se glissant à ses côtés. « Je t'aime ! » murmure-t-il. Il se sent irrémédiablement glisser vers le sommeil. Sa main caresse la main de la femme, sa femme, elle sourit, la tête appuyée contre son épaule… parmi le ciel étoilé.

Bangkok
Opération Suzette
Deuxième jour

Quatre heures du matin. Quartier touristique de Patpong. L'homme pousse doucement la porte du club français de Bangkok, le coffee *parisien. Déco coloniale, meubles en rotin, rangées de néons orangés. Des tables rondes, des chaises et des poufs, des cosys et des fauteuils clubs, entourent trois scènes sur lesquelles des poteaux en aluminium offrent des appuis aux danseuses qui les nuits se déhanchent devant une clientèle surexcitée.*

Il s'approche du bar en allumant une cigarette. Ne dit rien, ne commande rien. Passe devant le barman, français, un béret basque vissé sur la tête, qui essuie d'un geste machinal un verre de bière Stella Artois.

L'établissement est quasiment vide, trois types sont assis à une table. Cinq entraîneuses accoudées au comptoir attendent la fermeture. Elles bâillent, avachies, languissantes, elles discutent du dernier épisode d'un feuilleton indien en vogue à Bangkok depuis plus d'une quinzaine d'années ; sous-titré thaï, plusieurs familles se marient, se déchirent et se divorcent, sur fond de pleurnicheries, d'adultères et de retrouvailles… succès phénoménal.

Fin de nuit, fin de fêtes. Une abondante nappe de fumée estompe le plafond. « Faudra faire réparer la clim », pense le barman intrigué par le comportement de ce client. Résonne une musique rock d'un groupe français des années 80, qui, chez les immigrés franchouillards de Bangkok, est toujours d'actualité : « J'ai rêvé d'un autre monde », s'égosille le chanteur dans son micro, « ou la terre ne serait pas ronde… ou la lune serait blonde… je dormirai à poings fermés… je rêvais réalité… réalité ! »

L'homme écrase la cigarette qu'il vient de jeter à terre. Il est vêtu d'un short clair et d'une chemise hawaïenne, porte des espadrilles. Il se racle la gorge, irrité par les odeurs d'alcool, de parfums et de transpiration.

Le barman l'observe en coin. Quarante ans dans le métier, il sait que quelque chose se prépare. Il siffle un coup bref. Les filles ramassent précipitamment leurs sacs posés sur le comptoir, sortent dans la rue sans poser de questions ; le turbin est terminé… pour quelques heures.

L'homme s'approche doucement des trois types. L'un d'eux redresse la tête, les yeux vitreux, la mine défaite, la lèvre inférieure tombante, un fil de bave s'étire de son menton au plateau d'aggloméré. Plusieurs cadavres de bouteilles de whisky thaïlandais Mékong sont couchés sur la table. Des cigares fument dans le cendrier.

– Lefebvre ? balbutie l'homme en se redressant, les deux mains appuyées sur la table. Pas croyable… qu'est-ce que tu fous là ?

Il chancelle, s'affaisse sur sa chaise en lâchant un rot bruyant. Ses deux camarades, le visage déconfit par la surprise, se retournent maladroitement, ren-

versent les bouteilles qui roulent doucement et tombent dans le vide.

Déjà l'homme est sur eux. Il bouscule le plus proche qui s'effondre ; frappe furieusement le deuxième, qui part en vol plané entre les tables. Il reste planté devant le troisième homme, tassé sur sa chaise, le regard hébété, son visage est soudainement devenu livide.

La musique s'est interrompue. Le barman retient son souffle. Il pose le verre sur le comptoir, en prend un second, vide le fond dans l'évier en inox et le trempe dans la bassine d'eau savonneuse. Il ne perd rien de la scène qui se déroule sous ses yeux.

– Qu'est-ce… que… tu fous là ? tu sais que j'y suis pour rien… tente d'articuler le type terrorisé, essuyant sa bave d'un revers de la main.

Il n'a pas terminé sa phrase que l'homme, d'un geste assuré, sort une arme de gros calibre dissimulée sous sa chemise bariolée plage et cocotiers, tend le bras et appuie sur la détente, à deux reprises, sans un mot. La cible atteinte en plein front s'écroule.

Lentement il avance sur les hommes allongés entre les tables, repousse du pied les bouteilles qui jonchent le sol et répète le geste mortel avec une grande précision. Deux détonations. Deux fois mouche.

Le barman n'a pas sourcillé. Il essuie imperturbablement. Peut-être même qu'il a ralenti son geste !

Derrière l'épais rideau qui masque l'accès aux toilettes, un petit vendeur de drogue retient un cri en reculant de quelques pas.

– Pour m'avoir donné aux flics, bande de foireux ! fait l'homme en sortant du club.

Le barman dépose doucement le verre, porte la serviette à son front et s'essuie. « Putain de métier ! » murmure-t-il.

Il allume une cigarette qu'il tient nerveusement entre ses doigts tremblotants. Il tire plusieurs bouffées en décrochant le combiné du téléphone, compose le numéro d'urgence de la police.

Le réveil marque sept heures. Il s'étire. Un léger babil parvient de la fenêtre. Il reste un instant sans bouger. Attend. Écoute les grondements qui s'élèvent de la ville. La chambre est plongée dans la pénombre. Il se redresse et s'approche doucement de la fenêtre. D'un doigt il fait pivoter les persiennes acajou. Les rayons de lumière traversent la pièce, font apparaître les poussières virevoltantes. Il cligne des yeux. Un oiseau se tient sur le rebord. Corps allongé, son plumage noir a des reflets bleutés. L'animal fait virevolter sa minuscule tête plantée d'un modique bec orange puis cesse de babiller.

Il retient son souffle, l'oiseau le repère, s'ébroue, l'observe un instant, finalement reprend son aubade.

Il inspire doucement, enchanté de cette eurythmie volatile, heureux que son premier réveil sous les tropiques soit accueilli par ces louanges matinales.

L'oiseau babille, sautille en jetant de rapides coups d'œil, comme pour s'assurer du réveil des hommes ; alors d'un élan il prend son envol.

Il suit sa trajectoire. Le ciel est bleu. Le soleil brille. Il fait chaud.

– Je suis en pleine forme, fait-il en étirant les bras, faisant craquer ses doigts, se sentant parfaitement prêt pour la rencontre avec Lefebvre. « Une formalité qui va me laisser le temps de découvrir le pays », se persuade-t-il en enfilant son pantalon de toile.

Il serre sa ceinture en cuir, y accroche l'étui de son téléphone portable, enfile une chemise kaki, se glisse dans ses chaussures Caterpillar.

– Où ai-je foutu la carte magnétique fournie avec le matos ? râle-t-il en fouillant ses affaires. J'y suis... code 12 UZ N7 09.

Ce matériel est distribué pour les déplacements à l'étranger. Quel que soit le fuseau horaire, chaque matin l'agent en mission doit impérativement appeler la Centrale d'alarme et annoncer son code : combinaisons multiples. S'il ne le fait pas... bonjour les dégâts. L'ambassade est dans l'instant informée qu'un homme est porté disparu. Il existe aussi une procédure au cas où l'agent est menacé et doit transmettre une information, ou alors s'il est neutralisé, son identité substituée. Raison pour laquelle la carte est bondée de chiffres, seul l'utilisateur connaît l'enchaînement exact des nombres, qui varie en fonction du jour.

– Suzette code 12 UZ N7 09, souffle-t-il à l'opérateur qui a répondu à son appel.

– Excellente journée Suzette... t'as une veine incroyable il pleut à La Haye. Sympathique, la Thaïlande ?

– Tu m'appelles une fois encore Suzette et dès mon retour je t'en colle une, pigé ? réplique-t-il, coupant aussi sec la communication.

Avant de refermer la porte derrière lui, il récapitule rapidement les documents qu'il lui faudra pour la rencontre avec Lefebvre. Tout y est. Il jette un coup d'œil dans le couloir qui mène aux ascenseurs, est surpris par son étroitesse. « J'étais vanné hier soir… ne me souviens pas de l'avoir emprunté. »

Il descend quelques marches, prenant garde au plafond bas. Il fait sombre. Les tapisseries vert bouteille et le teck foncé qui recouvre la partie basse des murs absorbent le peu de lumière qui pénètre par la petite fenêtre grillagée en bout de couloir. La climatisation ronronne. Le parquet ondule. Les portes sont numérotées ; les chiffres de laiton.

Près des ascenseurs, il croise une petite bonne femme burinée, sans âge, qui le salue en souriant. Son visage est fatigué, plissé de mille rides, il y a deux fentes noires à la place des yeux. Elle a le nez large et rond, ses lèvres dévoilent une bouche édentée. Cependant elle rayonne. Elle est gracieuse, se déplace avec légèreté. Elle revêt une tenue de femme de chambre, tient à la main une brosse pour les toilettes. Elle s'écarte pour le laisser passer. Il la salue d'un léger signe de la tête et file au rez-de-chaussée.

L'entrée de l'hôtel est aménagée avec des meubles de teck, nacrés par endroits, bordeaux ou noir, et finement sculptés : grues, dragons, tigres et éléphants, ornés de feuilles dorées ; des bambous et des plantes vertes sont peints à l'huile sur de gigantesques miroirs ; d'agréables arômes exotiques flottent dans l'air. Les tapis sont épais, tons pourprés, carmin, cerise.

L'imposant comptoir de bois sculpté de la réception est verni caramel. Des clients occidentaux et quelques Chinois règlent leur départ. Une femme de ménage, semblable à celle croisée à l'étage, burinée et marquée, fait aller un aspirateur d'un geste assuré et paisible. Une musique asiatique jouée sur des instruments traditionnels résonne dans le hall. Le *bell captain* effectue des va-et-vient en gesticulant en direction du portier qui discute avec les chauffeurs de taxi assis sur les marches de l'entrée du bâtiment.

Il s'installe près de la baie vitrée. Des familles hindoues, philippines et japonaises occupent plusieurs tables. Leurs assiettes sont remplies d'un mélange de riz, de poisson, de viande et d'œufs. Ils mastiquent avec un bruit infernal, les yeux braqués sur une télévision fixée au plafond, au-dessus du portrait du roi en costume de cérémonie, de bâtons d'encens et d'offrandes. Un présentateur, relooké beau gosse CNN, cravate azurée sur chemise blanche à manches courtes, suit d'un regard hypnotique les phrases qui défilent sur le téléprompteur.

Il salue un Européen qui l'observe scrupuleusement depuis le fond de la salle, par-dessus le journal thaïlandais qu'il tient dressé devant lui. La soixantaine bien sonnée, la peau hâlée, les cheveux blancs coupés en brosse, l'homme porte une chemise Camel jaunâtre et un gilet vert de photographe à poches multiples. Il lui retourne son salut en hochant légèrement la tête, dévoilant à contre-jour un fin collier de barbe blanche.

– Un café s'il vous plaît, demande-t-il aimablement à un serveur à la mine ensommeillée, qui s'est approché nonchalamment.

Il observe longuement la rue, légèrement assombrie par les avant-toits en tôle ondulée, qui protègent à la fois du soleil et de la pluie, qu'il devine abondante à cette saison. Les coudes appuyés sur la table, le menton posé entre les mains, il voit la foule qui se meut sur les trottoirs et les chaussées, entre les *tuk-tuks*, les motos et les vendeurs ambulants. Certains marchent à petits pas rapides, d'autres traînent les pieds en faisant glisser leurs tongs de plastique.

Il remarque plusieurs individus qui se dirigent vers le temple chinois qu'il a repéré la veille. Ils se déchaussent avant d'entrer dans le sanctuaire gardé par deux dragons dorés, scellés sous le porche laqué rouge et soutenu par des piliers couleur émeraude, ornés de peintures dorées et de colliers de fleurs blanches.

Son regard est attiré par la plaquette métallique fixée à l'angle du temple, gravée : soï 19. En examinant le plan de la ville pour localiser le commissariat des narcotiques, il a compris que les *soï* étaient de petites rues perpendiculaires aux avenues principales qui traversent Bangkok.

Il lève les yeux, reste bouche bée devant les centaines de câbles électriques distendus et entremêlés qui filent entre les poteaux de bois, les tôles ondulées et les bâches suspendues pour aller se perdre à l'intérieur des logements et des bureaux des bâtiments défraîchis. Il pense alors à la méticulosité des sociétés d'électricité en Europe, qui prennent soin de chaque mètre de câbles. Son ami Maurice, parfois suspendu à plus de 30 mètres au-dessus du vide, prend chaque jour des risques pour assurer l'éclairage de milliers de foyers. « Toi, ce sont les coups de lames que tu crains, moi, ce sont les décharges électriques », lui a dit Maurice un jour de grand froid, avant de passer une salopette et de partir en urgence pour réparer un pylône sectionné par la bise noire. Sa femme Loyse, inquiète, s'est occupée une fois de plus de leurs enfants.

Il sent une présence à ses côtés, pivote légèrement et constate que le serveur auquel il a commandé un café n'a pas bougé d'un iota. Sa mine est toujours anesthésiée, un large sourire est figé sur son visage desséché, à la peau mate.

– Un café, s'il vous plaît, répète-t-il en articulant chaque syllabe.

– *Mai mi !* fait l'homme en baissant la tête.

– Euh… bonjour, je souhaite juste un café, merci.

– *Mai mi !* répète le serveur, le visage toujours affublé de son sourire crispé, désignant une table sur laquelle on a installé le buffet du petit déjeuner.

– Ah, self-service ! s'exclame-t-il. Et pour le café ?

Sans rien ajouter, l'homme s'éloigne à reculons, traînant des pieds.

« À voir sa mimique, j'ai manifestement gaffé », constate-t-il, sans comprendre.

Alors il se lève et s'avance vers le buffet garni de saucisses et de bacons, de riz cantonnais, de pain et de croissants, de jus d'orange, de pamplemousse, de fruit de la passion ou de mangue. Dans de petits bols de bambou tressé, se trouve de la poudre de coco et du sucre de palme. Des corbeilles offrent des fruits qui lui sont inconnus ; il lit les étiquettes : pommes de Java, jujubes, ramboutans, longanes.

Il pioche dans une corbeille d'osier quelques demi-baguettes de pain français, se sert de beurre, de confiture de kiwi et de tranches d'ananas. Il ne manque que le café. Il jette un coup d'œil circulaire, aperçoit les garçons de salle qui s'agitent derrière le bar en le regardant furtivement. L'un d'eux s'approche d'un pas énergique.

– Bonjour, je suis Surapon, le maître d'hôtel.

L'homme est jovial, le teint clair, le visage large, les yeux rieurs. Il paraît plus réveillé que le serveur, une mèche de cheveux noirs traverse son large front.

– Enchanté, moi, c'est Patrick, je cherche le café.

– Pas ce matin, nous sommes désolés, monsieur Patrick.

– Ah ! sans importance, je prendrai du thé… et il y a les jus de fruits.

Le maître d'hôtel sourit et l'examine sans bouger, excepté la mèche de cheveux qui ondule, titillée par le souffle des ventilateurs.

– Vous venez d'arriver, monsieur Patrick ? demande l'homme poliment, inclinant légèrement la tête.

– C'est exact. Vous pouvez me dire khun Pat, je trouve l'expression plutôt sympathique.

– Je vois que vous vous familiarisez vite avec notre langue, moins avec nos mœurs. J'avais compris à votre façon d'insister pour le café que vous veniez d'arriver.

Il fronce les sourcils, l'homme lui paraît tout à coup moins aimable.

– Mais je ne crois pas avoir insisté ! fait-il froidement.

– Certes, mais voyez-vous, si l'on ne vous répond pas, c'est qu'on éprouve de la gêne. Avec moi, ce n'est pas tout à fait pareil, j'ai fait mes études à l'École française de Bangkok et suis allé deux ans en Europe. Mais sachez qu'une grande majorité du personnel sont des paysans du Nord ou du Laos. Ils ne connaissent pas vos usages et sont très empruntés, ils ne veulent surtout pas paraître impolis. Si vous insistez, vous les humiliez.

– Pas de problème, mais encore une fois, je ne crois pas avoir insisté. C'est donc pour cette raison qu'il me souriait sans broncher ?

– Oui, oui, c'est pour cela. Il se peut que vous entendiez *mai mi* ou *mai pen rai*, ce qui veut dire que la personne ne pourra pas vous satisfaire. S'il vous plaît, soyez alors indulgent.

– *Mai mi*, en effet c'est ce que le garçon m'a dit.

– Ce qui veut dire qu'il n'y a pas de ce que vous demandez… vous entendrez souvent *mai mi* en Thaïlande. C'est aussi employé si votre interlocuteur ne veut pas vous satisfaire… ce qui est assez souvent le cas. Veuillez nous excuser.

– Et *mai pen rai* ?

– Oh, *mai pen rai* exprime la perception de l'impermanence de toute chose et la faculté de rester calme et bienveillant, dit le maître d'hôtel en se redressant légèrement, les yeux scintillants. Bien, n'hésitez pas à me demander ce qui vous plaira. Je peux vous organiser une visite de la ville ou alors, vu comment vous êtes équipé, je peux aussi vous organiser un tour en jungle… vous savez, il y a encore quelques bêtes sauvages.

– C'est gentil à vous, interrompt-il, irrité qu'une fois encore on fasse allusion à ses vêtements. Mais je suis là pour affaires, poursuit-il, je ne pense pas avoir le temps de m'amuser. Je vous ferai demander si nécessaire, et présentez toutes mes excuses au serveur.

L'expression du maître d'hôtel change d'un seul coup. L'espace d'un éclair, ses yeux deviennent cruels et luisants, des billes de jais. Il se ressaisit aussitôt.

– Des filles pour vous détendre, monsieur Patrick ? demande-t-il à voix basse.

– Vraiment pas… merci !

– *Mai pen rai* ! fait alors le maître d'hôtel, s'éloignant du buffet, légèrement penché en avant, les mains jointes.

Il connaît les hommes, il sait bien que les yeux sont des vitrines où s'exposent leurs bonnes et leurs mauvaises intentions. Son instinct lui dicte de se méfier de celui-ci. « Trop poli, ce mec. Et son regard… » Il a remarqué encore qu'il portait une chevalière dorée à la main gauche. Une bille rouge entourée d'un serpent, les yeux fixes.

Il se décide pour une tasse de thé de jasmin. Plusieurs journaux, *The Nation*, *The Bangkok Word* et *The Bangkok Post*, sont posés sur la table, près des bols de corn flakes, les coupes, les assiettes et les couverts. Il choisit le *Bangkok Post*, retourne s'asseoir. Croise l'homme qui porte un gilet de photographe, lequel s'est levé en râlant contre un serveur planté devant sa table, souriant niaisement.

– Faites chier ! fait cet homme en quittant la salle, gesticulant furieusement.

Il croque à belles dents la baguette tartinée de confiture. Il tourne les premières pages du journal : on a voté une réglementation afin de contrôler la circulation des bateaux taxis dans les *klongs*, des canaux qui partent du fleuve principal ; le premier ministre a inauguré la dernière rame du métro aérien ; des affrontements à la frontière birmane ont fait 10 morts dans les rangs des rebelles communistes ; les touristes envahissent une fois encore les plages du Sud ; les paysans descendent en ville à la recherche de travail ; on a autorisé l'abattage systématique des chiens errants ; des moines sont intronisés ; trop de dégâts causés par les singes en ville… des touristes mordus ; une fois encore des plaisantins retirent les couvercles des bouches des égouts… des blessés en quantité.

Il trempe ses lèvres dans le thé au jasmin sans quitter le journal des yeux. Lit plus attentivement un article qui dénonce le comportement de la police : les cadavres de plusieurs femmes ont été découverts dans un immeuble près de Siam square, des officiers sont directement mis en cause. Les autorités reconnaissent que la police a ouvert le feu à travers les portes de l'appartement, mais rappellent qu'en 3 jours, à Bangkok, plus de 3 000 interpellations ont eu lieu, et que 1 600 personnes ont été incarcérées ; que plus de 3 millions d'amphétamines ont été saisies et qu'en 4 mois plus de 14 000 personnes ont été arrêtées. La police exige des journalistes qu'ils cessent leurs investigations et fassent preuve de plus de compréhension. Le hic, c'est que ces femmes ont été violées… Sans commentaire.

Une gorgée de jasmin et il lit que 400 000 bahts ont été découverts dans le coffre d'un taxi de la ville de Chiang Mai, dans le Nord et que 44 millions ont été trouvés dans la villa du juge qui instruisait l'affaire. Il est précisé que les habitants de la région n'osent pas sortir le soir, de peur d'être pris pour cible par de jeunes flics inexpérimentés, et que les hommes, les femmes et les enfants des ethnies Akhas, Méos et Karens en payent le prix fort, car ce sont eux les cibles le plus souvent touchées.

Il laisse fondre un morceau d'ananas sur sa langue. Un article retient son attention, qui dénonce un scandale dans une zone commerçante de Bangkok : Sukhumvit square. Un riche propriétaire a fait raser tout le terrain, plusieurs hectares, sans avertir les commerçants qui y étaient installés depuis plusieurs années. Des millions de bahts de marchandises et d'investissements immobiliers ont été réduits en poussière par les bulldozers. La police accuse l'armée d'avoir laissé faire la chose, l'armée accuse la police de laxisme et de corruption. L'article spécifie qu'il s'agit d'un règlement de comptes entre magistrats jaloux des sommes perçues en pot-de-vin. Dans l'affaire un touriste hollandais a perdu la vie pour s'être endormi ivre, quelques minutes avant l'arrivée des machines, dans un des bars de la zone rasée ; une photo accompagne l'article : cercueil plombé sur le tarmac de l'aéroport, un bonze en robe safran bénit le sarcophage.

Il avale sa dernière gorgée de thé, lèche la confiture de kiwi resté sur la cuiller et se recule contre le dossier, le regard perdu sur les coolies secs et nerveux, chargés de sacs de marchandises, travaillant à contrecœur. « Quel bastringue… et dire que je croyais que mon quartier était une kermesse permanente ! » Il consulte sa montre. À cette heure-ci en Europe, ce sont les sorties de bistrots, et il sait trop bien que les trognes, les timbrés et autres frappadingues mènent la nuit dure à ses collègues patrouilleurs.

Neuf heures. Rendez-vous aux narcotiques. Rama I road. Le taxi s'éloigne. L'a déposé devant une station de bus. Des dizaines de personnes attendent, la bouche entrouverte, l'attention rivée sur les écrans de six téléviseurs installés en hauteur sur un pilier métallique ; chaque appareil est réglé sur une station différente. Les hurlements des présentateurs surexcités de jeux télévisés, les chants et les musiques funk, groove ou métal, les larmoiements des comédiens de feuilletons à l'eau de rose, se mélangent en une cacophonie inimaginable, le tout entremêlé aux vrombissements de la circulation : sifflets et klaxons. La tête lui tourne. La chaleur est étouffante.

Il inspecte le bâtiment de la police, blanc, les fenêtres opaques. Quelques pas, il passe devant de vieilles femmes accroupies à même le sol, ou allongées sur le côté dans un demi-sommeil, qui vendent de la nourriture présentée sur de larges feuilles de bananiers couchées dans des corbeilles de bambou : litchis décortiqués, à la pulpe blanche, bananes naines et avocats, papayes et pastèques, ainsi que d'autres fruits ou légumes qu'il ne connaît pas ; elles offrent aussi des brochettes de viande et de poisson, des poulpes, des écrevisses et des homards alignés sur de petits braseros en fonte. Sont présentés sur des bâches étendues par-dessus les marches qui mènent au commissariat des colliers de fleurs aux couleurs vives, des bougies sculptées, des chaussettes brodées à l'effigie des héros de dessins animés japonais, des sacs à main, des montres, imitation des plus grandes marques, ainsi qu'une quantité de jouets kitsch en plastique.

Il grimpe le large escalier en évitant l'eau qui goutte des moteurs des climatiseurs fixés aux étages. Un garde vautré devant un poste de télévision, dans sa guérite qui jouxte l'entrée, lui jette un regard dédaigneux. Un panneau métallique est fixé au-dessus du sas de sécurité : 24/24 POLICE TOURIST CALL : 1699. Il mémorise le numéro. « Sait-on jamais », se dit-il en poussant la porte de verre fumé.

– Bonjour, khun Pat, fait le capitaine, la mine fraîche et souriante.

L'homme est harnaché d'un holster de cuir brun et d'un étui à menottes, sa carte de police est fixée au bout d'une chaîne argentée qui se balance autour de son cou.

– Bonjour, répond-il, joignant les mains et inclinant légèrement la tête.

Le capitaine est étonné par ce geste de bienvenue. Applaudit en riant.

– Eh bien, vous apprenez vite, dit-il. Mais c'est à moi de commencer, vous êtes mon hôte, ajoute-t-il en inclinant la tête. Il faut savoir varier selon la fonction et l'âge. Mais je ne vous en veux pas, vous avez le temps d'apprendre.

– Je m'y ferai, capitaine.

– Chan… dites Chan, ça me fait plaisir. Venez avec moi, je vous présenterai mon équipe. Excusez mon retard, mais je ne pensais pas que vous viendriez si tôt.

– Oh, je n'attends pas depuis très longtemps, vous m'aviez dit 9 heures.

– *Mai pen rai !* alors lâche Chan, faisant signe de l'accompagner.

Le capitaine est venu l'accueillir dans le hall d'entrée, vaste et climatisé. Les murs de teintes opalines contrastent avec le carrelage gris du sol. Au plafond tournent de minuscules ventilateurs. Des plantes vertes, d'où pointent timidement des oignons rouges desséchés, sont réparties devant un large comptoir de bois marron, plus que centenaire. Le plateau cintré se relève sur les côtés sous l'effet de l'humidité et de la chaleur.

En traversant la pièce, il repère, dans le coin au-dessus d'une porte, les offrandes, les bâtons d'encens et la photo du roi ; sur celle-ci les épaisses montures noires des lunettes masquent la moitié du visage. Il découvre sur sa gauche une télévision posée sur un chariot à roulettes glissé entre les bureaux métalliques. Les secrétaires regardent fixement l'écran et tournent le dos aux plaignants qui attendent leur tour en file indienne ; pas un seul ne s'agace de cette négligence… courtoisie séculaire. Tous suivent sans broncher la

– Excusez-moi… *sawatdi krap,* répète-t-il en baissant la tête.

L'équipe rit en joignant les mains également. Ils inclinent légèrement le haut du corps.

– *Sawatdi krap ! sawatdi krap ! sawatdi krap !* font-ils les uns après les autres.

La jeune femme fait un pas pour se détacher du groupe, l'air prête à en découdre.

– *Sawatdi kha,* dit-elle. Je veux bien être associée aux hommes… mais tout de même, appuie-t-elle en souriant, prenant garde de ne pas croiser le regard de l'hôte européen.

– Approchez-vous, Patrick, demande Chan, que nous parlions de l'affaire Lefebvre. Regardez, fait-il en pointant le doigt vers trois sacs transparents déposés au pied d'un bureau. Des pastilles de *ya-ba* que nous avons saisies lors de notre dernière *crackdowns.*

– …

– *Crackdowns*… des actions coup-de-poing, répète Chan devant son air médusé.

– J'avais bien compris, capitaine, je suis flic, mais les pastilles de *ya-ba*… de l'ecstasy ?

– Une des formes d'ecstasy, vous en entendrez par-
r à Bangkok, je vous le garantis. Faut savoir qu'il y
leux catégories de *ya-ba*. Les vertes que nous appe-
s les *wy*, et les pastilles orange… les *ninty-nine.*
st une calamité. Par année, plus de 600 millions de
lles de cette saloperie s'écoulent sur le marché.
ovre en avait plusieurs sacs quand nous l'avons
ellé.

egarde tour à tour les milliers de pastilles colo-
les visages de ses collègues thaïlandais.

scène télévisée : gros plan sur une jeune comédienne indienne, peu crédible et en larmes, d'un feuilleton joué en studio bollywoodien, filmé avec une caméra vidéo.

Trois vieillards se traînent jusqu'à des chaises de plastique rouge, fournies par une marque de bière chinoise ; elles sont appuyées contre le mur effrité près de l'entrée. Il tend l'oreille, reconnaît le bruit caractéristique des espadrilles qui glissent sur le carrelage.

La porte de l'ascenseur s'ouvre en grinçant.

– Reposé ? demande Chan en pressant le bouton d'accès du treizième étage.

– J'ai bien dormi, comme une masse, mais je crois qu'il me faudra plusieurs jours pour m'habituer à la chaleur, répond-il, observant les plaques métalliques défoncées qui recouvrent l'intérieur de l'ascenseur.

Il jauge rapidement les enfoncements rouillés, imagine les bousculades qui ont eu lieu d'un étage à l'autre, certainement pendant le transport des détenus interrogés.

– Et encore, c'est la mousson, répond le capitaine. Je vous présente mon équipe et nous partirons sur le terrain.

– Très volontiers, fait-il un peu anxieux d'avoir à affronter les hommes de Chan.

« Que vont-ils penser ? se demande-t-il, observant son visage dans la plaque d'aluminium polie qui remplace le miroir, sûrement brisé depuis longtemps. J'aurais peut-être dû me raser. Pas un seul n'a du poil au menton ici, ils ont tous la peau lisse comme des bébés. »

– Dites-moi, capitaine, *sawatdi* veut bien dire bonjour ?

– C'est exact, *sawatdi krap* si c'est un homme qui parle, ou *sawatdi kha* si c'est une femme… de petites subtilités de notre langue. De toute manière, vous ne trouverez pas la bonne intonation, ajoute Chan en riant. Il vous faut toujours accompagner la salutation par le *waï*.

– Le *waï* ?

– Le salut traditionnel. Les mains jointes pour la bénédiction, et l'inclinaison de la tête pour le respect, c'est ce que vous avez tenté tout à l'heure. Mais là encore, c'est trop difficile pour un Européen. Oubliez et restez-en à ce que vous connaissez, Patrick.

Les portes s'ouvrent sur un couloir éclairé d'une rangée de néons blancs. Se succèdent des bureaux et des panneaux vitrés, des distributeurs de boissons américaines, des armoires couvertes de classeurs, des tables à roulettes, des machines à écrire et des ordinateurs. Des hommes, des femmes, en civil ou en uniforme, cavalent dans tous les sens en faisant glisser leurs pieds sur le sol. Allées et venues. Claquements de portes. Des dizaines de personnes se bousculent sans un mot d'excuse, se précipitent dans les ascenseurs, échangent des dossiers, s'agglutinent autour des distributeurs de boissons. Il règne la même agitation que dans la rue, piétinements rapides… charbon ardent et danse collective.

– Nous sommes une centaine à travailler sur l'étage, dit Chan en ouvrant une porte. Presque 1 000 dans l'immeuble, ajoute-t-il.

Douze places de travail. Une dizaine de classeurs. Sur des panneaux muraux, les photos des personnes recherchées. Toutes des gueules semblables à celles qui recouvrent les murs des commissariats européens.

Photo noir et blanc. Immatriculation. Cheveux hirsutes. Mimique hébétée. Cocard à l'œil. Lèvres fendues. Ne changent que la couleur de peau et la forme du visage.

Plusieurs fusils mitrailleurs sont appuyés contre un râtelier d'armes, des cartons de munitions sont entreposés dans un coin. Les gilets pare-balles sont suspendus aux crochets fixés contre une paroi à droite. Des caisses remplies de matériel d'écoute et de transmission jonchent le sol. Sur une table, des sachets de poudre, des cartes géographiques, des classeurs et encore des classeurs. Une valise est entrouverte sur des liasses de billets de banque.

Six policiers en civil discutent autour d'un dossier déposé sur une table près de la fenêtre ouverte sur le World Trade Center et les Baiyoke Towers, des bâtiments visibles d'un bout à l'autre de la ville. Quelques nuages, moutons pommelés, pointent à l'horizon.

Le capitaine toussote. Les hommes se retournent Le dévisagent.

Cinq types… et une femme, eurasienne. Un vis magnifique. Grain de peau uni, sablé comme galette. Yeux en amande et iris noisette. Nuque et orgueilleuse. Cheveux noirs, brillants com vinyle. Il devine le corps souple et harmonieu volupté contenue.

– Mes hommes, fait Chan en les désig un. Chakkrit et Kraisak, Waewwai et C Somdhat et… mon meilleur élément, le sant aussi, Suriya.

– *Sawatdi kha,* fait-il après avoir jo devant son visage.

– *Krap, krap,* fait Chan en pouffa homme.

– Vous savez, aujourd'hui, c'est la guérilla birmane qui fabrique les nouvelles drogues chimiques, heureusement que la DEA nous aide à lutter contre ce fléau.

– Oui… heureusement…

Dix heures 45 minutes. Debout à côté du capitaine, les mains derrière le dos, les yeux rivés sur la pendule accrochée au-dessus de la porte, il écoute depuis près de 20 minutes les mérites d'une collaboration entre les polices européennes et thaïlandaises. Parfois l'homme glisse de l'anglais au thaï, se ressaisit aussitôt en s'excusant. Son équipe l'écoute sans jamais l'interrompre.

Il désespère. Se remémore l'interminable monologue que le capitaine a tenu à son arrivée, la veille.

Bouffée de chaleur. Il transpire. Écrasé par la canicule qui s'infiltre dans le bâtiment, malgré la climatisation. Ses jambes mollissent. Il n'a aucune réaction quand Chan fait l'éloge des agents de liaison d'Europol. « Je crois bien que c'est inutile, se dit-il. Il me voit comme un agent secret… s'il savait ! »

– Bien, Patrick, fait Chan en se tournant. Je vous invite à accompagner une patrouille de la Tourist Police pour la journée. Voici votre badge. Il vous désigne comme visiteur, invité par la brigade. Vous connaîtrez ainsi mieux notre ville et le travail que l'on mène par ici. Suriya vous accompagnera. Des questions ?

– Vous êtes très aimable, Chan, répond-il, surpris par la tournure des événements. Mais je préférerai rencontrer dès à présent Lefebvre.

– Oui, oui, cependant nous devons encore régler quelques points administratifs. Dès que ce sera en ordre, je vous ferai appeler ! Souhaiteriez-vous faire les magasins, acheter de nouveaux vêtements ? questionne Chan, désignant ses chaussures de marche.

– Non merci… va pour la patrouille.

– Vous verrez ainsi l'excellent travail des policiers thaïlandais.

– J'en suis ravi, mais vous pensez en avoir pour longtemps avec vos *« quelques points administratifs à régler »* ?

– J'espère que non. Honnêtement, tout est possible avec l'administration pénitentiaire.

Onze heures 15 minutes. C'est embarrassé qu'il quitte le bureau des narcotiques, il n'a cessé de songer aux coups d'œil échangés à chaque évocation de l'affaire Lefebvre. Il a aussi remarqué le geste furtif de l'agent Kraisak, qui a discrètement refermé le dossier qui les occupait quand il est entré dans la pièce. « Une impression… sont-ils tout simplement gênés de n'avoir pas réglé tous les problèmes avant mon arrivée, se dit-il. Mais bon, je devrais pourtant être en train d'interroger Lefebvre à l'heure qu'il est. »

– Nous n'allons pas au garage ? demande-t-il à Suriya, déconcerté par l'ouverture des portes sur le toit du bâtiment.

Il se racle la gorge, suffoquant, giflé par la chaleur.

– Je suis chargée des offrandes avant le départ des patrouilles, répond-elle de sa voix chaude. C'est un honneur pour moi, ajoute-t-elle en rougissant.

Pour la première fois, Suriya l'a regardé franchement. Elle a prononcé chaque mot avec conviction. Ses yeux ont percé son cœur. Il déglutit.

– Chargée des offrandes ?

– Oui, une cérémonie à Bouddha.

– À Bouddha… et avant de partir en patrouille.

– Eh bien oui, vous ne priez jamais chez vous ?

– Euh… pas avant de partir en patrouille ; le soir au lit… et encore. Quoique, quand j'ai la trouille, il m'arrive de marmonner une prière en regardant le ciel, au cas où par hasard il entrouvrirait les nuages et jetterait un œil sur moi.

Suriya sourit furtivement, découvrant ses dents parfaitement blanches et alignées.

– Je trouve que c'est d'une pauvreté, le christianisme, dit-elle tout en lui demandant d'approcher le petit temple adossé aux murs de la machinerie des ascenseurs.

– Les dogmes, Suriya… ce sont les dogmes qui appauvrissent les messages.

– Certes, on en reparlera, Patrick. Voyez-vous, fait-elle en désignant le sanctuaire, en Thaïlande l'architecture est influencée par le bouddhisme, mais aussi par le brahmanisme et l'art chinois. J'ai fait mes études à l'université d'architecture avant d'entrer dans la police, continue-t-elle en saisissant une poignée de bâtons d'encens.

La petite pagode est pareille à celles vues dans les rues, accolées aux murs des immeubles, trônant sur un pilier au milieu d'un jardin ou d'un trottoir. De couleur blanche, les colonnes du temple en airain, le toit rouge, une grue stylisée juchée sur la ligne de faîte. Des minuscules personnages modelés, semblables à des santons de Provence, sont répartis sous le porche. Ils joignent les mains à hauteur de visage, tournés en direction du sanctuaire. Au pied de la colonne qui soutient l'édifice, une nappe de feuilles vertes descend en cascade. Des restes de noix de coco, de pastèques et de melons, ainsi que des boîtes de Coca et de Seven-Up, sont posés sur une table devant l'autel.

Partout des ornements de lotus blancs et d'œillets jaunes, fleurs fraîches ou séchées. Des bâtons d'encens sont plantés en fagots dans des bacs de sable.

Le toit est couvert de plantes vertes, de jarres de récupération d'eaux de pluie, de chaises de plastique de couleurs vives, de tables pliantes et d'antennes de transmission radio. Des dizaines de petits lézards verts, aux yeux globuleux, filent entre les pierres.

– Des geckos, fait Suriya en allumant l'encens et en arrangeant un bouquet de fleurs. Ils sont inoffensifs. Approchez, Patrick. Sachez qu'un temple se dit *wat*. C'est pourquoi, vous lirez *Wat Phra Keo*, le temple du Bouddha d'émeraude… *Wat Arun*, le temple de l'Aube… *Wat Po*, le temple du Bouddha couché, et n'allez pas confondre avec la maison des esprits.

– La maison des esprits ?

– Oui, les petits pavillons placés dans les jardins, ou contre les bâtiments. Ils abritent le *Phra Phum*, l'esprit de la maison, car en construisant l'esprit qui occupait le terrain a été dérangé, nous lui rendons donc hommage en lui réservant une petite place. Chaque soir, nous offrons un bouquet de fleurs, des bâtonnets d'encens et des bougies que nous plaçons devant la porte. De la nourriture également.

– Très sympa comme tradition, un peu bucolique mais sympa.

– Patrick, en Thaïlande, quand vous êtes invité chez quelqu'un, approchez de la maison du Phra Phum et demandez toujours la permission d'entrer, ça vaut mieux, fait-elle en soufflant sur les trois bâtons d'encens qu'elle tient serrés entre ses mains.

Suriya récite une prière. Il contemple ses doigts fins, ses ongles taillés carrés. Ses mains et ses avant-bras sont légèrement plus foncés que son visage, sa peau tire légèrement sur le marron, avec des reflets dorés. Il ne serait pas étonné du fait de sa taille qu'elle ait du sang européen ou américain. « Chinoise… ce serait aussi possible ». Ses cheveux noirs, longs et brillants, sont rentrés à l'intérieur du col de sa veste en jeans. Il est troublé. Elle le devine et sourit, gênée.

– *Let's go*, Patrick.

Onze heures 40 minutes. L'homme introduit la dernière cartouche rouge dans la chambre à culasse du fusil à pompe. Prêt. Il est assis à l'avant de la voiture de patrouille, fixe l'arme à la courroie installée sur le tableau de bord. C'est un sergent de la Tourist Police. Défroqué, il revêt l'uniforme brun des policiers de faction aux carrefours. La poitrine bardée de décorations argentées, l'homme arbore plusieurs barrettes, cousues de fils jaune, sur ses épaulettes délavées. Un sifflet chromé pendouille sur sa poitrine, lié à une chaînette accrochée au rabat de la poche droite de sa chemise, l'échancrure de celle-ci laissant aussi apparaître un t-shirt blanc, impeccable. L'homme maîtrise l'anglais, qu'il prononce à l'américaine sur un ton criard, d'une voix nasillarde… doux mélange.

« Appelez-moi Himalai, a-t-il dit en le saluant respectueusement. Car vous n'arriverez jamais à prononcer mon nom… il est composé de 18 syllabes. » Il a ajouté, un peu faraud, qu'il était très honoré d'accompagner un agent des services d'Europol, de montrer un peu ce qu'était son quotidien, « … mais peut-être que vous ne comprendrez pas, a-t-il dit encore sur un ton un peu moqueur, je suis le plus ancien dans le quartier, tout le monde me connaît ».

Son coéquipier, le conducteur, ne parle que le thaï, n'a ni médaille ni barrette. Il se montre excessivement courtois envers son chef de patrouille. Il parle peu. Son visage fin est en partie caché par une épaisse chevelure noire.

– Accrochez-vous ! ordonne Himalai, après avoir répondu à la Centrale d'alarme qui demande une patrouille en urgence.

Il s'enfonce dans la banquette de la Nissan blanche, qui bondit d'un coup sec dans la circulation. Retrouve les sensations des poursuites qu'il a lui-même effectuées. Les pneus crissent. Braquage et contre-braquage. Coup de frein derrière les véhicules qui ne se rangent pas à temps. Klaxon. Le chauffeur marmonne. Accélérations. Décélérations. Les piétons tournent la tête. Braquage. Suriya est poussée contre lui. Contre-braquage. Elle s'écarte. Himalai jette de temps à autre un œil dédaigneux dans le rétroviseur et baragouine quelques mots au chauffeur. Lui signale les dangers de la route. Quand il y a urgence, c'est le copilote qui informe, rassure et qui donne le tempo. Première leçon : en Europe et en Asie, le tandem policier ne fonctionne que sur une confiance mutuelle et sans faille. L'un exécute, l'autre assure la sécurité. L'un interpelle, l'autre couvre. L'un discute et ordonne, l'autre se tait et analyse la situation. Parfaite coordination qui sauve la vie.

« Qu'est-ce que je fous dans cette bagnole, alors que je devrais être tranquillement en train de cuisiner Lefebvre », pense-t-il, détaillant le tableau de bord : radio noire, boutons argentés, microtel, interrupteur pour la sirène et les gyrophares, écran informatique et clavier. Himalai lui a expliqué, en tapotant sur les touches, qu'il y a près de 400 nouvelles immatriculations par jour à Bangkok.

La voiture file à toute allure, s'engage dans la bretelle d'une autoroute. Le chauffeur zigzague entre les véhicules, qui s'écartent brutalement sans mettre leurs clignotants. La voiture est secouée à tout moment par les irrégularités de la chaussée, les nids-dc-poule et les grillages des bouches d'égout.

– Les narcotiques roulent souvent dans ce genre de véhicule ? demande-t-il à Suriya en saisissant à deux mains l'appuie-tête branlant.

– Pas vraiment, répond-elle en s'accrochant à la poignée de sécurité. D'habitude nous patrouillons à bord de voitures banalisées… mais vous êtes là et il y a quelques changements.

– Je m'en doutais. Pourquoi cette promenade ?

Suriya hésite un instant. Violente secousse. Les amortisseurs claquent. Himalai prend la parole.

– Ils veulent vous en mettre plein la vue, fait-il en se retournant. Ils vous proposeront très certainement un survol de la ville en hélico… pour leur galerie de photos.

Himalai est brusquement interrompu par Suriya, qui sèchement s'interpose en thaï. Le sergent fronce méchamment les sourcils.

– On nous a demandé de vous accompagner et de rendre votre séjour agréable, ajoute-t-elle, lui jetant un regard de braise doublé d'un sourire ensorceleur. Rien d'autre, Patrick !

Le chauffeur accélère dans un virage en épingle.

« Elle me prend vraiment pour un imbécile », se dit-il, se raidissant pour ne pas être écrasé contre la portière.

– C'est vraiment gentil, mais je suis ici pour entendre un type, pas pour faire du tourisme policier… Suriya.

Sarcastique, il appuie sur la prononciation de son prénom.

– Le policier européen ne supporte pas les urgences ? éructe Himalai, cherchant à transformer sa voix aiguë en un timbre rauque, jetant un regard taquin dans le rétroviseur.

Il ne réagit pas. « Il m'emmerde, celui-là ! », et se concentre sur le parcours.

– Chit Lom road, lâche Himalai en éteignant la sirène.

Le conducteur évite de justesse plusieurs marchands ambulants qui, les bras croisés devant leur charrette, observent le haut d'un bâtiment vétuste.

Freinage. Braquage et crissements de pneus. Deuxième leçon : en Europe ou en Asie, il est important pour la patrouille de soigner son arrivée… et sa sortie d'ailleurs. Si elle réussit, la partie est quasiment gagnée. Au contraire si le freinage est sans vigueur, que l'entrée en scène est cotonneuse, la foule ne se disperse pas et chacun se mêle de tout… l'action en est entravée.

Clac ! synchronie des portières, et déjà le jeune collègue se précipite en direction de l'immeuble.

– Restez à distance, lâche Himalai, visiblement surpris de voir son collègue européen sortir du véhicule. Nous allons gérer ça seuls, et avec votre accoutrement de chasseur de brousse, vous allez foutre la trouille à tout le monde. Et il fait bien trop chaud pour vous !

« Enfoiré, attends pour voir », pense-t-il, chancelant sous l'effet de la chaleur. Himalai traîne les pieds, sûr de son autorité. Les gens s'écartent respectueusement, les mains jointes. L'homme se balance, a la gestuelle débonnaire. Gestuelle d'un flic de quartier, que plus rien n'étonne. En route, deux touristes, des routards, la carte de la ville dépliée sur leur sac à dos usé à la corde, l'interpellent. Le sergent redresse les épaules, gonfle sa poitrine et les renseigne en moulinant des bras.

Il s'amuse en constatant que le flic en uniforme, qu'il soit d'ici ou d'ailleurs, est avant tout un agent de renseignements… en bien des occasions, touristiques.

Autour de lui des personnes, en haillons ou portant des bermudas, en pagne ou en costume, portent à leurs lèvres des bols de soupe, dans lesquelles trempent des nouilles et des légumes qu'ils poussent dans leur bouche à l'aide de baguettes. Passe un type qui transporte une longue perche de bambou sur son épaule, aux extrémités de laquelle sont suspendus deux foyers en métal, sur lesquelles rôtissent des fruits de mer. « J'aime assez tout ce tohu-bohu », pense-t-il en lisant les panneaux lumineux, clignotant, ainsi que les inscriptions dessinées à la main sur les vitrines : *Assorted shoes and bags, Wholesale and Retail, Manufacture Wholesale, Made to export, Order all kind of suits, ties and shirts, Exporters at factory price.*

Une longue exclamation s'élève. Les visages se crispent. Il lève les yeux. Au sixième, deux jambes dénudées gigotent dans le vide.

– Allons-y, on ne sait jamais, nous pouvons peut-être nous rendre utiles, fait Suriya en tirant la manche de sa chemise.

C'est la première fois qu'elle le touche. Elle prend de la distance, se faufile comme un poisson dans l'eau. Il la suit tant bien que mal. N'hésite pas à bousculer les gens. Il trébuche. Enjambe un caniveau. Joue des coudes.

L'immeuble est un bloc de béton blanc. Les climatiseurs gouttent. Il passe une porte défoncée. Pénombre. Le sol est en terre battue. Pas de fondations. Les murs moisis suintent d'une eau foncée. Des tissus en batik, aux couleurs lustrées, remplacent les portes palières. Il note l'absence de boîtes aux lettres. Odeurs de crasse, de transpiration et d'urine. Irrespirable. Des marches de bois patiné permettent de monter aux étages. Plusieurs vélos gris foncé sont appuyés contre les restants d'une rampe coulissante, en métal noirci. Ça fourmille. Brouhaha. Excitation. Il trébuche sur des boîtes de métal, des cylindres de plastique, sur des chiens aux poils dégarnis qui lui filent entre les jambes, à la poursuite de chats faméliques, terrorisés. Cacophonie. Miaulements et aboiements. Il passe près d'enfants et de personnes âgées. Ça crie. Ça rit. Grimpe les degrés de l'escalier brinquebalant et aperçoit Suriya qui se glisse facilement entre les personnes, elle disparaît. Il se fraye un passage jusqu'au premier étage, chacune des planches grince sous ses pas. Les odeurs écœurantes du rez-de-chaussée ont disparu, remplacées par celles de cuisine : piments, citronnelle, coco, soja, gingembre et cacahuètes.

Il découvre une série de temples miniatures posés à même le sol, devant lesquels sont allumées des bougies et de l'encens. Des assiettes contenant de la nourriture en offrande sont disposées autour de petites statuettes de Confucius ; Suriya lui a enseigné que les temples surélevés sont d'origine bouddhiste, alors que ceux au sol sont chinois. Devant les appartements sont entreposées des bassines de plastique, remplies de vaisselle ; dans d'autres récipients s'agitent des poissons d'une cinquantaine de centimètres, à la peau lisse, à l'apparence de feuilles de plastique grisâtre. Il y a quelques vieillards qui fument de longues pipes de bois, assis en tailleur sur des tabourets. Les visages fanés, parcheminés de profonds sillons, expriment sérénité et bien-être. L'un d'eux l'observe de ses yeux profonds, gris bleu, cependant il reste immobile, indifférent à toute cette agitation. Sa peau est mate. Une longue moustache grise court sur sa poitrine. Deux dents jaunies dépassent de la lèvre supérieure. À ses pieds, des poulets picorent les graines dispersées sur le sol. L'homme ne doit pas peser plus de 30 kilos. Il tire longuement sur une pipe, perdu dans un autre monde. Il sourit.

Il se penche par-dessus la rambarde rouillée, évalue l'étage où se trouve la patrouille. Il s'élance. Cinquième. Appartement bondé. Il se faufile.

– Suriya ! crie-t-il, l'apercevant qui rebrousse chemin.

– Venez, Patrick, vous pouvez nous être utile. Je monte à l'étage supérieur. C'est une vieille dame qui est retenue aux grillages. Allez rejoindre Himalai, moi je vais aider ceux qui la retiennent au-dessus, ajoute-elle en se précipitant dans les escaliers.

Il entre dans l'appartement. Forte odeur d'humidité. Une pièce. Peu de meubles. Des ustensiles, des espadrilles, des vêtements, des outils, de la vaisselle, des bourriches de paille tressée et une multitude de petits objets insolites de bronze, de plastique ou de bambou, posés sur des étagères chancelantes, fixées à des murs défraîchis. Un bouddha rieur en bois clair, ventre rond, jambes repliées et mains sur les genoux, trône sur un socle laqué noir ; là encore, des petits bols de nourriture sont déposés devant la statuette. De l'eau ruisselle sur le mur à sa droite. Sur sa gauche, une braisière et un autocuiseur à riz sont rangés sur un lave-mains. Des nattes de joncs entrelacés, sur lesquelles les blattes nacrées courent en zigzaguant, sont jetées à même le sol. Il fait chaud. Canicule.

Il traverse la pièce. Jette un coup d'œil sur l'eau qui stagne à l'intérieur de deux grandes jarres de grès noir, et sur lesquelles sont dessinés en jaune or grues, poissons et dragons.

Il s'approche d'Himalai, arc-bouté, qui agrippe son coéquipier à la ceinture, assis sur le rebord de la fenêtre. Le jeune s'accroche aux jambes déformées et filiformes de la vieille dame, qui sourit, hébétée. Elle doit sa vie à une tige torsadée qui a traversé son chemisier de coton. Deux seins fatigués tombent sur le ventre ridé, peau sèche et craquelée.

De grands cris proviennent de l'étage supérieur. Himalai pose un pied contre le mur et tire en grimaçant.

Il se penche sans difficulté par-dessus l'épaule du sergent et saisit à son tour la jambe fragile de la malheureuse. D'autres personnes venues en aide tiraillent le grillage, le descellent du mur. Ça crie. Ça mouline. L'intervention est réussie.

– Suriya, elle voulait mettre fin à ses jours ? demande-t-il les mains dans le dos, appuyé contre le mur.

– Non, Patrick, elle décrochait le pantalon de son petit-fils qui séchait au soleil. Elle a seulement perdu l'équilibre.

Il observe, amusé, le remue-ménage qui règne dans la pièce. La vieille est assise sur un escabeau de bois, le corps recouvert d'une légère couverture vermeille en batik. Elle ne semble pas comprendre les motifs de l'agitation de ses proches et de ses voisins surexcités ;

les regarde tour à tour, intriguée, forçant un sourire. Cette smala l'inquiète.

– C'est une chance qu'il y ait des grillages, dit-il. D'ailleurs pourquoi y en a-t-il sur toutes les fenêtres ?

– Pour les vols, toutes les maisons en sont pourvus.

– Pratique en cas d'incendie.

– T'as raison, comme architecte ça me rend dingue. Quand ça brûle, on déplore parfois des dizaines de morts.

Il relève que Suriya l'a tutoyé. Une intervention crée souvent des complicités. Encore que pour un francophone, le tutoiement anglais prête à confusion, tout est dans l'interprétation. Et là, c'est son interprétation à lui… il en a envie.

– Et qui sont ces jeunes gens en uniformes militaires, demande-t-il, désignant les photos jaunies accrochées au mur.

– Eh bien, ce sont les enfants du roi, répond Suriya, étonnée par sa question.

Elle aide la vieille femme à s'étendre sur les nattes de joncs. Il observe ses gestes attentionnés, remarque la courbe de ses épaules. Elle place délicatement un coussin sous la nuque frêle de la vieille, caresse familièrement son front ridé, repousse de l'autre main les blattes qui s'échappent sous le plancher.

Il est 12 heures 50, la pièce se vide lentement.

Vitesse constante. Il transpire. Les nuages tissent une toile par-dessus la ville. Filet tendu du midi au septentrion. Il angoisse. « Bien joli, tout ça, pourquoi cette balade ? se questionne-t-il, pressentant une mauvaise affaire… J'y vais à l'instinct, de toute manière, j'peux toujours passer à d'autres méthodes… »

– Patpong ! fait remarquer Himalai en désignant du doigt une avenue sur la droite de Silom road. C'est ici que viennent la plupart des touristes pour s'éclater, nous y passerons tout à l'heure. J'aimerais bien t'emmener à Koh San Road aussi, d'ailleurs, j'y pense, il y a deux jours, ça a ferraillé sec par ici, ajoute-t-il en rigolant. Trois Européens ont été abattus… une balle dans la nuque. Vous avez perdu des compatriotes, khun Pat !

Il ne répond pas. Se demande si Himalai cherche la confrontation ou si c'est sa nature d'être piquant et ironique. Néanmoins il fait le rapprochement avec ce que lui a confié le junky rencontré à son arrivée au bureau de l'immigration. « D'ailleurs, est-ce que cette loque a récupéré son passeport ? » se demande-t-il, tandis que par centaines les piétons se jettent sur la route.

Treize heures 45 minutes. Une nouvelle intervention bouclée. Il a fallu faire circuler des éléphants récalcitrants. Il s'affaisse sur la banquette arrière, soupire profondément. Suriya s'installe à ses côtés.

– As-tu remarqué sous quel arbre tu t'es protégé, Patrick, quand l'éléphant s'est excité ? demande Suriya.

– Euh pas vraiment…

– Un figuier, un *bo*, l'arbre sous lequel Bouddha a trouvé l'illumination. N'est-ce pas incroyable ? fait-elle souriante.

– Mouais incroyable ! D'abord, je ne me suis pas protégé, grogne-t-il en échappant au regard de Suriya. J'ai vraiment d'autres choses à faire que de m'occuper de pachydermes.

Ratchadamri road. Il s'est trouvé face à un éléphant haut de trois mètres. Les yeux noirs de l'animal l'ont toisé sans sourciller ; les oreilles poilues gigotaient nerveusement, se débarrassant d'essaims de mouches vertes ; la trompe balayait à droite, à gauche, lui filant sous le nez. Il s'est collé le dos contre un arbre, laissant Himalai et son jeune collègue renvoyer les cornacs et leurs animaux. Le centre ville est interdit aux éléphants depuis quelque temps, a-t-il appris. Des fermiers ne respectent pas cette nouvelle loi et arrondissent leur fin de mois en baladant les touristes. « Tu sais, depuis peu, a précisé Suriya, le gouvernement a décidé d'acheter les éléphants à leur propriétaire pour s'en débarrasser. Aussi, des centaines de paysans en capturent dans les réserves du Nord du pays, ou au Cambodge, et viennent à Bangkok en espérant que la police les repère et qu'ils puissent déguerpir avec l'argent gagné par le rachat. »

– Dites voir, l'un d'entre vous pourrait-il se renseigner pour savoir si le capitaine a fait le nécessaire au sujet de ma rencontre avec Lefebvre ?

Himalai empoigne le microtel, annonce à la Centrale d'alarme que l'affaire est terminée... pour aujourd'hui, les éléphants n'importunent plus le quartier.

– Ça viendra, Patrick, répond Suriya. De belles bêtes, les éléphants, n'est-ce pas ?

– Oui oui ! mais ma question était tout autre. À l'heure qu'il est, je devrais m'entretenir avec...

– Ne trouves-tu pas affreux de se débarrasser de ces animaux de cette manière ? interrompt-elle, vérifiant son maquillage dans le rétroviseur et se passant une main dans les cheveux. La semaine passée, reprend-elle, un câble électrique est tombé sur le dos d'un éléphant sur Silom road… tu imagines l'émoi. Il s'est électrocuté. D'ailleurs en basculant, il a écrasé une voiture. C'est vraiment triste, l'éléphant est un animal que nous respectons beaucoup, si tu avais été là, Patrick, tu aurais pu assister à la cérémonie.

– On enterre les éléphants ?

– Pas tout à fait, mais nous leur offrons un cérémonial bouddhique.

– Ah ! fait-il de guerre lasse, renonçant pour l'instant à en savoir plus sur les démarches administratives en cours pour Lefebvre. Ils me baladent, ça, c'est sûr, rumine-t-il, laissons venir, j'aviserai le bureau si nécessaire.

Quatorze heures 20 minutes. Rama VI road. Carambolage sur les huit voies rapides, une des plus importantes autoroutes qui traversent le secteur. Une dizaine de carcasses de voitures fument au milieu de la chaussée : Toyota, Suzuki, Daihatsu. Appuyé contre la carrosserie brûlante, griffée et enfoncée, du pick-up de la Police Tourist venu en renfort, il observe les centaines de voitures pare-chocs contre pare-chocs, les nuées de motocyclistes, les charrettes qui se faufilent et les *tuk-tuks* qui gazent en zigzaguant. Gymkhana infernal sur un asphalte recouvert de marques de freinage d'urgence.

Il se frotte le visage… huileux. Se racle la gorge. Les odeurs de kérosène provoquent chez lui une quinte profonde. Il redresse la tête, le ciel est chargé de pluie. Une brise sèche monte brusquement, soufflant sur les canettes d'aluminium et les souillures de toutes sortes qui jonchent le sol. Des halos gazeux masquent le soleil, suivis d'épais nuages gris sortis de nulle part. « Enfin un peu de fraîcheur, l'orage arrive », se dit-il en inspirant profondément, remarquant en contrebas les palmes des cocotiers qui s'agitent furieusement.

– Voilà le *thaïong*, Patrick, chuchote Suriya en se penchant vers son oreille.

– *Thaïong* ?

– C'est un policier purifié par les prêtres du Grand Palais. Il va faciliter le voyage de l'âme des victimes. Si je parle doucement, c'est par respect. Mais sois attentif, Patrick, parfois on peut voir l'âme s'échapper des corps, dit-elle, désignant le *thaïong* qui file vers l'amoncellement de tôle froissée, remettant un récipient à un moine qui le purifie en agitant des bâtons d'encens. L'eau facilite le départ de l'âme égarée, précise-t-elle. D'ailleurs il va pleuvoir, regarde comme le ciel est noir. Allons dans la voiture, de toute manière il n'y a plus grand-chose à faire, Himalai va nous rejoindre.

Il referme la portière. Illico des gouttes épaisses viennent crépiter sur le pare-brise. Les sons de l'activité humaine disparaissent dans ce concerto naturel. Fraîcheur immédiate. Grondement. Tonnerre. Le ciel est griffé par des éclairs. Les bâches des étals se gorgent en un instant d'une eau foncée. Le sol devient mouvant. Les canalisations dégorgent le trop-plein d'une eau noirâtre. Rideau sombre. La ville disparaît petit à petit. Il ne perçoit plus que des ombres noires. Observe mine de rien Suriya. La courbe du nez, la longueur des cils, les lèvres galbées. Magnificence d'un instant en dehors du temps. Magnétisme sensuel. Parfum sauvage. Il avance doucement la main. Se retient.

Quinze heures 30 minutes. Les trombes d'eau s'interrompent aussi vite qu'elles sont apparues. Himalai et son coéquipier, les uniformes trempés et collés au corps, rejoignent la voiture en s'essuyant la tête avec des serviettes de coton rose bonbon. Ils traînant leurs pieds dans 10 centimètres d'eau visqueuse qui peine à s'évacuer.

– Eh bien, après une averse pareille, je vous propose d'aller manger dans un marché de Sukhumvit, dit Himalai avec enthousiaste, frictionnant ses mains l'une contre l'autre, jetant son linge par terre, parmi les détritus. Les Occidentaux ne fréquentent pas facilement ces endroits… et on y mange bien, et pour pas cher.

Il acquiesce en regardant la serviette qui tourbillonne dans le caniveau, par avance ravi de tester l'authentique cuisine thaïe.

– Après je contacte le capitaine… que vous le vouliez ou non !

La patrouille s'engage dans Sukhumvit soi 7, s'arrête à proximité d'une placette entourée d'étals commerçants : maraîchers, poissonniers, traiteurs, bouchers et épiciers. L'endroit est recouvert d'un toit de tôle et de bambou, fixé à l'aide de chevrons épais. Des ventilateurs crasseux tournent par-dessus les dizaines de tables de plastique, regroupées en désordre au centre de l'esplanade. Des rouleaux de papier toilette, déposés sur les tables, remplacent les serviettes.

– Toujours autant d'activités ? demande-t-il en s'asseyant face à Himalai, jetant un coup d'œil sur un récipient de métal posé sur le sol, contenant une quantité de têtes de canard et de pattes palmées.

– Toujours, répond le sergent en souriant, saluant par des hochements de tête les clients, les commerçants et les filles qui s'approchent poliment en glissant quelques mots. Je te commande un mélange de poulet, de bambou et gingembre... des crevettes aussi, mélangées à de la citronnelle et à de la pâte de curry. Tu verras, c'est un régal. J'ai envoyé le jeune les chercher...

– O. K. !

Des échafaudages de bambou s'étirent le long des murs de béton d'un chantier de l'autre côté de la rue. Les jointures sont de ficelle, la structure paraît peu solide. « Du chanvre... ou des fils de bambou ? » se demande-t-il en regardant trois femmes sans âge qui s'enveloppent la tête et le visage d'un linge de couleur ; coton bleu foncé. Pieds nus, peau tannée, pantalons poussiéreux, chemise col mao, elles s'agrippent aux tiges de bambous. S'élancent. D'un bond elles atteignent le premier étage puis filent à toute allure dans les hauteurs.

– Plus de 500 tours ne sont pas terminées dans le centre ville, dit doucement Suriya, le voyant intrigué par la façon de faire de ces femmes. Et le nombre augmente chaque année.

Elle sourit, les yeux brillants.

– Tout est tellement différent dans notre façon de vivre, dit-elle simplement. N'est-ce pas vrai, Patrick ?

– En effet, Suriya, mais dis-moi, que se passe-t-il avec mon affaire ?

Suriya a un léger rictus, ne répond rien. Au même instant, il sent que l'on tire le bas de son pantalon. Un bougre allongé par terre, qui s'est approché discrètement, la main tendue, se traîne en demandant l'obole. L'homme sourit exagérément, dévoile ses dents noircies.

Sans qu'il n'ait le temps de réagir, Himalai chasse le malheureux d'un coup de pied qui l'atteint dans les côtes. L'homme roule sur le côté en gémissant, et s'éloigne, remerciant une jeune femme qui a glissé une pièce dans sa main crasseuse. Pour se déplacer, il agite deux moignons purulents en guise de pieds.

Le coéquipier d'Himalai s'avance dans la foule, tenant le plateau sur lequel sont empilés les repas, tenus au chaud dans des récipients en aluminium.

– Comme boisson, je t'ai pris une *nam kwat*, dit Himalai. C'est de l'eau bouillie en bouteille capsulée… pour les *farangs*. T'aurais préféré une Singha ?

– Ça va merci, Himalai. Dis voir, à défaut de voir Lefebvre, fait-il solennellement, peux-tu me faire rencontrer une gueule de ton quartier… une figure quoi ?

– Une gueule, rien que ça. Tu veux connaître une gueule ?

– Mouais, j'aime assez. Et ne me dis pas que tu n'as pas de contact.

Pour la première fois Himalai soutient son regard sans sourciller.

– T'es pas tombé de la dernière récolte de riz, répond Himalai en s'appuyant contre le dossier, caressant son menton imberbe. Ce n'est pas vraiment ce que tu dégages, fait-il encore, quand on te voit pour la première fois… accoutré comme un chasseur.

– Qu'est-ce que ça peut bien te foutre, ma façon de m'habiller ?

– Rien, c'est bien vrai. Mais on a le sentiment que tu vas chasser le fauve, répond-il, moqueur. Bangkok, comme tu peux le constater est une mégapole… bétonnée. C'est vrai qu'on a quelques soucis avec les éléphants, mais c'est la faute des paysans. Pour les bêtes sauvages, il faut monter dans le Nord… et encore il y a pas mal de parcs nationaux où la chasse est interdite. Tu peux toujours essayer au Cambodge.

– Ferme-la, Himalai, t'as pas de vilains à me présenter, tu préfères que nous parlions de fringues… comme des gonzesses ?

Himalai scrute son visage un instant, puis regarde Suriya qui sourit sans rien dire. Elle se penche sur son bol, y plonge ses baguettes.

Seize heures 30 minutes. Le capitaine Chan est inatteignable « … une urgence », annonce le secrétariat.

– Ben voyons ! répond-il en coupant sèchement la communication, et il lance un coup d'œil énervé à Suriya, impassible.

Le soleil brille. Il digère. Malgré l'abondance de riz, de crevettes et de poissons ingurgités, il se sent léger et en bonne forme, malgré les piments qui lui ont fouetté les joues et enflammé le gosier. La voiture avance doucement dans la circulation dense. Il ne compte plus les *computer shops*, ni les magasins de lunettes et de matériel photographique ; ne s'étonne déjà plus des errements de la foule, entre les traîne-savates et les surexcités qui se bousculent sur les trottoirs ; pas plus étonné que cela d'entendre les coups de sifflets, les klaxons et les sirènes, ou de voir des nuages toxiques d'hydrocarbures s'élever dans le ciel ; pas non plus intrigué par les masques de tissu bleu ou blanc ou rouge que les gens portent sur le nez. Le ciel est bleu. Il fait chaud et il transpire.

La patrouille passe en ralentissant devant les édifices bouddhistes ou les temples hindouistes. Les formes architecturales et les couleurs, les sculptures et les peintures, sont mélangées avec soin et bon goût. L'art bouddhique est très pur, le tracé franc. Suriya fait remarquer que l'hindouiste est plus élaboré, les représentations plus complexes, les poses des personnages parfois plus subjectives. Il admire les murs blancs, rouges, ocre ou jaunes, édifices avec ou sans colonnes, aux toits triangulaires et aux appentis décorés d'or et de pierres ; sur la ligne de faîte des sculptures stylisées représentent de grands oiseaux migrateurs : grues et hérons. Il sourit en apercevant sur les parvis des centaines de chaussures laissées par les fidèles avant l'entrée au temple, et surprend les gongs sourds, les mélopées des bonzes.

– Dites-moi, il y a toujours autant de moines dans les rues ou c'est exceptionnel ? demande-t-il. J'en vois beaucoup depuis que je suis arrivé.

– C'est le *khao pansa*, répond Suriya, le début du carême bouddhique. D'ici quelques jours, les moines vont s'enfermer dans les temples, pour faire retraite. Pendant ce temps, les jeunes garçons reçoivent leur instruction religieuse. C'est comme votre catéchisme en quelque sorte.

Il fait une moue dubitative, regarde un groupe de moines en robes blanches, la tête rasée.

– Ceux-ci sont… des femmes, khun Pat, fait Himalai, amusé, et il demande au chauffeur de s'arrêter sur le bas-côté de la route.

Il pile entre deux *tuk-tuks*.

– Viens ! Tu veux voir une gueule ?

Le trottoir est étroit. La foule d'autant plus dense. Les bâtiments sont vétustes. Les avant-toits en toiles de tente filent par-dessus le trottoir. Des vieillards se croisent, le dos courbé, transportant trois fois leur poids en marchandises : jerricans, ciment, bois, poissons, fruits ou légumes. Des mendiants mutilés sont allongés devant des cartons gribouillés de quelques mots ou devant un verre de plastique dans lesquels reposent quelques piécettes. Himalai contourne un chariot garni de poissons frais, aux formes surprenantes, aux couleurs étonnantes ; de coquillages, d'anguilles, de tortues, de langoustes et d'écrevisses ; de requins d'une soixantaine de centimètres, la gueule béante. Agenouillé, le vendeur attise les braises d'un foyer improvisé dans une marmite en cuivre.

– C'est délicieux en soupe, je te ferai goûter, Patrick. Mijoté à la sauce *nam prik*, juste un peu piquante… aie aie ! dit Himalai en agitant ses mains. Allez viens, on continue, tu voulais que je te présente du monde, n'est-ce pas ?

La rue se rétrécit encore, il fait de plus en plus sombre. Les goutte-à-goutte d'eau huileuse des appareils de climatisation tombent sur ses épaules, sans qu'il puisse rien faire pour les éviter. De toute manière il n'en a plus la force, le décalage horaire se fait doucement sentir.

Il est las. Himalai entraîne l'équipe sous un portique, soutenu par une série de colonnes rouges sur lesquelles sont enroulés des dragons noirs, à la gueule féroce. Ces colonnades donnent accès à une ruelle obscure, éclairée par des lampes chinoises, avec un abat-jour en papier huilé rouge orné d'idéogrammes noirs et or. Une foule immense se bouscule en progressant lentement. Des cages, plus ou moins grandes, dans lesquelles des passereaux piaillent sans s'interrompre sont suspendues devant presque chaque fenêtre. Ici, les magasins sont des hangars de grossistes et des ateliers d'artisans et leurs enseignes sont des lamelles de tissu épais. De volumineux sacs de marchandises sont cerclés puis empilés les uns sur les autres, sur les trottoirs. Des caisses sont estampillées aux noms des plus grands ports maritimes : Rotterdam, Kelang, Abidjan, Douala, New York.

Il remarque que les hommes ici sont de grande taille, certains sont aussi grands que lui. Les visages sont plus jaunes, moins brûlés par le soleil. La chaleur est étouffante, insupportable. Piétinements et glissements de savates. Précipitation sans excitation. Sous les ombrelles rouges ou brunes décorées de fleurs ou d'animaux, il remarque de petites différences de traits entre les visages qu'il croise. Les mélanges entre Laotiens, Birmans, Thaïlandais et Chinois colorent les peaux, diversifient les tailles et remodèlent les visages. Les yeux sont ronds ou angulaires. Les nez plats et épatés ou fins et saillants. Les cheveux noirs et brillants. Les épidermes brun clair ou foncé, noisette ou jaunâtre.

Il s'écarte, de même que Suriya et Himalai, pour céder le passage à un *sam-lo* tracté par un vieux bonhomme essoufflé. Assise à l'arrière, une femme en robe de soie, le visage en forme de pleine lune, blanchi par de la poudre, un chignon tiré en arrière et rehaussé de longues épingles, se rafraîchit à l'aide d'un éventail à main, qu'elle agite brièvement, devant ses yeux noirs, œil de chat.

– Je vais te présenter une gueule du quartier, fait Himalai, ralentissant devant les vitrines d'une bijouterie à l'enseigne de Premier Class Goldsmith co., LTD, gravée en lettres calligraphiées sur les vitres. Fais ce que je te dis et rien d'autre, ajoute-t-il en poussant doucement la porte vitrée du commerce.

L'or clinquant des bijoux, des chaînes, des boucles d'oreilles, des bagues et des gourmettes, et le vert du jade des figurines religieuses alignées par centaines dans des meubles et contre les parois, contrastent avec les murs et l'agencement laqué rouge. Des idéogrammes peints en jaune or sur des panneaux noirs sont suspendus au-dessus d'un comptoir vitré tenu par un couple habillé de robes de soie bleue brodées de signes bleu roi.

Par un mouvement lent et très précis, l'homme accueille Himalai en se courbant respectueusement, les mains jointes à hauteur de son visage, lisse et clair, couleur de cire d'abeille, et honoré d'une longue moustache blanche et torsadée, qui file sur les côtés de la bouche jusqu'à sa poitrine. Un détail : l'homme a le poil jaillissant des oreilles.

Immédiatement, la conversation est engagée dans une langue qu'il ne reconnaît pas. Il regarde Suriya, qui sourit légèrement.

– Du cantonnais… Himalai est à moitié chinois, comme moi d'ailleurs, dit-elle en joignant les mains et en s'inclinant devant le couple.

Il reste légèrement en retrait, intimidé, ne souhaitant pas faire de maladresses.

– Suis-moi, Patrick, dit Himalai, faisant signe de l'accompagner à l'arrière de la boutique.

La femme se recule poliment, et va s'asseoir devant un poste de télévision ; au passage elle ramasse un bol de soupe au vermicelle. Un autocuiseur à riz siffle, laissant s'échapper de la vapeur.

Ils se glissent derrière le comptoir vitré, passent l'encadrement doré de la porte laquée rouge, s'enfoncent dans une obscurité mordorée, balayée par des odeurs de moisissure. L'arrière-boutique est remplie de cartons poussiéreux empilés les uns par-dessus les autres. Des jarres de grès côtoient des statues de bronze. Des filets de pêche pendent aux parois, d'un bout à l'autre. Des bibelots de plastique, des aquariums, des boîtes de conserve et de l'outillage sont entreposés sur de fragiles rayonnages. Des sacs de jute, entrouverts, laissent apparaître des graines et de la poudre de différentes couleurs. Des tonneaux cerclés de fer forgé sont éparpillés dans l'entrepôt. Des rongeurs grands comme des lapins déguerpissent derrière les murs. Les pétarades de la rue s'estompent.

Un ancien bureau de bois verni foncé trône derrière un paravent sculpté de fleurs et de dragons. Sur le plateau encombré d'articles vieillissants, pinceaux de calligraphie, vases, ivoire sculpté, mercerie, et de toiles d'araignées, des feuilles de papier frétillent sous l'effet d'un ventilateur de table, de couleur olive pâle. Une lampe à acétylène éclaire un boulier noir et une écritoire placés juste à côté d'une calculatrice Casio. Un minuscule oiseau au bec jaunâtre sautille à l'intérieur d'une cage de jonc, posée sur une page d'un quotidien chinois ; des graines jonchent le plateau du bureau.

Le vieil homme fait signe de s'asseoir sur les tabourets à trois pieds, devant le bureau, et saisit une théière de céramique blanche, décorée de dragons rouges, et lentement verse du thé verdâtre dans une tasse de porcelaine, peinte de ravissants motifs bleutés.

Il remercie, prend la tasse en s'asseyant. Le plancher grince. Le vieil homme répète le geste pour Himalai et Suriya, s'assied à son tour sur une ancienne chaise de bureau de bois clair, à roulettes, aux accoudoirs patinés.

Rien ne se dit. Le calme est à peine perturbé par les aspirations de thé bouillant, les craquements du bois, les piétinements de rongeurs et le mouvement des pales du ventilateur.

Himalai rompt le silence… en cantonnais. Les échanges sont plutôt cordiaux entre les deux hommes. Ils se sourient poliment. Et Suriya ne prend la parole que quelquefois, seulement lorsque le vieux Chinois la lui cède.

Distrait, il observe une paroi couverte d'innombrables tiroirs de bois poussiéreux. Chacun d'eux porte une calligraphie. Des récipients en verre sont entreposés sur une haute étagère. Ils contiennent de la poudre de différentes couleurs. Se dégagent d'agréables senteurs de camphre, de baume et de menthol.

– Vous travaillez pour les Occidentaux ? demande brusquement le vieil homme en anglais, sans le regarder, lissant sa longue moustache, l'autre main sur le boulier.

Il reste perplexe, ne sachant pas exactement comment réagir. Maintient la tasse à la hauteur de sa bouche. Les vapeurs de thé vert s'élèvent devant ses yeux.

– En effet, fait-il prudemment, mais je suis occidental, rien de surprenant, ne croyez-vous pas ? ajoute-t-il en portant la tasse à ses lèvres.

Le vieil homme reste impassible. Lève les yeux sur Himalai, le dévisage, glisse une courte phrase en chinois.

– Et c'est Khun Sa que vous cherchez ?

Il cesse de boire. Himalai toussote. Il jette un coup d'œil à ses collègues, fâché. Son cœur bat la chamade. Délicatement, il dépose la tasse de thé sur le tonneau à sa gauche. Dérange une grosse araignée foncée. Elle s'échappe.

– Khun Sa… pas vraiment, dit-il en maîtrisant son émotion. Pourquoi me demandez-vous ça ?

Silence. Le vieux lisse imperturbablement sa moustache. Une feuille poussiéreuse s'envole sous l'effet du souffle du ventilateur.

Il comprend que le vieil homme ne répondra à aucune question posée par un *farang*, alors il change de tactique et attaque.

– Khun Sa est chinois si je ne m'abuse, il pourrait bien compter parmi vos amis, affirme-t-il, observant attentivement chaque mimique.

Il sait qu'il a touché juste. Rien d'autre.

Le vieil homme, à son tour, interrompt sa déglutition. S'en suit une conversation en cantonnais, sèche, rapide, brutale.

Il est aux anges.

– Nous partons, Patrick, fait soudainement Himalai en se redressant.

– Un instant ! Alors vous venez pour les trois Français abattus ? lâche le vieil homme en se resservant une tasse de thé, ou bien vous recherchez l'homme qui a fait le coup ?

« C'est quoi ce merdier ? » se demande-t-il.

Suriya rougit, croise et décroise ses jambes. Himalai le dévisage.

– Faut voir, fait-il calmement, vous me paraissez bien renseigné…

– On y va ! interrompt sèchement Himalai, en ajoutant trois ou quatre mots dans son dialecte.

Le vieil homme s'appuie contre le dossier grinçant de la chaise, comprenant bien qu'il a marqué plusieurs points. Savoure sa victoire, en effectuant un léger signe de tête vers Himalai et Suriya qui se courbent respectueusement.

Il se lève à son tour, devine un sourire carnassier sur le visage de cire du vieux. Pour la première fois il a croisé ses yeux. Sombres. Billes de jade.

Trottoir. Coup de chaleur. Il respire profondément. Il est tourmenté. Maintenant, les sourires dessinés sur les visages des gens l'énervent. Ils ne sont plus que des rictus. Plusieurs types âgés l'observent, assis sur leurs talons, fumant la pipe en gloussant. Ils sont revêtus de la traditionnelle tenue chinoise, pantalon de coton et veste mao, bleu foncé. L'un d'eux pique avec une baguette de bois un énorme rat qu'il maintient prisonnier dans une corbeille tressée.

– Alors Patrick, intéressant ? demande Himalai en ajustant sa casquette de sergent.

– Tu rigoles, fait-il, se retenant de le gifler. Tu plaisantes, j'espère, poursuit-il, c'est quoi ces conneries avec Khun Sa ? Tu cherches quoi, Himalai, je te rappelle que je ne suis pas là pour mon plaisir, c'est vous qui avez queuté ! Je devrais entendre Lefebvre à l'heure qu'il est.

Himalai se plante devant lui, la mâchoire crispée, les mains sur les hanches.

– Arrêtez vos histoires, fait Suriya en s'approchant. Himalai à la voiture… c'est un ordre !

Himalai ne bronche pas.

– C'est un ordre ! répète Suriya.

Himalai s'éloigne à reculons et va rejoindre la voiture.

– Faut pas écouter ces racontars, Patrick, dit Suriya. Il y a toujours des étrangers qui se font flinguer. Tout au moins blesser dans des histoires de stups ou de filles, la routine, rien d'important.

– C'est quoi cette histoire de Français abattus ? Himalai en a déjà parlé ce matin.

– Des minables qui ont eu des histoires avec les autorités.

– Je m'en doute. Et celui qui a fait le coup ?

– Aussi un Français, il avait insulté la famille royale, et même s'il était soûl dans un bar, nous ne tolérons pas ce comportement. Les rois ont toujours été très respectés chez nous, Patrick. Vous savez, Mongkut, notre premier souverain, a été durant 26 années moine avant de régner sur le pays.

Il remarque que Suriya a perdu de son assurance, ses yeux lui échappent.

– Pourquoi a-t-il abattu ces hommes ?

– L'enquête le dira, fait-elle en se retournant. Allons rejoindre Himalai.

« Ça cloche, elle ment comme elle respire, se dit-il en la laissant s'éloigner de plusieurs mètres. Que me cachent-ils, ces enfoirés ? »

– On te ramène à ton hôtel ? demande Suriya par-dessus son épaule. Je crois que tu en as déjà pas mal vu. Il te faut te reposer, demain tu verras ton Lefebvre. Qu'en penses-tu, Patrick ?

– Que du bien…

Dix-huit heures. Pratunam. Petchaburi road. Soï 19. Hôtel Firsthouse. Machinalement il plie le papier que lui a remis Suriya, sur lequel elle a inscrit les numéros de portable de l'équipe. Le glisse dans sa poche. Suriya est restée à bord de la voiture qui s'éloigne dans la circulation, elle a refusé son invitation à prendre un verre.

Il s'interroge sur le comportement qu'elle a adopté toute la journée. Entre séduction et distance, alliance d'Asie et d'Occident. Il l'a sentie passionnée, privilégiant l'indépendance de la femme occidentale, toutefois enchaînée à la tradition, soumise à trop de protocoles. Jusqu'à présent il n'a rencontré cette attitude qu'auprès de jeunes femmes immigrantes en Europe, parfois perdues entre le désir d'intégration et leur appartenance à la culture familiale de leur père. Il est trop souvent intervenu dans des drames familiaux pour ne pas avoir remarqué ces détresses migratoires.

Hôtel. Hall. Fraîcheur. La climatisation fonctionne parfaitement. Il s'approche du comptoir. Interpelle une jeune femme, cheveux tirés en arrière, noirs, une azalée rouge fixée à son oreille, joues pourprées. Elle lui remet la clef de sa chambre. « Elle ne doit pas avoir 20 ans », pense-t-il en la remerciant.

Il se dirige vers les ascenseurs. Lit une publicité affichée à l'intérieur de la cabine, pour l'American bar de l'hôtel. Il hésite. Appuie sur le bouton pour s'y rendre. Deuxième étage.

La porte s'ouvre sur un espace feutré, dominante bleu de Prusse. Les fauteuils brun foncé sont de cuir tendu. Trois chesterfield sont alignés près de l'immense baie vitrée. Les verres fumés assombrissent la pièce, le peu de luminosité traverse les rideaux blancs. Au plafond, une série de ventilateurs.

Il se rend au bar, un lourd meuble en palissandre. Des bouteilles de liqueur, d'eau-de-vie et de whisky sont alignées sur des étagères de verre, éclairées par de minuscules lampes halogènes. Les coussins des tabourets sont recouverts de moleskine verte. « Ça fait du bien, pense-t-il, honteux parce que le luxe européen lui manque déjà. Mais on ne se refait pas… ou difficilement. »

Il observe son reflet dans le gigantesque miroir qui trône derrière le comptoir : joues creuses, cheveux crasseux, barbe de trois jours. Il aperçoit un type, de dos, assis en équilibre sur le bras d'un fauteuil, près de la scène sur laquelle les instruments sont encore protégés de leur housse noire. L'homme porte un stetson beige, une chemise à fleurs, des bermudas et des baskets. Un cigare épais comme un barreau de chaise fume dans le cendrier posé devant lui.

Il observe en coin une jeune femme de toute beauté, érythréenne, somalienne peut-être, habillée sobrement de gris noir, penchée sur des partitions ; les yeux mi-clos, elle semble mémoriser les gammes ; fait glisser ses mains sur les touches d'un piano imaginaire. Il remarque qu'elle a su se maquiller harmonieusement, couleurs lumineuses sur peau cuivrée.

Il s'approche de la baie vitrée, émoustillé par l'activité ininterrompue de la rue qui ressemble à un balayage incessant d'êtres humains, émoustillé encore par les reflets vifs et pastel des néons de couleurs contre les vitrines… un autre monde, qu'il a survolé aujourd'hui.

Il s'installe dans un fauteuil confortable, le cuir froid le rafraîchit. Résonne en arrière-fond une trompette, tempo jazz des années 50 – *Walkin'* de Miles Davis.

Il ferme les yeux, repense à sa journée. Tout a été fait pour l'éloigner de l'essentiel. Il n'est pas dupe, quelque chose cloche dans cette affaire. Il n'est sûr de rien, il ne s'agit que de sensations. Dans son quartier, il aurait tout de suite capté l'astuce, mais ici les comportements sont si différents. La difficulté, dans une telle rencontre, c'est qu'il est délicat de reconnaître la voix du cœur, les messages des lèvres… c'est aussi ce qui fait le charme de l'aventure.

– Que puis-je vous servir ?

L'homme parle un anglais impeccable. Un visage lisse, des cheveux luisants et parfaitement coiffés sur le côté, il est habillé du costume traditionnel : veste blanche, large ceinture de soie, filée d'or et d'argent, colorée mauve, rouge, vert et jaune. Il se penche et passe un chiffon sur le verre de la table basse.

– Que puis-je vous servir ? répète le serveur, tendant la carte des alcools.

– Merci, je sais ce que je veux. Apportez-moi un Silver Bullet, c'est un Martini dry, servi sec et glacé…

– Je connais, monsieur Hemingway ne buvait que ça… j'ai lu ses œuvres, interrompt le serveur, s'éloignant à reculons.

« Ben, connaît son job, celui-là. C'est fou, ce paradoxe, il y a tant de pauvreté et en même temps… Bof ! soupire-t-il, fermant les yeux, laissant aller sa tête contre le dossier du siège. Bien, ils m'ont baladé, c'est entendu… mais pour quelle raison ? Et quel jeu joue Suriya ? »

Il entend s'entrechoquer des verres, glisser des pas. Une odeur de cigare lui passe sous le nez. Il ne bronche pas, laisse le serveur faire son travail, pense au capitaine Chan. « Demain il a intérêt à être plus loquace, ou je me fâche, bien que je n'aie pas vraiment les moyens de faire pression. Ce serait con que je me plante sur ma première mission à l'étranger… »

– Sont des lopettes, tous déballonnés, fait une voix rauque en français.

Il sursaute. L'homme au stetson est assis dans le fauteuil en face du sien, de l'autre côté de la table basse.

– Sont des lopettes, répète l'homme en portant un verre de whisky à ses lèvres, le cigare tenu entre l'index et le majeur de la main droite. La fumée fait cligner ses yeux vitreux.

– On se connaît ?

– Pas encore, mon p'tit.

Il est rare qu'on l'appelle ainsi ; quelques truands… parfois, Alphonse, Noël, Jean-Pierre Le Stéphanois, Kléber…

– À qui ai-je l'honneur ?

– Monsieur Armand, Armand ou encore Bel Armand pour les amis, répond l'homme en faisant un salut militaire. Ça te suffira pour l'instant. Ouvre tes esgourdes… ce sont des lopes, des vicelards d'élite, des salopards qu'ils nous faut attraper sec au colbac et plus lâcher, sinon !

– Eh bien moi, c'est Patrick, cela vous suffira aussi…

– L'officier de liaison, le va-t-en-guerre ?

– Eh bien ! ma mission est connue de tout le monde ici ? D'accord elle n'est pas secrète, mais devrait rester discrète, soit dit en passant !

Monsieur Armand avoisine la soixantaine, il est lourd, a le visage marqué par de petites cicatrices, un nez de boxeur, les sourcils broussailleux, la mâchoire rectangulaire, la peau hâlée, les mains larges, les doigts épais et les ongles coupés carrés. « Rugbyman ou barbouze », pense-t-il. Son corps épais, ses épaules larges et tombantes, laissent penser qu'il a un jour combattu.

– Je traîne par ici depuis un certain temps… suis belge, reprend l'homme, j'en avais ras le bol de glaglater en Europe. Tu cherches le p'tit Français ?

Avant de répondre, il regarde le stetson en souriant.

– Un souvenir, explique l'homme. Mais je vais pas te tracer mon parcours, petit, il y a mieux à faire.

– Belge ? Décidément Bangkok fourmille d'internationaux.

– J'ai pas mal fait racler mes godasses, je profite de mes vieux jours par ici. Disons que les filles de la région n'ont pas les mamelles qui tombent sur un bide flasque. Il y a quelque chose d'encourageant, tu vois c'que j'veux dire ?

– Qu'est-ce qui vous fait penser que je cherche un Français ?

L'homme le dévisage sévèrement. Il se frotte les mains et s'avance un peu sur son fauteuil, avale une nouvelle rasade de whisky, pose son verre et sort de sa poche une bouteille William Grant's de 12 ans d'âge. Il remplit le verre en tremblotant. Il rote. Relents d'alcool.

– Je prends toujours ma munition, comme ça je sais au moins ce que je m'enfile dans le bidon. Leur Mékong à la noix, jaune comme de la pisse d'âne, est un véritable tord-boyaux… et c'est peu de le dire. Tu sais, j'ai pas mal de route dans les veines.

L'homme se tait. Lorgne le garçon qui dépose, sur la table basse, le Silver Bullet commandé, une soucoupe de cacahuètes grillées et un bol d'olives vertes piquées de cure-dents.

– Bien, monsieur Armand…

– Armand ou Bel Armand, p'tit !

– Bien Armand… et alors, que puis-je faire pour vous ? demande-t-il, apercevant au même instant Surapon, le maître d'hôtel rencontré au petit déjeuner, qui est là sur le pas de la porte, l'air gêné. « J'aime pas ce mec… il bigle vraiment d'un sale œil », pense-t-il, le saluant d'un hochement de la tête.

Le maître d'hôtel joint ses mains devant son visage et recule à petits pas.

– Bof ! souffle Armand. Rien d'extraordinaire, poursuit-il. Je suis journaliste et j'ai entendu parler d'un agent de liaison qui allait se pointer au First-house. Vu que j'y réside à l'année, quand je t'ai vu arriver, il n'a pas été trop difficile de faire le lien, d'ailleurs comme t'es zaqué tu fais fort, t'as l'intention de monter dans le Nord ?

Armand s'interrompt, écrase son cigare dans le cendrier, et à deux mains porte son verre à la bouche. Du liquide coule aux extrémités de ses lèvres, s'écoule sur sa chemise.

– J'enquête à Bangkok… vous disiez que vous avez entendu parler de moi ?

– À l'ambassade, j'y ai mes entrées. Et depuis quelques jours les Français sont sous pression… depuis l'évasion de l'autre zigoto tout le monde a la tremblote, alors quand un type débarque pour enquêter, on peut s'attendre à tout, fait Armand en rotant bruyamment. Tu sais, p'tit, les affaires se règlent dans les familles par ici. Il est bien clair que personne ne fait appel aux flics… il ne faudrait pas être très fute fute pour le faire… ou être totalement imbibé de vinasse, dit-il en souriant, se laissant aller en arrière, les yeux mi-clos, rotant de plus belle.

– Vous semblez connaître du monde par ici ?

– Mouais, je traîne dans le coin depuis plusieurs années, ce qui m'a anesthésié toutes facultés d'étonnement, j'te rassure, répond Armand en hoquetant et en se caressant le ventre. J'écris pas mal d'articles, je suis un peu scribouillard… Moi, j'ai jamais supporté de m'esquinter les paluches au boulot, genre usine, tu vois, alors la littérature et la vadrouille, ça m'va… et les affaires de stups sont de mon rayon. Tiens par exemple, la semaine dernière, grogne-t-il presque imperceptiblement, plus de 300 types ont été plombés dans des descentes de police. Eh ! Les anciens flics veulent partir sur un succès, les jeunes doivent faire leurs preuves… et rien ne change. Ils font de petits paquets avec leurs scrupules, pour autant qu'ils en aient. Tu sais, fondamentalement rien ne change, d'ailleurs… jamais, mon p'tit… jamais et moi j'griffonne des news.

Armand se tait, respire la bouche ouverte en s'enfonçant lentement dans une somnolence avinée. Il hoquette.

– Sais-tu pourquoi j'écris, gamin ? Le sais-tu ? Eh bien, ce mec disait, le monde avance parce qu'il s'écrit… parce qu'il s'écrit, gamin… Le mystère se cache entre les lignes et un livre peut en cacher un autre, ne l'oublie pas, p'tit.

Il tend l'oreille pour saisir les dernières syllabes.

Au fond de la salle, la jeune femme chauffe sa voix sur des refrains jazz. Il s'enfonce à son tour dans le cuir moelleux, regarde l'arc de la nuit recouvrir Bangkok. « Bon je le questionnerai demain sur cette évasion française ». Dix-neuf heures 15 minutes. Il bâille. Regarde une fois encore l'étrange personnage qui ronfle.

« Qui es-tu, Armand… Bel Armand ? » se demande-t-il, et il avale d'un trait son Silver Bullet.

Bangkok
Opération Suzette
Troisième jour

Il remet 200 bahts au conducteur, balance son sac en toile militaire par-dessus son épaule, s'éloigne en jetant des regards préoccupés de part et d'autre. Trois meurtres. Il a perdu un peu de sa superbe.

Il traverse à la hâte l'immense avenue encombrée, se glisse dans la foule, entre dans la gare, se dirige vers les guichets, bouscule les gens comme il est d'usage, frappe contre la vitre opaque et fissurée derrière laquelle un guichetier transpirant est avachi face à un poste de télévision.

– Sorry mister ! *grogne l'homme en se redressant mollement, étriqué dans un uniforme couvert de médailles argentées, la visière de la casquette remontée.*

Cash. Il paye le billet de train pour Chiang Mai. « Zhang m'aidera à filer à Mae Hong Son, chez le boss ! se dit-il une fois la validité du ticket de transport minutieusement contrôlée. Ils seraient capables de nous vendre des billets périmés, pense-t-il encore, et de nous balancer des mai mi *par-ci, des* mai mi *par-là… saleté de pays ! »*

Il lève les yeux sur l'horloge Seiko suspendue au portique, enveloppée par les fumées d'anciennes locomotives de l'Eastern & Oriental Express. Il est 15 heures. Il râle en se grattant énergiquement la tête. Sait par avance qu'on contrôlera chaque train qui entre en gare. Les horaires, les départs et les arrivées, griffonnés à la craie sur de misérables tableaux noirs, ne correspondent à rien.

Il dépose son sac, s'assied dessus. Observe les allées et venues. Il est rassuré de constater que personne ne prête attention à lui. Pour une fois il s'est habillé à la manière locale, pantalon en coton bleu, chemise blanche, sandalettes ; les habits de brousse ne sont portés que par les touristes…

Dix-sept heures. Il grimpe en première classe : voiture 2, place 34. La rame est d'époque et climatisée : parois en marqueterie, couleur miel, banquettes en teck verni foncé, porte-bagages et appliques en laiton. Des bouquets d'orchidées sont déposés sur des tablettes amovibles.

Il jette un coup d'œil rapide sur les reproductions de paysages coloniaux, accrochés entre les fenêtres coulissantes ; peintes à l'encre de chine bleu noir, sur feuille de papier café, elles évoquent les rizières du Nord-Est et les temples khmers de la frontière du Cambodge, au début du siècle passé.

Il fait glisser son sac sous le siège, allonge ses jambes sur la banquette. « Que personne ne m'emmerde ! » pense-t-il. La foule se bouscule sur le quai. Les hommes gesticulent, les femmes se protègent sous des ombrelles, les enfants chahutent et… les coolies traînent des carrioles de paquetages. Populaire, le train est le meilleur moyen de transport en Asie ; l'avion est certes plus rapide, mais il y a une liste de passagers.

Les caisses d'animaux de combat, coqs, poissons, serpents et mangoustes, sont hissées avec précaution, en même temps que les marchandises et les sacs de riz. Il se fiche bien de tout ce barda, la première classe est réservée VIP, ainsi il ne devra pas supporter les gloussements, les caquètements et toutes les gueulantes d'animaux exotiques et surexcités, ni leurs odeurs !

Les sifflements retentissent, le wagon est légèrement secoué, les bielles et les essieux grincent. Départ. Il ne prête pas attention aux deux hommes qui s'installent silencieusement, à quelques rangées sur sa droite ; thaïlandais, birmans peut-être, en blue-jeans et débardeur blanc, l'épaule tatouée d'un naja vert à sept têtes, aux yeux rouges.

Défile le bidonville qui borde les voies ferrées. Agglutinés aux fenêtres entrouvertes, les touristes mitraillent les taudis avec leurs appareils numériques. Souvenirs de vacances d'une pauvreté qu'ils ne peuvent pas même imaginer : terrains saccagés, cabanons et planches ajourées.

Il ferme les yeux. Les dernières 48 heures ont été aventureuses et, pour la première fois, il a tué froidement. Certes il lui est déjà arrivé de presser sur la détente, toujours pour sa sécurité ; aujourd'hui, il est un meurtrier. La peur au ventre, il s'est décidé à aller trouver Khun Sa. Il veut coûte que coûte avoir la mainmise sur Bangkok, devenir Taï-Pan, *le chef suprême de toute l'Asie du Sud-Est, s'est mis en tête de supplanter les arrogantes familles chinoises.*

Il sourit, il a appris ce matin qu'un flic d'Europol est venu pour l'interroger. « Connards ! s'est-il dit en apprenant la nouvelle par son indic de la brigade des stupéfiants. Ils croient vraiment qu'ils vont faire foirer mon business ! »

La nuit tombe, le wagon s'assombrit, les lampes à arc s'allument.

Il se redresse brusquement, effrayé. Respire profondément. Il transpire. S'éponge le front. Retient un vomissement. Il sort d'un cauchemar. A vécu un combat acharné dans les flots tumultueux d'une eau boueuse. Ses jambes, ses bras étaient ensanglantés. Entraîné par le courant, il a cherché à maintenir sa tête hors de l'eau. Il a suffoqué. Ses côtes se sont brisées dans la chute. Le courant a forci, de plus en plus brutal. Un écueil lui a déchiré la cuisse, balafré le visage. Il a vu le lent déroulement d'une queue, écailles verdâtres et tranchantes, elle s'est approchée, l'a frappé au ventre. Il a observé son corps mutilé, son ventre déchiré, ses viscères. Alors il a distingué une forme brumeuse à travers ses larmes. La bête a pris forme : un serpent gigantesque, à sept têtes. Les gueules béantes, les yeux rouges, le corps verdâtre, l'animal s'est placé à quelques mètres, ballotté par les flots sombres. La surface de l'eau était proche… la vie ? Une pâle lumière a traversé les flots, il a hurlé, s'est agité, enfin le serpent s'est éloigné, terré dans la nuit.

Il respire encore profondément, écoute longuement les bruits rassurant de Bangkok. Petit à petit il émerge, tourmenté. Il se passe les mains dans les cheveux, secoue la tête pour tenter de chasser les images effrayantes qui hantent son esprit. Rien n'y fait. Une douleur lui traverse l'estomac. Toutefois le ronronnement de la climatisation le tranquillise. Il tourne légèrement la tête, ses yeux accrochent le livre de Céline posé sur la table de nuit. Il le saisit, caresse du bout des doigts sa couverture avant de l'ouvrir au hasard : *C'est des hommes et d'eux seulement qu'il faut avoir peur, toujours*. « Ça tombe à pic ! se dit-il. Pourquoi un serpent… un dragon ? »

Sept heures. Il se lève. Abandonne le livre dans les draps froissés. Traîne les pieds jusqu'à la salle de bains, avale un comprimé contre les maux de tête, ouvre la robinetterie, l'eau est jaunâtre.

Des piaillements lui parviennent par la fenêtre. Ceint d'une serviette de bain, il s'approche doucement, entrouvre les persiennes, l'oiseau est là. Il cesse de babiller. Il sautille. Ses yeux noirs l'examinent. Il s'envole.

Il est à peine surpris de retrouver ce nouveau compagnon. Il suit sa trajectoire dans le ciel cuivré par les premiers rayons de soleil. Il respire profondément… à la vie.

– Suzette code 45 FG LI 13, fait-il mollement à l'opérateur de la Centrale d'alarme.

Il referme la porte, glisse nerveusement la carte magnétique dans une pochette… peste intérieurement contre cette journée qui commence dans la douleur.

Couloir sombre. Le parquet grince. Il croise la femme de ménage aperçue le premier matin. Elle est penchée sur une jarre noire, décorée de larmes dorées. Elle dispose délicatement de minuscules fleurs à la surface de l'eau claire. Des fleurs rouges entourent un centre garni de fleurs minuscules, blanches et jaunes ;

cette décoration florale ressemble à une cible pour archers.

Il toussote. La vieille femme lève les yeux. Elle sourit, son visage se plisse de rides profondes.

Les portes de l'ascenseur s'ouvrent sur la réception. Il se dirige vers le restaurant, s'approche du buffet, décoré d'animaux et de figurines du bouddha délicieusement travaillés dans les fruits et les légumes du jour ; sur une plaque chauffante, une carafe de café noir.

Le *Bangkok Post* sous le bras, il s'assied près des fenêtres, loin de la clientèle asiatique, écœuré par les mastications tonitruantes, par les assiettes regorgeant de riz et de légumes, de saucisses et de vermicelles. Tous ont les yeux tournés vers le poste de télévision qui montre encore le présentateur gominé, lequel porte ce jour-là une chemise mauve et une cravate rose.

Il remarque la photo du roi, les encens qui se consument, les Coca-cola et les Seven-Up déposés en offrandes.

L'Européen repéré la veille au petit déjeuner, vêtu du même gilet multipoches, le salue avec courtoisie par-dessus son journal. Une fois encore, il est assis près de la porte de sortie, à contre-jour, et semble être sur le qui-vive.

Un garçon de salle s'approche, se tient discrètement dans son dos, les mains jointes. Il regarde par la baie vitrée, se caresse le ventre… tendu. « Je suis vraiment de mauvaise, aujourd'hui, rumine-t-il. Je vais y aller franc jeu avec Chan… et faudrait pas qu'il me raconte des histoires. Faut aussi que j'attrape le Belge, pour qu'il me rencarde sur les Français de Bangkok. »

rmand laisse s'installer un certain silence avant
eprendre, sérieux.

Bon, écoute-moi bien. Décembre 1970, mai 74,
dates sanglantes dans l'histoire italienne. Les ser-
es secrets américains ne sont pas tout à fait neutres.
loge P2... de la fumée, je dirais... du vaporeux
éosophique que Gelli a agité pour masquer un cer-
tain nombre d'attentats. Quand tu sais que Shackle-
ton, le responsable de la CIA à Rome, a présenté Gelli
à Haigh, le patron de l'OTAN, tu peux te faire une
idée de l'imbroglio. Mais passons, fait-il en agitant
la main par-dessus sa tête, si tu as besoin de rensei-
gnements, j'ai tout ce qu'il te faut. Je te parlais de
Claudio, assis là, comme tu le vois, un journaliste,
comme mézig, qui a fouiné où il ne fallait pas. Il s'est
mis à dos un bon nombre de personnalités.

Claudio est penché sur son journal.

– Il s'est mis au vert cézig. Un vrai mercenaire qui
ne doit d'avoir la vie sauve qu'à certains documents
u' garde précieusement.

est clair, pense-t-il un peu dérouté par ce qu'il
entendre, que je suis un guignol avec mes his-
truanderies de quartier, de butors bovidés...
pense à Marius le Tatoué, au Corse ou au

as l'air inquiet, jeune homme ? lance
claquant des doigts en direction du ser-
ns son dos.

sais simplement que nous n'avons
e qui se trame dans les relations inter-
s...

t de suite, tu vas te prendre la tête.
t 50 balais que j'enquête. À mon
vernements s'y perdent. Mais ne

Les va-et-vient de la rue le distraient de son cauchemar. Il laisse aller son regard sur les façades rongées, les barreaux aux fenêtres, les câbles électriques.

Il tourne les premières pages du journal, lit les gros titres : *Fusillade à Pattaya, un gang russe fait main basse sur le contenu du coffre de la banque Ayudha.* L'article stipule que la police a ouvert le feu, plusieurs victimes sont à déplorer parmi les otages, une enquête a été exigée par le premier ministre. Sur la même page, un éditorial explique qu'un indépendantiste musulman de la région frontalière avec la Malaisie a poignardé un professeur d'école, qu'il s'agit du quinzième instituteur assassiné depuis le réveil de l'islam dans le Sud de la Thaïlande ; que l'armée a traqué le tueur, qu'un groupe de rebelles islamistes a été mitraillé à la frontière, que des hommes ont été abattus ; la photographie montre des soldats hilares, s'exhibant derrière les corps alignés, en présence du ministre de l'Intérieur.

Il avale une gorgée de café, mord dans un croissant français au beurre. Sur la page suivante, son attention est attirée par le cliché d'un chargement de bonbonnes de butane, quelques-unes sont entrouvertes et laissent apparaître des sachets de poudre blanche ; des moines en robe safran sont menottés les uns aux autres ; on précise que des dizaines de kilos d'héroïne sont ainsi saisis à la frontière plusieurs fois par an ; que la police en tient pour responsable l'organisation de Khun Sa.

– Khun Sa, murmure-t-il en levant les yeux sur Bel Armand qui franchit d'un pas gaillard les quelques mètres qui séparent sa table du buffet.

– Eh bien ça alors, notre va-t-en-guerre, fait le journaliste d'une voix de stentor, avec un petit salut militaire. Puis-je ? demande-t-il en s'installant, tout en saluant l'Européen qui lorgne par-dessus son journal. En pleine forme, Claudio ? Je casse la croûte avec notre flicard juste arrivé et j'passe te voir. À tout de suite !

Il se retourne, pointe l'index vers lui.

– T'as une petite mine, la gueule un peu flétrie… des ennuis ?

– Mal dormi… et vous, le whisky, mal aux cheveux ?

– Pfft rien, que dalle. Eh ! t'as tout juste d'avoir changé de camisole, elle fait moins tarte.

– Mouais, souffle-t-il, un peu lassé des remarques désobligeantes des gens…

– Fais encore un petit effort, ajoute Armand en soulevant la nappe. Les chaussures, y faudra y penser aussi, ça fait par trop touriste. Ici, il suffit de porter des espadrilles, rigole-t-il en regardant la pointe de ses propres santiags tout en faisant mine de les cacher sous la table. C'est bien pour moi, j'ai l'air d'un vieux con… mais c'est comme ça. Toi, t'es trop jeune pour ces conneries… et c'est un don, la jeunesse, alors profites-en !

– J'apprécie vraiment votre discrétion, monsieur Armand…

– P'tit, le « monsieur », tu peux oublier !

– Entendu… mais bonjour tout de même, dit-il une fois le journal plié, jeté sur la table.

– Tu sais, je ne suis plus trop du genre à me polir les godasses, vas-y franco avec mézig.

– Qui est l'homme que vous avez salué en vous asseyant ?

– Claudio est un chic type, murmure Armand après s'être légèrement penché en avant. Largué, mais un chic type que je connais depuis très longtemps. Tu

sais, il ne peut plus retourner en Italie, le dossier Gelli, Licio Gelli… la loge entendu parler ?… Le réseau Gladio ?

– J'en ai entendu parler, mais je n'étais dans la police…

– Mouais, je t'explique en deux mots. Les cains ont mis en place un réseau de terroristes contrer les gauchistes et les Soviets, les empêche se répandre en Europe, après la Seconde Guerre. M le réseau Gladio, à mon avis, était destiné avant tout à prendre le pouvoir en Italie. Les Amerloques, si je peux me permettre, ont une vision de la démocratie qui m'étonne parfois. Je te fais grâce de la liste des chiens de guerre que Washington a mis en place, ou avec lesquels ils ont pactisés.

– Gelli, par exemple ?

– Oh, Gelli n'avait pas assez d'envergure, un hom de paille, mais suffisamment rusé pour en ti meilleur parti. C'est dans cette ambiance qu' loge P2. Ça aussi t'en a entendu parler, h

– Loge maçonnique ?

– Rien à voir avec l'ordre ma geait pas mal de monde de f hommes pour des fran Nazionale… c'était ri ont tenté de renve voir avec un or disais que l' Di Mamb

– Ah, j

– Ben, c motivés par un tu vois l'embrouil

t'inquiète pas pour toi, ce qu'ils doivent savoir sur ton compte, ils le savent déjà. Ils ne t'auraient pas autorisé à venir ici.

– Mais qui ça « ils » ?

– Patrick, t'es vraiment un apprenti ou t'es très con ? éructe Armand en commandant un café et un verre d'eau. Je te laisse découvrir ce qui t'appartient, jeune ami, ajoute-il plus calmement et en posant ses coudes sur la table, jouant des biceps, bien visibles sous les manches retroussées de sa chemise. Fais juste attention à tes miches, tézig, ici, t'es pas en Europe, pigé ? Bon, passons aux choses sérieuses, reprend-il en étirant maintenant ses bras puissants, dégageant ainsi une force animale, primitive. Pourquoi tu t'es éclipsé subito hier soir ?

– J'étais fatigué.

– Dommage. Dissassa a superbement chanté, d'ailleurs il me semble bien que l'âge la rende plus séduisante, tu ne trouves pas ?

– Dissassa ?

– Ma p'tite, tu l'as aperçue près de la scène… n'est-ce pas ?

– Oh oui ! Et c'est votre petite ?

– Ma petite… on se fréquente depuis pas mal de temps. Une aventure que j'ai ramenée d'Assab, Érythrée. C'était en ce temps-là encore administré par les Britanniques, quelle chienlit ! Certains ramènent une blenno, moi je ramène l'amour… mais c'est une autre histoire. J'te raconterai un jour. D'ailleurs je propose qu'on se tape une bonne gamelle un de ces soirs, qu'en dis-tu ?

Armand s'enfile un bol de soupe dans un bruit de succion épouvantable. Du liquide coule sur sa chemise.

– Dites voir monsieur… enfin Armand, demande-t-il, jetant un coup d'œil aux deux éléphants qui déambulent dans la rue, tapotant de leur trompe les têtes des touristes hilares. Vous pouvez me rencarder sur les Français de Bangkok ?

– Essaye toujours, ça m'a peut-être conditionné à être plouc de valdinguer à travers le monde, mais j'ai toujours les oreilles qui traînent.

– Je m'en doute. Comment les Français sont organisés par ici ?

– Ne sont pas vraiment organisés, sont dispersés par-ci par-là. Tu trouveras à Bangkok surtout des familles chinoises et russes. Les Indiens sont fichtrement bien organisés aussi. Tu sais, ils veulent tous devenir *Taï-Pan*.

– *Taï-Pan* ?

– Le grand chef de tous les réseaux commerciaux d'Asie.

– Ah !

– Eh oui les Européens… eh bien, on est cuit. L'Europe aujourd'hui est une immense maison de retraite, à côté d'ici. Je te dis que ça, on a qu'à bien se tenir. Le péril jaune, mon p'tit gars… le péril jaune ! Quoique ici sont plutôt caramélisés, ajoute-t-il en pouffant et en se grattant énergiquement la nuque.

– Vous ne m'avez pas dit qui était ce Français qui s'est fait la malle l'autre jour ?

La question est posée avec un détachement apparent.

– Tu ne me l'as pas demandé.

– Ben, je vous le demande.

– Christian, Christian Lefebvre, un gamin sans envergure. Pourquoi ?

– Vous vous payez ma gueule, capitaine ! hurle-t-il en frappant violemment le bureau du plat de la main, faisant rebondir le plateau et fuir les insectes.

– Je pensais le ramener ce matin, Patrick, répond Chan, prenant le ciel à témoin. Lefebvre n'est pas un poids lourd… je ne comprends pas où il a bien pu foutre le camp.

– J'en ai rien à cirer, capitaine ! Vous pensiez vraiment que rien n'allait transpirer ?… C'est quoi, ce micmac ?

– Non, mais mettez-vous à ma place…

– Je n'y suis pas et justement, gardez la vôtre. Je ne me trompe pas en vous rappelant que nous collaborons sur cette affaire. C'est quoi, ces cachotteries… la petite balade en ville ?

– Ne le prenez pas comme ça, Patrick, vous ne savez rien de notre façon de travailler.

– J'en ai connu des ruffians, capitaine, mais vous remportez la palme de la voyoucratie, un faux derche comme vous…

– Arrêtez-vous tout de suite, vous allez être malhonnête, Patrick, dit Chan en levant le bras, soufflant comme un bœuf. Je n'ai pas que votre dossier. Nous avons effectué plus de 8 000 arrestations… et en 2 mois seulement. Ça vous dit quelque chose ? Ce matin par exemple, j'ai sur le dos la division de la suppression du crime, mes hommes ont canardé une bicoque à Ayutthaya, croyant qu'il s'agissait d'un repaire de trafiquants… deux vieillards ont perdu la vie.

– Je m'en tape, de vos histoires. Et Lefebvre dans tout ça ?

– Je n'en sais rien. Il a pris la poudre d'escampette, il avait des complicités dans la prison.

– Et vous n'aviez pas imaginé qu'il puisse avoir des complices ? Vous vous foutez de ma gueule !

Chan farfouille dans ses poches sans répondre, il en sort un paquet de cigarettes. Tapote le carton, en fait tomber une, la porte à ses lèvres. Ouvre le tiroir à sa droite, ramasse un briquet bleu, la flamme jaillit.

– Je m'en contrefiche de ce que vous pensez, khun Pat, j'ai bien assez de problèmes, fait Chan en inspirant la fumée.

Il se lève, se dirige vers la porte.

– Bien. On n'a plus grand-chose à se dire, capitaine.

– Où allez-vous ? fait Chan très agacé, écrasant nerveusement sa cigarette dans le cendrier en étain.

– Je suis ici pour entendre Christian Lefebvre, je vais me débrouiller sans votre aide, lâche-t-il en claquant la porte, faisant fi des braillements que balance Chan et qui résonnent dans le couloir.

Tout se bouscule dans son esprit. Il file en direction des ascenseurs. Réfléchit à toute vitesse, sort de sa poche le badge de la brigade des narcotiques, le fixe à la poitrine. « Je commence par la prison, se dit-il en précipitant ses pas. J'ai peu d'indices, mais ça se dénoue par un bout… quel qu'il soit. Après j'aviserai… »

Il décide aussi de ne pas aviser sa hiérarchie, pour l'instant il veut les coudées franches. Furieux, il lui revient en mémoire les coups d'œil des hommes de Chan et les sourires mielleux de Suriya. Reviennent aussi les propos de François rencontré à l'immigration : « Tu sais, je connais tous les Français par ici… il a dû y avoir un sacré merdier. Des grosses pointures qui se sont flinguées entre elles. Boum !

Boum ! » Et d'ailleurs, Himalai n'avait-il pas évoqué une fusillade ?

– Patrick ! crie Suriya tout en retenant les portes de l'ascenseur.

Elle se glisse à l'intérieur. Féline. Elle porte une large ceinture noire, sur laquelle est accroché un holster contenant un revolver à six coups, et une paire de menottes Smith & Wesson pendouille de la poche revolver de son jean noir.

– Patrick, attends-moi, s'il te plaît. Qu'est-ce qu'il te prend ?

– Chan t'a envoyée ?... Tu me prends vraiment pour un imbécile de première !

– Patrick, fais-moi confiance.

– Suriya... je ne t'en veux pas de faire la pute, fait-il sèchement, guettant sa réaction. J'imagine bien que tu n'es pas en mesure de contester les ordres.

– La pute ! répète-t-elle, soudain figée.

Elle cherche à le gifler. Il esquive sa main, saisit son poignet.

– T'appelles ça comment ? fait-il en la repoussant contre la paroi. Dis-toi bien que des filles, j'en connais un sacré paquet, des professionnelles... tout comme toi ! Que penses-tu du fait de m'avoir baladé en ville alors que Lefebvre mettait les voiles ?

– Mais pour qui tu te prends, tu veux nous donner des leçons ? T'es qu'un minable, lâche-moi !

Il la serre de très près, maintient fermement ses poignets, qui blanchissent.

– Tu démarres au quart de tour, Patrick, grince-t-elle sans chercher à se dégager Ça, c'est ton problème. Mais en Thaïlande, il vaut mieux prendre du recul.

– Suriya, explique-moi plus précisément ton rôle dans tout ça.

Il desserre son étreinte en entendant des pas dans le couloir. S'écarte et presse le bouton pour atteindre le troisième sous-sol. L'ascenseur se met en mouvement.

– Tu travailles trop individuellement, Patrick.

– Arrête ! d'ailleurs qu'en sais-tu ?

– Les Occidentaux sont trop individuels, lui rétorque Suriya sur un ton moqueur.

– Mouais, et vous travaillez pour le bien de tous… c'est ça ? C'est un peu facile, ton truc, on en reparlera. Quels sont les ordres ? Tu m'accompagnes au garage ?

– Je ne te quitte plus, Patrick.

– Sous les directives de qui, Suriya ?

Elle sourit sans répondre. Ses yeux, devenus étincelants, sondent son âme.

– J'ai aussi un certain nombre de choses à te dire, poursuit-il légèrement décontenancé. Et cesse ton numéro de séduction, c'est inutile.

– Rien à voir avec de la séduction, Patrick. J'ai simplement envie que tu t'étonnes de ce que tu découvriras chez nous… à défaut de t'émerveiller.

– Il y a des tas de trucs qui me gonflent avec vous, alors qu'en même temps je vous trouve incroyables, une telle dévotion par exemple.

– Alors on s'est tout dit, fait Suriya.

Troisième sous-sol. Garage. Il compte une centaine de véhicules, autant de mécaniciens penchés sur des carcasses et des pièces détachées. Il passe auprès de patrouilleurs et de motards qui discutent et vérifient leur matériel, ajustent leur uniforme. La machinerie bruyante et fatiguée de la ventilation peine à dissiper les poussières noires et les vapeurs de kérosène. Le bruit est en partie recouvert par celui des postes radios qui diffusent à tue-tête des musiques rock et des messages publicitaires. Assis en tailleur sur le sol huileux, des hommes au repos, quelques-uns appuyés contre les murs poisseux, se nourrissent en silence d'une soupe de vermicelles accompagnée de riz collant. Sur sa droite, des hommes s'agitent autour d'aquariums dans lesquels des poissons de combat aux couleurs très vives s'entretuent ; les parieurs hurlent, les bahts froissés passent de main en main. Règne en sous-sol l'agitation de la cité bangkokienne.

Il compose sur son portable le numéro de téléphone qu'Himalai lui a donné la veille. Quelques tonalités, une voix nasillarde éructe un borborygme.

– Himalai ?

– Oui.

– C'est Pat, viens me chercher, je t'attends au garage. J'ai besoin de ton aide.

– J'arrive dans cinq minutes !

Il se retourne vers Suriya en pointant l'index sur son visage.

– C'est en ordre, tu m'accompagnes. Mais tu dois savoir que je n'ai aucun plan défini. Je navigue au feeling… et tout peut arriver.

– À Klongprem !

– La prison centrale ? Mais t'es dingue !

– Je t'en prie, ne discute pas, je suis de mauvaise… allez… Klongprem.

– T'es frappé ou quoi, mais dis quelque chose, Suriya, fait Himalai, se tordant nerveusement les doigts. Mais qu'est-ce que tu crois, tu penses que je peux me pointer là-bas comme cela ? D'abord, qu'est-ce que tu veux y faire ?

– On s'est payé ma gueule et c'est la seule piste… le point de départ.

– Tu penses pouvoir sonner à la porte de la prison et dire : bonjour, je suis le flic européen et j'ai des questions à poser ! fait Himalai en prenant un air distingué. Tu ne te rends pas compte que c'est là-bas une autre police, j'ai franchement rien à y faire, Patrick.

Il s'interrompt un instant, guettant une réaction.

– Tu n'en as rien à battre de ce que je te raconte, reprend-il, contrarié. Tu sais, c'est la division de la suppression du crime, ce ne sont pas des mariolles… sont épaulés par la DEA, parfois par la CIA, si tu vois ce que je veux dire.

– Himalai je suis sérieux, je me fiche de tes états d'âme. Tu m'y emmènes ou je me débrouille sans toi ?

– Je sens que je fais une grosse connerie, marmonne Himalai après l'avoir observé un instant. Allez montez… on est parti !

Dix heures 45 minutes. Ngamwongwan road. *Klongprem Central Prison – Departement of corrections, ministry of justice*. Des barrières métalliques, zébrées de rouge et de blanc, disposées en quinconce sur la chaussée, sont écartées par les jeunes gardes en uniformes bleu foncé, les bérets vissés de travers, occupés à trier les véhicules alignés devant le pénitencier.

La voiture pénètre dans un parc gigantesque, le gazon vert étincelant, les plantes tropicales bigarrées, les arbres en fleurs. Le drapeau thaïlandais, rouge, blanc, bleu, est fixé à un monumental mât qui se dresse au milieu d'un bassin dans lequel s'ébattent des poissons-chats. Des cars aux vitres grillagées, prévus pour le transport des détenus, sont stationnés sous un hangar en tôle, de même que des motos et des voitures. Himalai mène la voiture vers deux colossales portes métalliques dans un mur d'enceinte grisâtre. Un fossé rempli d'eau souillée entoure l'immense bâtiment.

Un garde s'approche, l'uniforme froissé. Il est sec, peau d'ébène, lèvres relevées sur une dentition dispersée. Il se plante devant la portière, du côté d'Himalai, les pouces enfoncés dans son ceinturon, les jambes écartées, un morceau de bois mâchouillé entre les lèvres.

Il écoute d'une oreille distraite la conversation entre les deux hommes, observe l'intérieur de la guérite. Il y trône un bureau d'administration gris métallique, avec un plateau vert, élimé et déformé ; un poste de télévision : c'est le grand prix automobile ; une pointeuse, aux fines aiguilles noires qui retardent de plusieurs heures. Une sentinelle, les rangers délacées, languettes pendantes, est endormie dans un fauteuil pivotant.

Il cherche la photo du monarque. Elle est là. Fixée au mur… au-dessus d'un pissoir de campagne.

Quelques palabres, le garde décroche le combiné du téléphone suspendu au portail.

Il retient son souffle. Il ne mesure qu'à cet instant la situation insensée dans laquelle il nage en ce moment : une engueulade avec le capitaine des narcotiques, l'une des brigades les plus influentes de l'Asie du Sud-Est ; la réquisition d'une patrouille, éloignée de son secteur d'intervention ; et maintenant la division de la suppression du crime. « Très franchement, ce n'est pas ici que je veux tâter du pénitencier », se dit-il en pensant aux risques qu'encourent ses camarades.

Le premier périmètre de sécurité est franchi. La voiture longe un mur de béton surmonté de rouleaux de barbelés et de morceaux de verre pillé.

– Nous avons de la chance, j'avais rendu quelques services au garde qui nous a ouverts, fait Himalai en se raclant la gorge. Faut que je te dise qu'un cousin travaille au greffe de la prison, je l'ai fait demander… on verra bien. Je ne peux pas garantir que nous rencontrions le directeur, mais bon.

– Je ne veux pas le directeur, répond-il. Ton cousin suffira. Tu sais aussi bien que moi que ce n'est pas un officier qui m'apprendra le plus de choses. Tu ne crois pas ?

Une lourde porte automatique s'entrouvre dans un grincement assourdissant. Himalai gare la voiture dans une cour intérieure, sur les cases réservées à la police, manœuvre de façon à se parquer en marche arrière, prêt pour un départ en urgence.

– Je n'aime pas trop traîner dans le coin, murmure Himalai en sortant du véhicule. Suriya, tu restes ici ! ordonne-t-il.

Il claque la portière. Le soleil est d'une force terrible. À l'horizon se forment des masses nuageuses. D'un mirador, le canon en acier d'une mitrailleuse pointe en direction des bâtiments carcéraux. Dans l'arrière-cour, deux agents râpent leurs semelles sur les gravillons.

Himalai s'approche d'une sentinelle postée devant une guérite ; on échange plusieurs coups de téléphone.

– C'est bon on y va, dit Himalai, faisant signe de suivre le garde, qui se dirige nonchalamment vers un lourd grillage.

Un passage dans un mur épais de plusieurs mètres, fait de grosses pierres, donne accès à une troisième cour, dans laquelle sont alignées des dizaines de cages métalliques, d'un mètre de hauteur sur deux mètres de largeur, déposées à même le sol caillouteux.

Il marque un temps d'arrêt. À l'intérieur gisent des hommes dénudés, enchaînés deux par deux ; si maigres qu'ils ne sont plus que des tas d'os.

Un gardien s'approche en les saluant les mains jointes.

– Je te présente mon cousin Paw Yai Hmoon, dit Himalai, saluant à son tour. Il va nous accompagner à son bureau, nous serons plus tranquilles pour discuter.

En longeant les cages, il sent les puissantes odeurs d'excréments et d'urine, ne peut que remarquer les corps meurtris, brûlés par le soleil.

– Himalai, qu'ont fait ces détenus ?

– Ce n'est pas tes oignons.

– Mais…

– Ferme-la, j'te dis. Il suffit que tu retiennes que les *monkey rooms*, c'est comme ça qu'on appelle ces cages chez nous, des *soeui* en thaï, sont autorisées par notre constitution… point à la ligne. Tu en verras certainement encore, elles sont souvent exhibées dans les écoles ou dans les centres commerciaux, le gouvernement pense que c'est dissuasif. Tu sais, à l'étage les détenus sont enfermés dans des *rooms* de plus de 300 détenus… certains préfèrent encore les cages, vois-tu.

– Mais ils sont traités comme des clébards, Himalai…

– Comme des singes, Patrick, comme des singes.

Sous un portique, des gardiens en uniforme kaki sont assis à l'ombre sur des tabourets de bois. Ils jouent aux dames, poussent leurs pièces sur des damiers grossièrement dessinés sur des tonneaux à essence contre lesquels ils ont appuyé leurs fusils-mitrailleurs.

– Des militaires, souffle Himalai.

Paw Yai fait claquer une solide serrure, pousse une lourde porte. Relents nauséabonds. Le greffe est une vaste pièce sombre aérée par une multitude de ventilateurs d'acajou et d'osier. Les plafonniers sont dénudés, la lumière est crue et agressive. Des photos anthropométriques des détenus sont punaisées sur les murs décrépits. Les bureaux alignés les uns contre les autres forment un gigantesque comptoir, derrière lequel il y a plusieurs centaines de casiers, du type de ceux des réceptions des hôtels. Des clefs, des enveloppes, des dossiers, des chemises y sont conservés.

Règne dans cette pièce une atmosphère étrange. Depuis son arrivée à Bangkok, il s'est accoutumé à l'agitation de la foule et aux bousculades, mais bizarrement, dans ce local, il n'y a rien de cela. Le film s'est subitement interrompu. Hors temps. Calme absolu. Silence absolu. Pourtant il se sent nerveux. Chaque place de travail est occupée par des hommes en uniforme bleu foncé, les épaulettes couvertes de chevrons. Ils sont plongés dans des dossiers, ou tapent sur des Macintosh vieillissants et poussiéreux. Personne n'a levé les yeux sur eux.

Paw Yai place deux chaises près d'un bureau en désordre, fait respectueusement signe de prendre place, et saisissant une carafe d'eau claire, il remplit trois verres. Ses gestes sont mesurés. Il s'installe à son tour, repousse un cendrier qui dégorge de cendre et de mégots, met en marche le ventilateur de table ; un post-it jaune, coincé dans le grillage de protection, provoque un cliquetis régulier.

Tout à coup, il entend des paroles en anglais, tourne discrètement la tête. Il surprend au fond de la pièce des Occidentaux, américains sans doute, qui poussent une porte…

– Bien, fait Himalai en remontant à bord de la voiture de patrouille.

– Alors ? demande Suriya. Je ne vous cache pas que je suis contente de vous voir, ça tournait pas mal autour de la voiture, dit-elle en désignant quatre cerbères assis sur des motos de petites cylindrées. Casques blancs. Ceinturons blancs. Uniformes brun foncé.

– Lefebvre s'est bien fait la malle avec l'aide d'un gardien, répond-il, qui n'a d'ailleurs pas manqué de partir aussi.

– Plutôt mince, ça, on le savait déjà.

– Oui, mais il me fallait confirmer l'info. J'ai quand même appris qu'il passait son temps au Coffee parisien, un bar français dans Patpong.

– Connais pas, répond Suriya.

Il l'observe attentivement, a senti tout à coup qu'elle mentait. Le timbre de sa voix a légèrement vibré, sa peau a blanchi.

– Moi, je connais, fait Himalai. Je t'en ai parlé hier, Patrick. Souviens-toi, les Français qui ont été flingués, ben c'est là-bas.

Il jette un regard furibond en direction de Suriya, qui détourne la tête. Il se rappelle très bien qu'après avoir rencontré le vieux Chinois dans sa boutique, lorsqu'il a fait allusion au règlement de compte entre Français, elle a raconté qu'il s'agissait d'un cas isolé :

« Il avait insulté la famille royale, et même s'il était soûl dans un bar, nous ne tolérons pas ce comportement », a-t-elle donné comme explication.

– Ça se précise, n'est-ce pas, Suriya ? fait-il.

Les lourdes portes de la prison de Klongprem se referment lentement.

Douze heures 15 minutes. Patpong. Feux rouges. Revêtus de l'uniforme de leur établissement scolaire, chemise blanche, pantalon ou jupe bleu, et un insigne cousu sur la poitrine, des écoliers traversent deux par deux le passage pour piétons. Sensible différence d'avec les gamins qui, à l'arrêt des voitures, se précipitent sur elles pour vendre des colliers de fleurs, des journaux et des cigarettes chinoises. Banalité urbaine ! Le ciel s'est assombri d'un seul coup. Un grondement se fait entendre, suivi d'éclairs qui viennent déchirer les nuages. En un instant, une eau sale ruisselle sur la chaussée, les avant-toits des commerces, des bars et des salons de massage ploient et gauchissent leurs chevrons en ébène. Au-dessous s'abritent les filles, les clients, les bonzes, les hommes d'affaires et les touristes quelque peu hagards.

– C'est là-bas, indique Himalai, montrant une enseigne en néons colorés.

Trempé, le rideau de pluie dans le dos, il pousse la porte de l'établissement. Distingue un vestibule, puis une grande salle, une trentaine de tables rondes, des cosys et des fauteuils clubs qui entourent trois scènes. Dans la salle la voix chaude de Bernard Lavilliers retentit. De nombreuses affichettes de café-concert et music-hall sont accrochées à l'entrée : Maurice Chevalier, canotier de paille sur la tête, André Claveau, gominé et smoking queue-de-pie blanc, Lucienne Delyle, yeux fardés de bleu, Joséphine Baker, lèvres pulpeuses violacées, Line Renaud, sourire d'adolescente, Édith Piaf, les mains sur ses hanches fines. Les vedettes posent devant la tour Eiffel, le Sacré-Cœur, le Moulin Rouge ou sur un banc du Jardin du Luxembourg ; seul Chevalier fait un pas de danse sur la Promenade des Anglais de la cité niçoise, avant guerre.

– … suyez-vous ! grommelle le barman en français, sans cesser de lustrer le large comptoir marbré, désignant les tissus colorés pliés sur une commode à droite.

Il jauge l'homme. Bourru. Pas dangereux. Descend quelques marches, repère les entraîneuses avachies sur une banquette de velours, devant un poste de télévision, les yeux rivés sur un feuilleton.

Il s'approche des premières tables, un homme surgit de derrière l'épais rideau d'accès aux sanitaires.

« François », se dit-il, surpris de le trouver ici.

Il l'observe qui avance entre les tables, s'installe à celle où repose une quantité de cadavres de bouteilles de bière.

– Ben ça, c'est pas croyable ! lâche le Français qui vient de l'apercevoir. Il s'interrompt immédiatement en voyant que Himalai et Suriya entrent dans l'établissement.

– Relaxe, François, ils ne sont pas là pour toi, reste calme, dit-il tout en guettant la réaction du barman.

L'homme astique calmement un verre à pied, les yeux glauques.

– Qui sont ces nouilles ? demande nerveusement François. Je t'ai dit que moi et les bourrins…

– Ne t'inquiète pas, ils ne sont pas là pour toi, peuvent même nous faciliter la tâche, répond-il en s'asseyant à sa table. Nous parlerons français… ils ne le comprennent pas.

Il fait signe à ses camarades de s'installer. Il tend l'oreille, Lavilliers termine sur un solo de guitare magistral.

– Écoute, François, je n'ai pas fait long à piger qu'ici c'était de la grosse magouille.

– Eh bien, grand navet, je te l'avais dit… des saligauds. T'as une clope ?

– Je ne fume pas. Je te l'ai déjà dit. Qu'est-ce que tu fais dans ce cabaret ?

– C'est bien le seul endroit qui me rappelle que je suis français, dit François, les yeux mouillés. Tu entends Bernard – *Voleur de feu* – c'est son meilleur album… tu ne trouves pas ?

– J'adore.

– T'as changé de style, dis voir, remarque François. C'est mieux comme ça, t'as l'air moins touriste.

– Ouais merci, répond-il, constatant que, décidément, ses fringues n'ont jamais été autant mises à l'index.

Il remarque par ailleurs que François est toujours très pâle, qu'il ne s'est pas rasé depuis plusieurs jours, que ses ongles sont terreux.

– On te mène la vie dure ?

Une entraîneuse glisse entre les tables, monte sur scène. Aussitôt elle entortille ses jambes nues autour d'un poteau de métal, souplesse enivrante. Elle n'est chaussée que de bottillons à talons aiguilles et n'est vêtue que d'un string blanc.

– Connasse !… c'est l'enfer ici, Patrick… c'est bien Patrick, ton prénom ?

Il acquiesce, regardant la fille qui se frotte doucement l'entrejambe contre le poteau.

– C’est déjà ça, fait François en faisant craquer ses doigts. Je ne perds pas complètement la boule. Je me souviens généralement des gens sympathiques, des cons aussi. T’es bien sûr de ne pas avoir de clopes ?

– N’insiste pas, dit-il, s’avançant au point d’apercevoir distinctement les petites cicatrices d’une acné mal soignée. François, j’ai besoin de toi. Tu m’as bien parlé d’un carnage ?

– Je ne t’ai pas menti. Putain, t’aurais dû voir ça…

– C’est Lefebvre qui a fait le coup ?

François recule d’un bond, les yeux écarquillés. Il observe tour à tour Himalai et Suriya.

– François, c’est Lefebvre ? Nom de dieu, François, vas-y, dis-le-moi.

– Je n’ai pas envie de nouvelles embrouilles, il y a des trucs qu’il vaut mieux éviter d’évoquer.

– François, bon sang ! Tu veux sortir de cet enfer ?

Surpris par la tournure des événements, François le fixe d’un regard hypnotique. Il désigne alors Himalai et Suriya, déterminé :

– Dis-leur de se tirer… dis-leur de se tirer, je ne te le répéterai pas, Patrick.

Sans attendre il se penche à l’oreille d’Himalai, lui demande de l’attendre à la voiture.

Himalai marmonne quelques mots incompréhensibles, hésite un instant, pose un regard glacial sur François. Après quoi il se lève lentement et s’éloigne, Suriya sur les talons.

– Alors ?

– Sais-tu vraiment ce que tu me demandes ?

– Accouche, François, ne me gonfle pas avec tes sornettes.

– Mes sornettes, répète-t-il, arrogant. Comme c'est mignon. Tu ne te rends pas compte… rien ici ne ressemble à ce que tu as connu jusqu'à présent.

– Lefebvre est un agent de Khun Sa, interrompt-il, et ça me suffit pour avancer. Je ne veux pas engager une révolution, François, je veux juste entendre Lefebvre. Après quoi, je remballe mes affaires et je mets les voiles. Alors tu m'aides ?

D'avoir entendu le nom de Khun Sa a rendu soudainement François très nerveux. Il fait craquer ses doigts à plusieurs reprises, jette des coups d'œil inquiets dans la salle.

– Nom de dieu, Patrick, ferme-la. Je viens de te dire qu'il y a des trucs qu'il vaut mieux taire.

– Tu veux que je gueule son nom dans la rue ?

– Surtout pas… j'ai failli me faire dégommer, tu peux comprendre que je flippe, fait-il, les lèvres tremblantes. Et dis-toi bien que je me suis coltiné durant dix ans les cellules de Lardyao, de Mahachaï, de Bang Khwang et de Bumbud… et celle-ci, c'est une spéciale pour héroïnomanes, ajoute-t-il, la voix railleuse. Je connais toutes les prisons du pays. J'ai même coudoyé les malades de la centrale de Lat Yao… pas vraiment du tourisme pénitentiaire, vois-tu. Je mériterai une médaille du fait d'être encore en vie.

François transpire. Difficile de se sortir de l'engrenage. Plus la drogue coule dans ses veines, plus l'homme s'éloigne de toute vie sociale. Drogue. Infraction. Action judiciaire. Prison. Cure de désintoxication. Maladie. Hépatite. VIH. Endettement. Poursuites. Saisie. Minimum vital. Solitude. Détresse. Drogue… et ça recommence.

– Je t'aide et tu m'aides, formule François tout à coup, une lueur étincelante dans le regard.

Il reprend ses esprits, recule dans son siège en soupirant.

– C'est entendu… enfin, j'essayerai.

– J'ai besoin de mon passeport, Patrick, et d'un sauf-conduit pour quitter le pays.

– J'avais bien compris. Tu me rencardes sur Lefebvre et je me débrouille pour te trouver tes documents.

– C'est tout trouvé, c'est ton pote le capitaine Chan qui retient mon passeport…

– Chan ?

– Oui, Chan. À part ça, je peux te confier que c'est un chic type. Enfin si l'on peut dire. Il a les rouspignolles prises dans le tiroir, comme pas mal de monde par ici.

– Je me passe de tes commentaires, François… et Lefebvre ?

– J'ai bien envie de te faire confiance, murmure-t-il en se penchant légèrement en avant. Et ce n'est pas dans mes habitudes. Lefebvre a été donné, je ne sais pas ce qui se trame, mais c'est une grosse affaire, fait-il, baissant encore la voix d'un ton. Lefebvre s'est tiré de Klongprem, la prison…

– Passe, je connais, j'en viens.

– T'as foutu les pieds là-bas ! Mes respects, monsieur, t'es plus mariolle que je croyais.

– Continue.

– Une histoire de filles et de drogue, le fond de l'affaire, je ne le connais pas vraiment. De toute façon, c'est toujours les mêmes trucs, si ce n'est que cette fois-ci les Russes s'en sont mêlés, explique-t-il, relevant les sourcils. Toutes les organisations veulent Bangkok, c'est aujourd'hui la plaque tournante des affaires. Et devine… les flics sont sur les dents, ils perdent un maximum de pots-de-vin, les magistrats aussi d'ailleurs.

– Dis-moi où je trouve Lefebvre.

– Va piano, tu crois que je sais tout ?

– Pense à ton passeport et dis-moi où je trouve mon Lefebvre.

– Avant, je veux mettre au point notre marché. Je te file l'information, tu me fais parvenir mon passeport ici, et je veux qu'il soit remis à Fabrice. Ça marche ?

– Qui est Fabrice ?

– Le barman, on peut lui faire confiance, il est muet comme une tombe, répond François, faisant un petit signe en direction du bar.

L'homme sourit en décapsulant deux bières, passe le comptoir, vient déposer les bouteilles sur la table ; l'embout vomit une mousse blanche, qui se répand sur le plateau.

– Aux dernières nouvelles, Lefebvre serait monté à Mae Hong Son, via Chiang Mai, pour affronter Khun Sa, murmure François. Tu te pointes au resto le Typhon. Demande Zhang, il devrait pouvoir te renseigner. Il est chinois, on était à Mahachaï ensemble, il devrait pouvoir te filer un coup de main.

– Le Typhon à Bangkok ?

– À Chiang Mai, mais nom de dieu, il faut tout te dire.

Il reste silencieux. Tout se bouscule. « Qu'est-ce que je vais aller glander là-bas », se demande-t-il, s'affaissant dans son siège.

– Ç'a l'air de te contrarier ?

– Attends… je viens pour entendre un type à Bangkok, une petite mission tranquille, et me voilà dans une belle embrouille. Que veux-tu que je fasse à Chiang Mai, ou à Mae Hong Son ?

– Ce n'est pas mon problème, moi je n'irais pas si j'étais toi. Le Typhon se trouve sur Charoen Prathet road, j'te mets ça sur un papier. Et alors, pour mon passeport ?

Il porte la bouteille à ses lèvres, avale lentement le liquide froid.

– Bien. Je te remercie et tu peux compter sur moi pour notre accord.

– Encore une chose, Patrick… prends ça, chuchote François en faisant glisser de sous sa chemise une arme automatique de gros calibre. Je l'avais ramassée quand il y a eu la fusillade. Elle ne me sert à rien. Allez prends-la !

Il hésite, un serpent à sept têtes garnit la crosse.

– Khun Sa ! fait François, son mince visage blême illuminé d'un large sourire.

– Merci, marmonne-t-il une fois l'arme glissée à sa ceinture. Et c'est quoi ton blase… ton nom de famille ?

– Je m'appelle François Lerco.

Treize heures 10 minutes. La porte du Coffee Parisien s'est refermée. L'orage s'est éloigné. Le ciel est bleu. Il fait chaud.

Il rejoint la patrouille qui s'est déplacée sur Silom road afin de laisser les commerçants, les maraîchers, les grossistes et les boutiquiers installer leurs étals sur Patpong. Il respire à pleins poumons l'air nettoyé par la pluie, heureux d'avoir maintenant de sérieux indices. « J'rentrerai pas bredouille », pense-t-il en traînant les pieds, façon Sud-Est asiatique. Des effluves de jasmin et de gingembre, poivrés et pigmentés, balayent l'atmosphère. Les arômes de piments grillés, de citronnelle, de tamarin et de gingembre se propagent partout. Dans de larges poêles de fonte noire, les cuisiniers mélangent des ingrédients aux parfums de basilic, de coriandre ou de menthe fraîche, ou au contraire des ingrédients plus piquants, comme l'ail, l'échalote et les oignons verts ; on mêle le tout aux légumes, au riz, aux vermicelles, aux viandes et aux poissons. On ajoute de grandes rasades de sauce soja. Il s'arrête un instant devant une vieille femme qui vient de saisir un poisson parmi les centaines qui pataugent dans quelques centimètres d'eau gluante, dans les bassines de plastique colorées, posées par terre. D'un geste assuré, la vieille introduit dans la bouche béante et suffocante une tige de bois et pousse la farce et les épices. L'animal ne réagit pas, amorphe et résigné. Des poissons cendrés, à longues moustaches, percés de part en part, fourrés de légumes et de brindilles vertes, frétillent sur des braseros, meurent sur le charbon rougeoyant.

Il fait quelques pas. Un canard s'échappe d'entre les mains de son bourreau. Devant lui un jeune type asperge généreusement le sol d'eau savonneuse. Y grouille des légions de cafards et d'insectes rampants. Il se faufile entre les marchandises encore empaquetées, les caisses entrouvertes, les papiers bulle. Des haut-parleurs gigantesques, posés sur le sol, crachotent des rythmes reggaes, mêlés à du groove et du funk. Les hommes et les femmes besognent au déballage des marchandises. Les plus jeunes classent des prospectus publicitaires qui invitent les touristes dans les *show bars*, les *peep shows*, les *lingerie pubs* ou les *love hotels*. Un coiffeur coupe les cheveux d'une jeune fille, assise sur une chaise plantée sur le trottoir. Des chats se querellent devant une horde de chiens, couchés par terre, le museau dans les débris, qui ne bronchent pas. Des groupes d'Européens bedonnants et de tous âges, vêtus de bermudas et de chemises, reluquent les midinettes qui entrent les unes après les autres dans les établissements. Plusieurs jeunes types se précipitent vers lui et lui présentent en insistant des classeurs de photos de jeunes filles et de jeunes garçons nus, allongés sur des canapés ou debout devant des lits. Il les repousse sèchement.

Himalai et Suriya ont la délicatesse de ne poser aucune question, pourtant depuis qu'il les a rejoints à bord du véhicule, il les sent sur leurs gardes, dérangés du fait d'avoir été écartés. Chacun regarde par la fenêtre sans rien dire. L'habitacle est surchauffé. L'atmosphère insupportable.

La radio de bord crépite. Himalai décroche le microtel. Échange de courtes phrases, sèches et brutales, avec l'opérateur de la Centrale d'alarme.

– V'là les problèmes, souffle-t-il en raccrochant rageusement.

– Qu'y a-t-il ? demande Suriya.

– Le Firsthouse, Patrick…

– Quoi, le Firsthouse ?

– Semblerait qu'il y a eu du grabuge, fait Himalai en actionnant la sirène.

Il saisit la poignée de sécurité, est collé au siège par l'accélération du véhicule. Les piétons sursautent et s'écartent. Gros coups de volant. Himalai évite de justesse une charrette de fruits et de légumes. Enfonce l'accélérateur. Les bâtiments défilent à vive allure.

Il pose son pied contre le tableau de bord, anticipe le prochain coup de frein. Se concentre sur la route. La voiture file entre des files de véhicules immobilisés à un croisement, elle déboule au milieu du carrefour. Les poussières virevoltent. Braquage. Ligne droite. Il aperçoit au loin les Baiyoke Tower. Freinage. Contre-braquage. Accélération. Himalai prend de la vitesse sur la double ligne de sécurité. De front, des dizaines de voitures filent à gauche et à droite. Des motards évitent la patrouille en zigzaguant. Les Baiyoke ne sont plus très loin. Ralentissement. Himalai donne un furieux coup de volant, se rabat en coupant la route à une file de véhicule. Grincements de freins. Les piétons s'écartent. Petchaburi road. Soï 19. Firsthouse.

Quatorze heures 15 minutes. Un attroupement dense et agité se tient devant l'entrée de l'hôtel. Himalai se précipite hors du véhicule.

Il sort, reste un court instant cloué par la canicule, le ventre au bord des lèvres. « Je ne m'y ferai jamais, à ces urgences », se dit-il en claquant la portière.

Il inspire profondément. S'approche de la foule. Passe devant un brasero monté sur roue. Brochettes de viande, de poisson, poulpes, écrevisses et homards frétillent sur les braises. Il traverse les odeurs de piments grillés, de citronnelle et de tamarin.

Un grondement s'élève. Il presse le pas, se faufile entre les curieux. Himalai s'accroupit.

– Merde !

Bel Armand gît sur le ventre.

Il a suffisamment coudoyé la mort violente pour savoir qu'il est inutile de tenter les premiers secours. Une tache de sang épais s'est répandue sur le béton, entoure le visage déjà marbré ; l'affaissement du corps est tel qu'on voit bien qu'il est tombé de haut. Un coup d'œil… la fenêtre du sixième étage est ouverte, le grillage arraché.

Himalai tâte la carotide à la recherche du moindre signe de vie ; le geste n'est fait que pour tranquilliser la foule, prête à en découdre avec la police si elle ne tente rien.

Vertige. Il a les oreilles qui bourdonnent. Se retourne, grimpe les quelques marches qui mènent au portique de l'hôtel, s'appuie contre la baie vitrée. Tout se mélange dans son esprit : de Chan à François, de Bel Armand à Claudio, de Khun Sa à Suriya.

« Qui diable étiez-vous, Armand ? » se demande-t-il en s'essuyant le front, saturé par la tournure que prend cette mission.

Quatorze heures 45 minutes. Le soleil brûle. Le corps d'Armand repose sur un brancard, recouvert d'un tissu orangé. Suriya s'est approché sans rien dire. Les policiers ont dispersé la foule, Himalai discute avec des inspecteurs de la judiciaire.

Dans la rue, les activités courantes ont repris leurs droits, leurs lois et leurs tempos. Ça se bouscule. Ça hurle. Ça klaxonne.

– Tout porte à croire que ce type était enivré, dit Himalai. Ils ont retrouvé une quantité de bouteille de Mékong dans sa chambre. Les inspecteurs disent qu'il a basculé en voulant faire le guignol, un suicide, allez savoir !

Il l'écoute sans rien lui répondre. Fixe les restes brisés d'une bouteille de whisky qui a accompagné Armand dans la chute.

– Juste qu'il ne buvait pas de Mékong, fait-il sèchement en poussant la porte d'entrée du Firsthouse. Juste ça, Himalai… juste ça. Et foutez-moi la paix ! lâche-t-il méchamment, fuyant vers la réception.

Les décorations, grues, dragons, tigres et éléphants, bambous et plantes tropicales, sculptées sur le mobilier ou peintes sur les miroirs, provoquent chez lui une violente réaction de rejet. « Les enfoirés ! » pense-t-il, arrachant la clef que la jeune fille lui tend en souriant niaisement. Une grimace à ses yeux.

Il se précipite, bouscule furieusement un couple de Japonais qui manquent de culbuter par-dessus leurs bagages.

– Dégagez ! fait-il sèchement.

S'ouvrent les portes coulissantes de l'ascenseur. Il se fige. Dissassa lui fait face. Elle n'a aucun geste. Il regarde fixement ses yeux noirs. Malgré sa peau cuivrée, elle ne peut empêcher son visage de blanchir légèrement. Ses cheveux sont tirés en arrière. Elle ne porte aucun maquillage.

Des crissements de pneus retentissent dans la rue. Il sursaute. Plusieurs véhicules de police s'immobilisent devant l'hôtel. Le capitaine Chan descend de l'une d'elles, accompagné de ses hommes, Chakkrit, Kraisak, Waewwai, Chammong et Somdhat. Ils se précipitent vers Himalai, qui est resté sur le trottoir avec Suriya.

Instinctivement il touche la crosse de son arme. Le geste est discret. Dissassa lui frôle l'épaule en sortant de l'ascenseur, son parfum lui pique les yeux.

Elle traverse le hall d'entrée, il ne fait rien pour la retenir, il la regarde rajuster délicatement ses lunettes noires. Regarde sa nuque droite, orgueilleuse, le balancement furtif de ses hanches. Sa robe foncée suit parfaitement les courbes magnifiques de son corps. Elle ne se retourne pas.

– Khun Pat ! crie Chan en passant la porte, s'écartant pour laisser passer Dissassa. Khun Pat ! J'ai à vous parler, répète-t-il sèchement en arrivant à sa hauteur. C'est quoi ce bordel… et soyez précis.

– Oh ! capitaine, baissez d'un ton, s'il vous plaît, je n'en sais rien. Je ne connais pas vraiment ce type… un client de l'hôtel qu'on a défenestré… c'est tout.

– Qu'on a défenestré ? Cessez vos histoires, Patrick, c'est juste un vieil alcoolique qui s'est foutu par la fenêtre. Ce que je veux savoir, c'est pourquoi ça s'est passé dans votre hôtel et pourquoi vous avez embarqué un sergent dans cette affaire.

Il regarde autour de lui. Himalai a disparu.

– Venez avec moi, capitaine, fait-il froidement en retenant les portes automatiques de l'ascenseur. Allons visiter la chambre de ce « vieil alcoolique ». Je m'y rendais justement, plusieurs choses me chiffonnent.

Chan le regarde d'un air suspicieux. Il reste planté, les jambes légèrement écartées, les bras ballants. Affrontement. Un instant. Silence. Yeux dans les yeux.

Les portes de l'ascenseur, bloquées, finissent par déclencher une alarme qui carillonne dans le hall de l'hôtel.

– Passez devant, Khun Pat, souffle Chan en effectuant dédaigneusement un large signe de la main. Allez-y ! Vous avez intérêt à m'impressionner.

Sixième étage. Couloir. La partie inférieure des murs est recouverte de la même tapisserie vert bouteille qu'à son propre étage, ici encore la climatisation ronronne et le parquet ondule.

Le directeur de l'hôtel ouvre le chemin devant l'équipe des narcotiques. La porte de la chambre d'Armand est entrouverte, à l'intérieur plusieurs inspecteurs farfouillent les affaires éparpillées sur la moquette grenat. Les hommes saluent mollement le capitaine Chan.

Il balaye la pièce d'un coup d'œil. Les fenêtres sont larges, donnent sur les toits des bâtiments. Une commode, une armoire, un coffre, sont disposés près de deux larges lits recouverts de couvertures aux motifs thaïlandais : buffles et rizières. Des dizaines de livres et des piles de journaux sont empilés autour d'un vieux secrétaire de style victorien.

Il s'approche du meuble, repousse du pied plusieurs cadavres de bouteille de Mékong. Une plume à encre Parker, laquée noire, est posée en travers d'un bloc de papier griffonné. La lampe de bureau est allumée. Un verre. Une bouteille de William Grant's posée sur une vieille revue *Sergent Kirk*.

Chan et Suriya se penchent à la fenêtre. De nouveaux nuages noirs menacent la ville. La chambre s'assombrit progressivement.

– La mousson est excellente, cette année, fait Chan en se retournant. Il a plutôt fait une jolie chute, le bonhomme. Alors, khun Pat, j'attends, ajoute-t-il, lorgnant la bosse que fait son arme sous sa chemise.

– Eh bien, capitaine, que remarquez-vous ? fait-il, croisant les bras sur le ventre, cherchant à dissimuler son arme.

Chan fait mine d'observer scrupuleusement la chambre.

– Arrêtons de jouer aux devinettes, Patrick, je n'ai pas trop de temps. Ce qui m'intrigue, ce serait plutôt ce que vous portez à la ceinture.

– Le whisky, capitaine… le whisky. Ce type ne supportait pas votre pisse d'âne, comme il disait, le Mékong. Pouvez m'expliquer pourquoi ces bouteilles traînent bien en évidence sur le sol ? demande-t-il en les désignant du doigt. C'est une bien curieuse mise en scène… trouvez pas ?

Chan et ses hommes baissent les yeux sans rien répondre.

– Et quelque chose me dit qu'il n'avait pas vraiment l'envie de se jeter par la fenêtre, capitaine. Si vous connaissiez sa femme !

– Mouais et alors, Patrick, ça ne veut rien dire. Par contre, je serai curieux de vous entendre sur les relations que vous entreteniez avec lui. Vous le connaissiez ?

– À vous de savoir, capitaine. Cette affaire n'est pas de mon ressort, disiez-vous… n'est-ce pas ? Par contre, interrogez le maître d'hôtel, il s'appelle Surapon. Il le connaissait. Je pense même qu'il devait bien le connaître, précise-t-il, revoyant le maître d'hôtel qui les observait à l'American bar, l'air gêné…

Chan fronce les sourcils en se caressant le nez du pouce et de l'index. Il ferme les yeux.

– Vous m'agacez, Patrick, fait Chan, expirant longuement. Allez chercher le maître d'hôtel ! ordonne-t-il à Chammong et à Somdhat.

Les deux hommes se précipitent à l'extérieur de la chambre sans discuter.

– Maintenant et avant tout, Patrick, vous allez me remettre l'arme que vous portez à la ceinture.

Il tapote la crosse sous sa chemise, passant lentement son regard sur chacun des hommes présents. La tension est évidente. Il sent la haine.

– Je ne sais pas comment vous avez fait pour vous en procurer une, mais vous faites fort, Patrick. Les *farangs* ne sont d'habitude pas aidés par la population locale.

– Des astuces de flic de quartier, capitaine, fait-il en soulevant les épaules. Je vous la remets à la seule condition que nous passions un accord… et c'est une parole d'homme.

Chan l'observe, intrigué, avec une moue sceptique.

– C'est en ordre, dit le capitaine. Mais ne me demandez pas l'impossible, khun Pat.

– J'ai besoin d'un passeport, Chan.

– Impossible, je ne suis pas de l'immigration.

– Le passeport de François Lerco…

Chan se frotte les mains, se frictionne énergiquement le crâne, ses ongles crissent au contact de ses cheveux rasés.

– Dans quel merdier vous êtes-vous fourré, Patrick, soupire Chan en s'avançant d'un pas. Je peux éventuellement régler l'affaire, khun Pat, mais garantir votre sécurité va devenir une sacrée gageure… votre arme maintenant… et qui vous l'a remise ?

– Doucement, capitaine, l'arme, c'est mon problème, le passeport, c'est le vôtre… et ne me baladez pas, je sais que vous détenez le document de Lerco. Il faut aussi un sauf-conduit. Je ne crois pas que l'affaire soit trop compliquée, n'est-ce pas capitaine ?

Il tente le tout pour le tout. Se dit que François ne doit pas avoir menti. « Quel aurait été son intérêt ? » se dit-il en observant le visage hermétique de Chan, le front maintenant plissé de rides.

– Alors, capitaine… ? demande-t-il en écartant sa chemise, saisissant à deux doigts son automatique.

Les hommes de Chan saisissent discrètement leur arme de service.

Il suspend son geste.

La climatisation se met en marche, couvrant les bruits de la ville. Il n'a pas le souvenir d'avoir été un jour dans une situation pareille.

– Capitaine, répète-t-il tranquillement, vous êtes un homme intelligent.

Un grondement de tonnerre roule dans la chambre. Pluie torrentielle.

– C'est en ordre, Patrick, fait Chan, la mâchoire serrée. Vous aurez ce passeport… et vous me dégagerez le terrain, compris ! Rentré à mon bureau, j'avertirai votre hiérarchie, je ne veux plus vous voir par ici… plus jamais.

Il tire doucement son arme de la ceinture, la tend prudemment.

– Voilà ! Parole d'homme, capitaine… parole d'homme, insiste-t-il en le regardant fixement droit dans les yeux.

Le capitaine saisit l'arme, la manipule pour la décharger, inspecte scrupuleusement la gravure. Son visage devient grave. Sans faire aucun commentaire, il la tend à Waewwai qui la glisse dans la poche de son blouson.

Chammong et Somdhat sont de retour. Ils sont seuls. Chammong se penche à l'oreille de Chan.

Il jette un coup d'œil à Suriya. Elle paraît inquiète.

– Bien, Patrick, je vous demande de ne pas quitter l'hôtel jusqu'à nouvel avis. C'est entendu ?

– Comme vous voulez, capitaine, répond-il en haussant les épaules, et en glissant les mains dans les poches de son pantalon. Ça ne tourne pas rond ? Et Surapon ?

– Reposez-vous, Patrick, profitez du bon temps. Faites des achats, par exemple. Je vois que vous avez déjà changé de vêtements. Vous faites moins…

– Touriste, interrompt-il. Je sais, capitaine.

– Touriste, c'est ça, fait Chan en claquant les doigts en direction de ses hommes qui sortent de la chambre les uns après les autres. Ne croyez pas que c'est dirigé contre vous, Patrick, mais je dois veiller à ce qu'il ne vous arrive rien. J'ai demandé à Suriya de rester ici, elle prendra une chambre à votre étage. Vous pouvez penser que je vous fais surveiller, mais sachez qu'elle est là pour vous protéger. Il semblerait qu'en quelques heures vous ayez réussi à vous faire remarquer. Et rappelez-vous… je traque ce salopard de Khun Sa depuis très longtemps, je connais ses méthodes…

– Et il connaît les vôtres, capitaine. Je vous ai posé une question, Surapon ?

– Introuvable, il s'est volatilisé. Je vous l'ai dit, Patrick, vous êtes dans le crottin d'éléphant jusqu'au cou.

Seize heures. Chambre 36. Suriya s'est installée dans la 35. Le couple qui l'occupait n'a pas eu le loisir de protester. Ordre de la police.

Il s'est laissé tomber dans son fauteuil, près de la fenêtre, pour profiter du vent frais qui accompagne la mousson ; a commandé un club sandwich ainsi qu'une bouteille de Saint-Émilion, seul vin français de l'hôtel.

Grisé par les trois verres parfumés à la myrtille, qu'il a avalé presque trop rapidement, il se laisse doucement sombrer dans un demi-sommeil, l'estomac bien calé. A l'impression d'être arrivé à Bangkok depuis plusieurs semaines, plusieurs années ; pourtant cela ne fait que deux jours.

Dans son esprit se dessine le serpent vert de son cauchemar, il le revoit qui dévore ses entrailles. Il fouille ses souvenirs, à la recherche d'un indice, d'une signification. Rien. Il pense aux recommandations faites avant son départ pour Bangkok par son ami Uthai, l'épicier cambodgien de son quartier. Ne lui avait-il pas dit qu'il ne comprendrait rien à la culture du pays ? Ne lui avait-il pas demandé de prendre garde à son « cul d'Européen » ? Que le système n'avait rien de comparable ?

– Newin, s'exclame-t-il tout à coup, se rappelant qu'Uthai lui a parlé de son cousin qui habite Bangkok.

Il saisit son téléphone portable avec nervosité. Passe en revue son agenda électronique et envoie l'appel. La communication est quasi instantanée. Plusieurs sonneries, la voix de son ami résonne…

– Ça me fait plaisir de t'entendre, vieille canaille, fait-il, reposant sa tête contre le dossier de son fauteuil. Les affaires tournent ?

– Patrick ? demande Uthai de sa voix haute perchée.

– Gagné ! Et de Bangkok.

– Ben ça alors, c'est géant. Que deviens-tu ? Que fais-tu ? Tu prends ton pied ? Est-ce que c'est le bordel ? Il fait chaud ? Allez, dis quelque chose…

– Eh, eh, calme-toi, une question après l'autre. Oui, j'ai du plaisir, oui, je bosse… et c'est plutôt le bordel. C'est la mousson et je suis en train de m'enfiler un Saint-Émilion.

– Tu m'étonnes que c'est le bordel, t'es rond comme un boudin pour m'appeler de là-bas ? Comment tu te portes ?

– Ben, je suis à Bangkok depuis deux jours…

– Et c'est le foutoir, interrompt Uthai. Ça ne m'étonne qu'à moitié, Patrick. Fais gaffe à tes fesses, on a besoin de toi ici. Tu sais, Fatima…

– Ferme-la, Uthai, Fatima, c'est bien le dernier de mes soucis. Tu l'embrasses de ma part. N'oublie pas les copines. T'as des nouvelles de Francine ?

– Négatif, mais j'en prendrai.

– J'ai besoin de ton aide, Uthai

Silence en bout de ligne.

– Attends, je me déplace, Patrick.

Il imagine Uthai qui file à l'arrière de sa boutique, entre les tonneaux, les sacs de céréales et les boîtes de conserve.

– Vas-y mon pote, fait Uthai après quelques secondes.

– Où puis-je trouver ton cousin Newin ?

– Pourquoi ?

– Je ne peux pas t'en parler comme ça, mais fais-moi confiance et dis-moi si je peux le contacter… rien d'important, rassure-toi. Tu as son adresse ?

– Je l'appelle et je lui demande de te passer un coup de fil. Qu'en penses-tu ?

– Ça marche pour moi. Mais j'ai besoin de son aide rapidement… je ne peux pas attendre.

– J'ai compris, ne t'en fais pas, je l'appelle illico. Tu n'as pas changé de portable ?

– Toujours le même.

– Alors c'est parti, Patrick

– Je te revaudrai ça.

– Patrick ? demande Uthai d'une voix vaporeuse.

– Mouais.

– T'es vraiment dans la merde ?

– Ça en a l'air.

– J'appelle les potes du quartier et on fêtera ton retour. Ça marche ?

– Pour l'instant, appelle ton cousin.

Il pose le portable sur le secrétaire près du fauteuil. Se verse un verre en observant une colonne de fourmis qui n'a pas cessé de se perdre derrière le meuble, au plus grand plaisir d'un gecko d'une dizaine de centimètres, qui n'a pas bougé, lui, embusqué près des plinthes vernies.

Il se déchausse à l'aide de ses pieds. Est fatigué. Enivré. Porte le verre de vin à sa bouche, savoure le nectar, pose ses yeux sur un cadre fixé au mur au-dessus du frigo-bar. Une pleine page du journal français *Le Petit Journal Illustré,* daté du samedi 10 février 1893, présente la visite du roi de Thaïlande en France. Tout le monde se tient parfaitement droit, les visages sont lisses, impassibles. Il esquisse un sourire devant la solennité des personnages.

Il allume la télévision sans quitter son fauteuil. Termine son verre. La chaîne ITV détaille l'arrestation d'un homme politique, 200 kilos de drogue dure ont été saisis. CHANNEL 5 filme des patrouilleurs qui font tourbillonner de longues tiges de bambou par-dessus leur tête afin d'atteindre des motards qui tentent de les éviter. Les plus lestes s'échappent, les autres sont stoppés net, cul par-dessus tête. Les machines griffent le sol et s'écrasent contre les trottoirs. Une voix *off* explique que de jeunes motards s'affrontent dans des courses folles sur les périphériques de la ville, que pour les intercepter les autorités ont décidé d'employer des moyens radicaux. La police est encouragée dans sa démarche… martiale.

Il éteint le poste, écœuré par ces procédés. Se verse un verre, le goulot frappe contre le cristal. Une goutte glisse le long du pied, il l'attrape de l'index et la porte à la bouche. Il tourne alors la tête et rigole en voyant le collier de fleurs que Chan lui a offert, suspendu au miroir ; le jasmin et les œillets sont maintenant séchés.

Il tend l'oreille, attiré par le bruit des pas de la pièce d'à côté ; Suriya se rend à la salle de bains, fait jouer la robinetterie. Il ferme les yeux, imagine son corps, sa peau brunie et miroitante.

Vingt minutes s'écoulent. Un nouveau verre de vin et le téléphone sonne. Il décroche.

– Mon cousin m'a transmis votre numéro.

La voix est aiguë, l'homme a parlé français, avec un accent très prononcé.

– Newin ?... Je suis un ami de votre cousin Uthai.

– Je sais. Vous avez besoin d'aide ?

– Oui. Pouvons-nous nous rencontrer demain, à la première heure ?

– Entendu. À votre hôtel ?

– Exactement. Disons à six heures au Firsthouse dans le quartier de Pratunam. L'adresse est la suivante : Petchaburi road, soï 19. Je vous attendrai dans la rue.

– Enregistré. À demain.

– Je vous demande de la discrétion.

– Ça va de soi.

Il raccroche en avalant une longue rasade de vin. Pas de paroles superflues, il a le sentiment que Newin est un type efficace.

« Putain ! Je suis en train de me foutre dans un sacré merdier », se dit-il en se demandant bien quelles sont les raisons qui le poussent et pourquoi il ne choisit pas tout bonnement de retourner en Europe où il signerait le rapport de l'Opération Suzette avec la conclusion : L'individu n'a pas été contacté – Affaire classée. L'orgueil ? « Le flic est un chasseur... », se dit-il finalement.

Dix-huit heures. Les reins entourés d'un paréo en batik, étendu sur le lit après avoir passé sous une douche rafraîchissante, il laisse son corps sécher sous le courant d'air provoqué par la ventilation et la fenêtre ouverte sur la ville. Il somnole. Se laisse bercer par les bruits de l'averse. Une délicieuse senteur lui file sous le nez. Le parfum provient des trois orchidées posées sur le traversin. Il s'étire, des picotements lui parcourent le ventre, son cœur accélère doucement ses battements. « Suriya ! » pense-t-il.

Dix-neuf heures 30 minutes. Il est planté devant la porte de la chambre 35. Il doute. Il frappe. La porte s'entrouvre. Suriya sourit en découvrant l'orchidée qu'il lui tend, la bouteille de vin et les deux verres qu'il tient de l'autre main. Elle est vêtue d'un peignoir de satin, ses cheveux noirs tombent sur ses reins.

– Entre, fait-elle simplement en s'écartant gracieusement. Je termine de me sécher les cheveux et suis à toi.

– Fais donc, je me suis dit que nous pourrions boire un verre. Ils ont quelques bonnes bouteilles de vin à l'hôtel… et avec ce temps de chien.

Il balance la phrase en la sachant d'une banalité adolescente. Se trouve bébête. Il traverse la pièce, les jambes en coton, se demandant ce qu'il fait là. Sait parfaitement qu'il lui faut regagner au plus vite sa chambre. Pourtant il s'assied sur le bord du lit, pose la bouteille sur la moquette.

– Merci pour la fleur, dit Suriya en disparaissant à la salle de bains.

L'entrebâillement du peignoir a laissé deviner, sur le haut de la cuisse de la jeune femme, un naja émeraude entremêlé à une rose sanguine.

– Difficiles, les moussons ? demande-t-il en se raclant la gorge.

– Dans les villes, nous n'avons que peu de dégâts. Mais plus au nord les rizières peuvent être détruites en quelques minutes.

– Ça doit laisser pas mal de monde dans la misère ?

– T'as raison, ce n'est pas toujours facile, dit-elle en passant la tête dans l'encadrement de la porte. T'es venu ici pour parler de la météo ?

« Qu'est-ce qu'on est en train de déconner ? » pense-t-il

– Heu, pas vraiment. Je te sers un verre ?

– Oui merci, je veux bien essayer. Nous, le vin… tu sais. Mais apprends-moi !

– Je te pose ton verre sur la coiffeuse, tu verras, ce vin sent la myrtille.

– La myrtille… connais pas ! fait-elle en sortant de la salle de bains, tirant ses cheveux vers l'arrière, son peignoir légèrement entrouvert.

« Elle doit avoir de ces seins… » Il la regarde traverser la pièce, s'approcher de la coiffeuse, entrouvrir le tiroir central et en sortir une pince décorée d'un dragon d'argent.

– *Chok dee*, Patrick, fait-elle en lui lançant un clin d'œil, puis elle saisit son verre de vin, y trempe ses lèvres.

– Ça veut dire santé ?

– Exact, ou bonne chance…

– Alors, *chok dee*, Suriya, devine à quoi je pense.

– Tu vas me le dire, murmure-t-elle, s'essayant près de lui. Mais avant, je crois qu'il n'y a qu'une véritable question à se poser.

– Qu'est-ce qu'il y a à boire ?

– Déconne pas, répond-t-elle en boxant son épaule. Vers quoi nous dirige-t-on, Patrick ?

– Je suis bluffé, Suriya… complètement séduit.

– Doucement, reste sérieux.

– …

– Alors reprenons. Le bouddhisme extrait le monde de la douleur en permettant aux hommes d'éteindre toutes les formes de désir… désirs qui sont la source de tous les problèmes, ne penses-tu pas ? demande-t-elle en avalant une petite gorgée de vin.

Il ne la quitte pas des yeux.

– Éteindre les désirs, Patrick, murmure-t-elle encore, choquant délicatement son verre contre le sien. Eh, la délivrance vient du non-acte !

– Du non-acte… sans déconner ?

– Mouais, ça doit être difficile pour un Européen de comprendre cela, je crois que même si vous gardez les yeux grands ouverts, vous traversez la vie à l'aveuglette, Patrick.

– Bof ! les hommes, les femmes, d'où qu'ils soient, tu ne penses pas que c'est toujours la même chose ?

– Peut-être… …

– Suriya, l'interrompt-il en déposant un doigt sur ses lèvres laquées de rose bleuté.

Elle n'a aucun geste pour le retirer.

– Suriya, répète-t-il avant de l'embrasser.

Chiang Mai, Thaïlande
État de Shan, Birmanie
Opération Suzette
Quatrième jour

Il s'affale, bousculé par une foule en délire qui hurle à sa mise à mort, au centre de la petite place sablonneuse, couverte de guano, entourée de colonnades effondrées et de racines tortueuses qui filent entre les ruines de l'ancienne cité khmère.

Il est nu, le corps lacéré. Il se tortille, fait jouer la cordelette blanche qui maintient ses poignets, cisaille sa chair. Il s'épuise. Dernière tentative, il ramène ses genoux contre son ventre, se concentre, s'arc-boute, et d'un seul coup de rein s'assied, et ricane.

Il crache, bien que ses lèvres et ses gencives soient boursouflées, ses dents brisées, cherchant à atteindre les hommes les plus proches, en treillis militaires, en jeans, débardeurs, sandalettes ou rangers, qui s'égosillent, ivres de haine, défoncés par les vapeurs d'opium et par les morceaux de hard rock diffusés par des haut-parleurs accrochés dans les cocotiers. Les clameurs de la foule vont grandissantes, des rafales de fusils-mitrailleurs effeuillent les arbres et les bouteilles de Mékong volent en éclats contre les pierres. Les oiseaux décollent, effrayés, les chauves-souris piquent vers le sol, tournoient par-dessus les têtes et s'échappent au-delà des murs effondrés ; les bestioles rampantes se dissimulent sous les plantes et les pierres, les croassements ininterrompus des crapauds se sont tus.

Il toise l'homme qui s'approche à sa droite en titubant, et qui balance son arme en bandoulière arrière. L'autre ouvre son pantalon, s'approche encore et lui urine sur l'épaule.

Les spectateurs hurlent, hystériques, s'exaltent sur les rythmes quatre temps qui retentissent sans interruption dans les décombres.

Il balaye la foule de ses yeux vitreux ; et d'un second coup de rein s'agenouille, se redresse en chancelant, fait front.

– Fils de macaques... Allez vous faire foutre ! beugle-t-il en français, bombant le torse, campé sur ses jambes tremblotantes.

L'homme secoue son sexe une dernière fois, referme son pantalon, recule en levant les bras en direction de ses camarades, qui se taisent aussitôt ; il se débarrasse de son arme, la remet à son voisin ; il dégaine un couteau de combat, une lame de quarante centimètres, et porte un coup d'une extrême violence.

Immédiatement reprennent les hurlements hystériques de la foule qui s'emporte.

Douleur. Il tombe à genoux, s'affaisse, garde la tête redressée. Ses larmes se mêlent à son sang, à la poussière, à la morve. Il ne distingue presque plus les cris et les rafales. Tout son corps s'est maintenant préparé à mourir. Il voit le cosmos. Il voit la tombe, gouffre noir. Il sait la mort inéluctable. D'ailleurs tout est devenu silencieux.

– Macaques, sanglote-t-il, les yeux perdus dans le ciel rosacé du petit matin birman.

La démarche est calme. La masse est énorme. L'homme qui maintenant fend la foule est un géant parmi ces hommes, près de deux mètres, peut-être plus. Il est large d'épaules, gras, puissant. Le crâne lisse, les yeux profonds. Son torse nu dévoile un magnifique tatouage de serpent, qui file de la poitrine le long de ses côtes, remonte dans le dos pour se terminer sur la nuque.

Il avance silencieusement, il inspire une crainte... atavique, une force animale. La musique s'est interrompue, et les têtes s'inclinent respectueusement sur son passage.

Il arrive auprès de l'homme agenouillé au centre des ruines, et qui sanglote. Sans hésitation il le bouscule de la pointe ferrée de ses rangers, l'attrape par la nuque et le relève tranquillement, comme s'il tenait un trophée.

– Khun Sa ! Khun Sa ! reprend alors la foule, de plus en plus fort.

Il se sent soulevé de terre. Ses pieds ne touchent plus le sol. Il suffoque. Entrouvre ses paupières boursouflées. Distingue à travers ses larmes d'eau et de sang un visage rond, éléphantesque. Il se sent apaisé, souhaite sa mort... maintenant. Sa tête tourne. Ses poumons se remplissent de sang. « Khun Sa est... un Occidental ! » se dit-il en sombrant.

Cinq heures. Réveil électronique. Chiffres rouges. Suriya s'est offerte sans retenue. Le baiser était intime et sensuel. Toutefois, il n'a rien fait de plus. Un baiser, et un seul, dans les bras d'une femme très belle. Seulement ses pensées sont encore tournées vers sa femme. « Pourquoi n'avoir pas fait l'amour ? »

Il s'interroge chaque fois qu'il tient une fille dans ses bras. Le départ de sa femme a brisé quelque chose en lui. La cassure n'a pas été franche, mais insidieuse. Vingt ans. Une vie. La passion s'est éclipsée sans qu'aucun ne trouve les mots, ils n'en avaient simplement plus envie peut-être.

Il regarde la minute changer sur son réveil. Cinq heures une minute. Se remémore le parfum de Suriya, imagine ses yeux amande, ses gestes lents, ses caresses.

« C'est délicat de leurrer une femme », constate-t-il, revoyant ses yeux entrouverts, son souffle court, ses seins tendus.

Suriya a bien évidemment deviné son désarroi. Elle a caressé son front, ses tempes, ses cheveux, puis s'est redressée. Il était inutile d'ajouter quoi que ce soit, il n'a pas fait un geste pour la retenir. Deux adultes, tout est transparent.

Les pales du ventilateur tournent au ralenti, s'en échappe un délicat crissement. Il est interrompu dans ses pensées par les sifflements qui parviennent de sa fenêtre. Cinq heures quatre minutes. Nul doute l'oiseau est là, sur le bord de la fenêtre.

Il se redresse souplement, regarde un instant son sexe pendouiller.

Il traverse la chambre, fait doucement tourner les persiennes. L'oiseau le fixe de ses yeux ronds. Il ouvre la fenêtre, avance la main, caresse la tête minuscule. L'oiseau sautille et s'envole.

– Suzette code 106 GT K6 54.

Cinq heures 50 minutes. Les portes vitrées de l'hôtel se referment. Il regarde fixement la tache sombre qu'a laissé le sang de Bel Armand sur le bitume. Se remémore ses discussions avec lui et les expressions de son visage. Il a une pensée pour Dissassa. Revoit sa peau mate, les infimes rides aux coins des yeux, autour des lèvres. Il s'interroge sur les raisons pour qu'une si belle femme soit la compagne d'un vieil aventurier journaliste. « Le mystère des rencontres humaines », se dit-il en observant des hommes, bras puissants et peaux brûlées, rouler les stores métalliques de la devanture du magasin de fret maritime Overseas Eagle co., LTD. À quelque 20 mètres un vieux bonhomme, le crâne rasé, une pipe ivoire entre les lèvres, allume les bougies du temple chinois. La rue s'anime. Les marchands ambulants garent leur carriole sur les bords de la chaussée, se saluent.

Il lève les yeux sur le ciel bleu clair, rayé de traits safran. Retentit un coup de sifflet perçant. Une ombre se précipite. Il tend les muscles, fait un pas de côté, voit un homme trotter, une longue tige de bambou flexible sur son épaule. Y est suspendue une trentaine de sachets plastiques remplis d'eau, dans lesquels des poissons rouges d'une quinzaine de centimètres tournent en rond, affolés. L'homme, de petite taille, souffle sans interruption dans le sifflet qu'il tient serré entre ses lèvres. Il sautille entre les enfoncements du trottoir, les épluchures, les débris, les rognures et les copeaux qui jonchent le sol. Pieds nus. Torse nu. Musclé. Il porte un blue-jeans rapiécé qui tombe des hanches. Il a le dos recouvert d'un tatouage à l'encre bleu foncé, délavé par le temps : un dragon enserre dans ses griffes une grue cendrée.

Six heures 10 minutes. Les voitures, les *tuk-tuks*, les bus et les motos bataillent sur Petchaburi road. Il prête attention à une camionnette jaune qui s'est engagée dans la soï 19, une Isutzu pétaradante. Elle approche, s'immobilise à sa hauteur, et un visage apparaît : large et souriant, cuivré, les yeux assez fortement tirés, les pommettes épaisses, les cheveux courts… physionomie cambodgienne.

– Newin ? risque-t-il, légèrement en appui sur ses talons, près à bondir de côté si une arme devait pointer.

L'homme acquiesce sans rien dire, se penche pardessus le siège, lui ouvre la portière.

– Montez, fait-il simplement.

Il jette un dernier coup d'œil dans la rue ; il a un instant imaginé que Chan a placé une surveillance, un sous-marin en jargon policier. Rien. Suriya est probablement dans sa chambre, l'entrée de l'hôtel est silencieuse. Derrière la vitre le personnel traîne inlassablement les pieds en préparant le buffet du petit déjeuner.

Il hésite un instant, se dit qu'il est encore temps de faire machine arrière, il peut encore prendre le premier avion pour l'Europe. Au fond, il sait que plus la route sera longue, plus les difficultés apparaîtront. Il sait aussi que s'il renonce, il le regrettera longtemps. « Le flic est un chasseur, le flic est un chasseur », se répète-t-il pour se donner du courage.

Il contourne le véhicule, jette son sac à l'arrière, et monte à bord, ses yeux balayant l'intérieur de la camionnette. Rien à signaler.

– C'est sympathique de rencontrer un ami de mon cousin Uthai, dit Newin. Ce n'est pas vraiment courant, faut être honnête.

– C'est un chic type, je vous remercie d'être venu si tôt, j'avais besoin d'un conseil pour monter sur Chiang Mai. Vous pouvez m'aider ?

– À Chiang Mai ? Bien sûr !

– Bien roulez, nc rcstons pas dcvant l'hôtel. Je vous l'ai dit, il nous faudra être discrets.

Newin sourit en faisant rugir le moteur. *No comment !* Des gaz noirâtres s'élèvent dans les airs, se reflètent dans le rétroviseur. Deux pétarades, et la camionnette avance prudemment entre les carrioles des marchands penchés sur les braises rougeoyantes des foyers de brique fixés par du fil de fer.

– Je vous mène où, Patrick ? demande Newin, avant de s'engager dans le passage sous un bâtiment et d'emprunter une rue plus étroite encore.

– Je ne sais pas, j'ai justement besoin de vous pour ça. Je dois absolument me rendre à Chiang Mai. Bien entendu on oublie l'avion.

– Il vous reste le train, c'est ce qu'il y a de plus discret. C'est populaire et il y a un monde fou qui y monte chaque jour. Je vous propose de prendre le billet à votre place, que vous ne couriez pas le risque de tomber sur un guichetier tatillon, il y a des flics qui s'infiltrent dans la vie quotidienne des administrations.

– Et la route ? Je pensais que…

– Bien trop long. Elles sont défoncées, une circulation dingue. Il vous faudrait plusieurs jours pour y arriver. Et c'est sans compter les contrôles routiers.

Il réfléchit rapidement, se demande s'il lui faut soudoyer Newin pour qu'il l'accompagne dans le Nord. Se ravise, « … inutile de risquer des problèmes supplémentaires ».

La gare est gigantesque. Des poutrelles de fer, rivetées à des piliers métalliques olive, soutiennent une voûte de béton, qui peut-être a soutenu une verrière. Une fresque insolite de plusieurs mètres carrés représente la devanture du restaurant *Le Train Bleu* de la gare de Lyon à Paris. Juste au-dessous, comme partout ailleurs, des centaines de personnes piétinent, se bousculent, glissent et hèlent les porteurs birmans ou laotiens qui se précipitent. Les chariots sont chargés de caisses, de valises, de malles et de cartons.

Il reste intrigué devant un chargement de corbeilles en forme de cloche, tressées en osier, contenant chacune un coq majestueux, le plumage lustré, bariolé de rouge, de vert, de bleu, de noir et de violet.

– Des animaux de combat… ils valent de petites fortunes, fait Newin. Regardez, ils sont escortés par des agents de sécurité. C'est pas très efficace, je vous l'accorde, mais bon, c'est mieux que rien. Les trains sont régulièrement dévalisés, et les animaux revendus sur les marchés clandestins. Bref, attendez-moi là-bas, poursuit-il en désignant une série de bancs à l'écart, sur lesquels de jeunes Européens sont allongés. Je m'occupe du billet. Ça prendra un peu de temps, vous avez vu la file d'attente !

Il sourit mollement en découvrant les casquettes rouges, marquées d'un écusson bleu, et les médailles scintillantes fixées sur les poitrines des guichetiers installés derrière des tables branlantes, sur lesquelles sont empilés les tickets de transports, classés selon la destination.

« Eh hop ! encore un uniforme », ironise-t-il. Il ne lui a jamais été donné de voir autant d'uniformes qu'en Thaïlande ; il saisit mieux les remarques sur sa tenue vestimentaire. Discrètement il se jauge dans le reflet d'une vitrine, sa chemise col mao, couleur crème, tombe parfaitement sur son pantalon savane. « Habillé comme ça et rasé de près, se dit-il en se tapotant la joue, je fais assez local. Bon, manque le teint cuivré… »

Il rejoint le groupe de jeunes routards européens. Ils parlent espagnol. Il s'installe. Pose son sac entre ses jambes en lorgnant les militaires et les policiers qui patrouillent nonchalamment dans le grand hall. Il regarde aussi les moines qui font l'aumône, il entend tomber les piécettes dans leur corbeille d'osier. Il garde encore un œil sur Newin, pas encore totalement mis en confiance, le voit qui se démène pour se glisser entre les personnes agglutinées devant les guichets. « Quel bordel », se dit-il une fois appuyé le dos contre le mur, dérangeant ainsi trois geckos bruns, les queues annelées couleur cuivre, qui filent en sifflant dans une anfractuosité.

Il ferme les yeux, se sent plein d'audace, comme pour le début d'une nouvelle aventure.

– Merci, Newin, fait-il, joignant les mains devant son visage.

– Le voyage peut durer 12 heures, peut-être plus. Quand vous rentrerez en Europe, pouvez-vous embrasser Uthai de ma part, ça fait bien des années que je ne l'ai pas vu, répond Newin les yeux brillants. Et prenez garde, n'allez surtout pas à Mae Hong Son… trop près de la frontière birmane, ajoute-t-il en se penchant les mains jointes, reculant doucement. Bonne chance, Patrick ! murmure enfin Newin, filant à travers la foule.

– Compte sur moi, l'ami, soupire-t-il en faisant un grand signe de la main.

Newin s'éloigne.

« C'est peut-être simplement ça, être un homme ? » se demande-t-il en jetant son sac par-dessus son épaule, levant les yeux sur l'horloge Seiko suspendue au portique : 7 heures 30 minutes.

Quai 12. Le train est en gare. Il examine le ticket de transport : première classe, voiture 2, place 34.

Il achète *The Nation* à un vendeur à la criée âgé de huit ans, guère plus. Regarde un instant le chargement des corbeilles de coqs ; est impressionné par le port de leur tête, leur regard fixe, noir. Il sursaute, bousculé par un policier qu'il n'a pas vu approcher. La taille fine, l'uniforme brun, le visage fermé, il fait comprendre en gesticulant nerveusement qu'il lui faut circuler au plus vite.

Il acquiesce, fait semblant de saluer une connaissance en montant dans le wagon. L'agent de police prend visiblement un immense plaisir à bousculer ainsi les touristes.

Voiture 2. Il est agréablement surpris de découvrir un intérieur climatisé. Des coussins vert bouteille, décorés de paillettes dorées et de motifs jaune brillant, recouvrent les banquettes de teck. Les porte-bagages en laiton se marient parfaitement avec les parois miel. Des bouquets d'orchidées sont déposés sur les tablettes amovibles.

Il examine des reproductions de paysages coloniaux montrant des rizières et des temples khmers.

Place 34. Il glisse son sac sous la banquette, s'installe et appuie sa tête contre la fenêtre en étendant les jambes sur la banquette. « J'espère que personne ne viendra… j'aimerais avoir la paix », pense-t-il en parcourant la première page du journal qui annonce le décès par asphyxie de 78 jeunes musulmans de l'ancien sultanat de Patani annexé par la Thaïlande en 1902.

Il apprend en lisant l'article que depuis, et avec ferveur, les habitants de cette région du Sud combattent plus ou moins avec violence les autorités siamoises. *L'incroyable bavure de la police* titre le journal à propos du drame. Le moine bouddhiste Phra Shipariyatmoli, de l'université de Chulalonkorn, explique que, la veille, 1 300 séparatistes rebelles sont morts entassés dans des camions militaires, les gaz ont causé leur décès, et il exige l'intervention des Nations Unies. Le gouvernement n'a que des éloges pour l'efficacité dont a fait preuve sa police, qui réfute toute responsabilité dans cette malheureuse affaire.

Huit heures, les essieux grincent, le wagon est légèrement secoué. Le soleil est déjà haut dans le ciel : disque jaune sur fond cristallin. Tout commence par la pauvreté du bidonville traversé. Les premiers baraquements sont branlants, toits de tôles ondulées et bâches de plastique. Les femmes et les enfants attisent des braseros creusés à même le sol. Les hommes sont allongés dans des pavillons abîmés, légèrement surélevés ; vautrés, ils fument, leur tête repose sur leur avant-bras replié. Une multitude de caniveaux drainent les ordures : bouteilles de plastique et nourriture avariée. On a suspendu des vêtements à des cordes accrochées à des palmiers dégarnis ; d'innombrables plantes tropicales filent à perte de vue.

Petit à petit, le train entre dans les quartiers chic. Par-ci par-là des palmiers, des camphriers, des manguiers et des bougainvilliers en fleurs, plantés dans les jardins ou dans de larges jarres de céramique bleutée alignées le long des avenues. Les villas ont des murs blancs, des toits vermeils, et les pavillons sont en acajou rutilant. Les maisons de l'esprit, *Phra Phum*, dérangé par la construction des hommes comme le lui avait expliqué Suriya, sont richement décorées de feuilles dorées et de lotus blancs.

Quelques kilomètres, les immeubles du centre ville s'élèvent dans le ciel. Bâtiments high-tech et gratte-ciel… entourés d'un halo de pollution. Il n'avait pas encore remarqué les dizaines, peut-être les centaines de grues qui s'élèvent depuis autant de chantiers à ciel ouvert. Il reconnaît au loin le monument de la Victoire, l'autoroute suspendue qui sillonne la ville, le métro aérien qui glisse sur son rail central, pareil au serpent dans le fourré. Et là-bas… le Chao Praya qui sort d'une végétation broussailleuse et tropicale pour s'enfoncer dans la cité, déployant d'innombrables canaux d'eau saumâtre, les *klongs*, qui irriguent la ville. Ce sont des bateaux longues queues, étroits et allongés, bariolés et munis d'un long bras arrière, au bout duquel est fixée une hélice, que le conducteur fait plonger ou sortir de l'eau pour ralentir ou accélérer. Y naviguent encore chalutiers et vedettes militaires. S'y entrecroisent paisiblement, légèrement secouées, des pirogues gorgées de légumes, de fruits et de poissons.

Il admire encore des dizaines de jonques, tendues de voiles rectangulaires, qui remontent le courant. Est émerveillé par la diversité des bâtiments construits sur les rives ; d'anciennes cahutes sur pilotis côtoient les plus grands hôtels de luxe et les temples scintillants de mille feux, feuilles d'or et d'argent, verroterie, porcelaine et pierre de taille, piliers et sculptures. Il sourit en découvrant des centaines de personnes, de l'eau jusqu'à la taille, qui font leur toilette, entourées d'autant d'enfants dénudés, qui se jettent dans la rivière en éclaboussant les adultes.

La ville s'éloigne peu à peu, les tours blanches semblent maintenant toutes petites, et les hélicoptères qui survolent la capitale… une nuée d'insectes agités. Il sent naître chez lui la satisfaction d'avoir pris le risque de l'aventure. Il oublie un instant les faux-semblants et les déboires de sa première mission en Asie. Se laisse gagner par une certaine tranquillité, mesure l'immense diversité culturelle, humaine et urbaine de Bangkok, la cité des Anges.

Le train prend de la vitesse. Les légères secousses le font quelque peu tanguer, il somnole en pensant à la suite à donner à son affaire. « Bien, dès que j'arrive je me rends au Typhon, je cherche ce type, Zhang. Pour moi l'affaire sera réglée. J'enjoliverai un peu l'histoire… c'est de bonne guerre. »

Dans ce wagon climatisé, fait de teck, de tissus, de marqueteries et de ferrures, il imagine déjà les visages déconcertés de ses camarades quand il racontera sa mission. Dany, Pierre et Michel se ficheront de lui, tenteront de lui faire avouer le nombre de filles qu'il a glissées dans ses draps. Il imagine aussi les grimaces de ses anciens officiers quand il détaillera exagérément l'opération Suzette ; eux qui ne sont invités qu'aux banquets et aux assermentations. Il jubile déjà en décrivant son aventure, entre James Bond et Indiana Jones. « Quelle joie de les faire baver », pense-t-il, partagé entre ce plaisir d'être sorti du désœuvrement de son commissariat de quartier et le bonheur de l'aventure… lointaine. Mais il s'interroge une fois de plus à savoir si vraiment ces opérations sont faites pour un type comme lui. Certes, il découvre du pays, mais regrette parfois son ancien statut de patrouilleur. « Quoique, j'en sais rien ! se pointer à six heures du mat' chez un voyou, l'embarquer devant ses gosses… ou recevoir un coup de lame dans un bistrot… ça fiche en l'air quelque chose, quand même », se dit-il en frictionnant sa cuisse, se remémorant l'une de ses dernières interventions de flic de quartier dans laquelle il a été blessé, la jambe méchamment tailladée. Enième blessure.

Les pleurs d'un petit enfant interrompent ses rêveries. Il lève les yeux, la mère porte son marmot déchaîné sur son épaule, lui caresse doucement le dos. Les yeux de l'enfant tourbillonnent, cherchent à quoi s'accrocher. Un fil de bave coule du coin de ses lèvres sur l'épaule de sa mère.

Absorbé, il tressaille : son téléphone portable vibre dans la poche de son pantalon. Il hésite un instant, soucieux.

– Patrick, qu'est-ce que tu fais… t'es pas en train de déconner, j'espère ?

– …

– Patrick, réponds-moi, s'il te plaît.

– T'en fais pas, Suriya, lâche-t-il finalement. Dis simplement à Chan qu'il aille se faire foutre.

– Patrick, tu débloques, tu n'imagines pas…

Il éteint l'appareil, se demande pour quelles véritables raisons il n'a pas fait l'amour avec cette femme. « J'en sais foutre rien ! » se persuade-t-il, souriant au bambin qui hurle de toutes ses forces, toujours dans les bras de sa mère.

Il constate que les seules personnes dérangées par les pleurs sont les touristes européens. Il a déjà remarqué qu'ici les enfants semblaient ne pas avoir de contraintes parentales. C'est vrai que le bruit est constant à Bangkok, la population est apparemment habituée au pire des vacarmes. « Ou peut-être est-ce le bouddhisme qui enseigne trop d'indulgence même pour le bruit ? »

Philosophant sur les limites de la tolérance, il est intrigué par l'échange de coups d'œil de deux hommes assis dans le fond du wagon. « Je deviens parano, personne ne sait que je suis ici… relaxe-toi, tézig », pense-t-il, se perdant dans le paysage de la campagne thaïlandaise, qui a succédé à la ville.

La végétation est verte et lumineuse, dans un damier de rizières et de fossés, les zébus paissent aux côtés de buffles attachés à des piquets. Des paysans courbés, de la boue jusqu'aux genoux, arrachent des plants de riz. Ils sont coiffés de feuilles de bananiers, et attifées de fichus en coton. Des nénuphars fleuris recouvrent des étendues d'eau couleur de thé foncé, fertiles en roseaux, en bambous et en lauriers-roses ; des grues, les hérons, des martins-pêcheurs piquent la surface de l'eau stagnante, retenue par de petites digues ; de magnifiques chatons jaunes sont accrochés en grappes laineuses sur les branches d'arbres dont il ignore jusqu'à leur nom.

Les pleurs ininterrompus de l'enfant ont toutefois raison de sa patience. Il sort de son sac des boules en mousse qu'il introduit dans ses oreilles, et le livre de Ferdinand Céline. Il s'allonge sur la banquette, dans un silence cotonné, *Voyage au bout de la nuit* ouvert au hasard sur un chapitre : *Autant ne pas se faire d'illusions, les gens n'ont rien à se dire, ils ne se parlent que de leurs peines à eux chacun, c'est entendu. Chacun pour soi, la terre pour tous…*

Vingt et une heures, les tampons de la locomotive cognent contre la butée, le train est en gare de Chiang Mai. Sans délai, les coolies s'agglutinent devant les portes.

Il reste assis, laisse les passagers s'organiser. Fait un geste amical en direction de l'enfant emmitouflé dans une couverture bariolée, que la mère porte sur sa hanche. Le bambin ne réagit pas.

Il examine discrètement les deux hommes en débardeur qui s'étaient lancé un coup d'œil, tout en feignant de ne pas se connaître ; ils se placent en cortège derrière les touristes, se perdent dans la foule.

À son tour il saute sur le quai, s'étire. Il ressent une légère faiblesse, n'a mangé qu'un *pad thaï* que lui a proposé le maître de cabine. « Je boulotterais bien quelque chose », se dit-il, avançant entre les dizaines de randonneurs, sacs à dos et épaisses chaussures de marche, qui se croisent en se saluant. Il les entend qui échangent quelques mots, en français, en anglais, en italien ou en espagnol, ils se transmettent les adresses des hôtels les plus compétitifs.

Il ralentit à la hauteur des corbeilles de coqs de combat qui s'empilent les unes sur les autres, sur des palettes entassées devant les wagons de marchandises, entourées de gardes en uniforme. Les animaux sont toujours aussi fiers, la nuque droite, les yeux noirs.

La gare de Chiang Mai est modeste. Les murs sont lézardés, construits de brique rouge, et les trous dans les sols déformés ne sont bouchés que par des sacs de ciment jetés sans même avoir été ouverts. Les horaires et les destinations sont inscrits à la craie sur des tableaux noirs, fixés par des rivets dorés contre les cloisons.

Il est émerveillé quand il découvre une ancienne horloge en bronze, suspendue à une poutrelle branlante, émerveillé encore par la finesse des aiguilles de métal, poussiéreuses, immobilisées semble-t-il depuis longtemps sur 10 heures 35.

Il dévisage les indigènes, plus petits que ceux de la capitale, dans le Sud du pays ; ramassés sur eux-mêmes, la peau extrêmement sombre, sèche et marquée, les hommes portent jean, t-shirt et espadrilles, certains sont ceints de saris bigarrés ; les femmes sont habillées de vêtements noirs ceinturés de bandes argentées et ornés de coquillages blancs, elles portent une coiffe de lainage noir hérissée de perles colorées et de boules argentées qui sonnaillent, et sourient en dévoilant des dents rougies par les chiques de feuilles de bétel.

La faim au ventre, il achète une poignée de litchis à un vendeur ambulant, qui les décortique soigneusement. Il savoure alors ces chairs hyalines et parfumées et se dirige vers la sortie. Ses sens n'ont jamais été autant sollicités que dans ce pays. Ici tout prête à toucher, à observer, à sentir et à goûter. Bonheur absolu.

Exit. Le ciel est semé d'étoiles brillantes. L'air est frais. La région est montagneuse, juste à la porte du Triangle d'or que la Thaïlande forme avec la Birmanie et le Laos.

Il traverse un large trottoir poussiéreux, ralentit à la hauteur d'une ancienne Peugeot 203 vert bouteille, criblée de points de rouille, surpris qu'il puisse encore y en avoir en circulation. Il se faufile au milieu des touristes, des bagagistes, et, intrigué par les rires, s'approche d'un groupe de badauds penchés au-dessus d'une balustrade de bambou ; en contrebas, des éléphants s'ébattent dans les eaux claires d'une rivière qui s'écoule en direction de la jungle. Les spectateurs s'amusent et applaudissent les cornacs qui aspergent généreusement leurs animaux à l'aide de larges seaux métalliques.

Il hèle un *tuk-tuk* garé sous le portique d'un temple. Le chauffeur se tortille sur son siège, bâille, met en marche le moteur.

– Restaurant Typhon... Charoen Prathet road, demande-t-il, articulant chacune des syllabes. Vous comprenez ? Vous connaissez ce restaurant ?

– Montez, montez, fait l'homme en fronçant légèrement les sourcils, jouant de l'accélérateur.

– Vous connaissez... Charoen Prathet road ? répète-t-il. Combien ça coûte ?

– Trois cents bahts, montez !

– Cent bahts, fait-il en se détournant et en faisant signe alors à un taxi.

– Cent cinquante, dit le chauffeur, le retenant par la manche.

Il fait mine de réfléchir un instant, caresse le poil dru de son menton.

– C'est d'accord, lâche-t-il finalement.

Un plastique transparent recouvre le siège, des garnitures bouddhiques et d'autres ornementations pendouillent à l'armature métallique qui soutient le toit de toile tendue. Il frappe sur une clochette, le conducteur l'observe dans son rétroviseur. L'homme rit.

Le démarrage est sec. Le *tuk-tuk* file entre les bus touristiques et les taxis, emprunte une route de campagne. Les lampadaires alignés le long de la route poussiéreuse projettent un éclairage cireux. La chaussée est à la fois bétonnée et terreuse, parsemée de nids-de-poule.

Il devine dans l'obscurité une végétation dense et des maisons sur pilotis. Pour ce soir, la lune ronde et brillante est posée sur le sommet des cocotiers, suspendue aux étoiles. Décors paradisiaques.

Vingt et une heures 45 minutes. Apparaissent les murs de briques rouges et friables, qui encerclent le centre de la ville.

Il se souvient d'avoir lu pendant le vol qui l'a amené en Thaïlande que Chiang Mai a été une forteresse médiévale contre l'envahisseur birman. Les premiers empereurs siamois occupaient la ville afin de, au fil des siècles et des sièges birmans, descendre sur Sukhothai, Ayutthaya et finalement Bangkok. Aujourd'hui, des arrangements folks rocks raisonnent d'un bout à l'autre de la ville, et pareillement à la capitale, des centaines de voitures, de motos ou de *tuk-tuks*, pare-chocs contre pare-chocs, klaxonnent, tentant de gagner une place aux dépens de l'un ou l'autre des véhicules qui les précèdent, pour avancer de cinq ou six mètres.

Le chauffeur se retourne à plusieurs reprises, fait mine de s'arrêter, désignant les buvettes ouvertes sur la rue, dans lesquelles les filles accoudées aux comptoirs sifflent les touristes qui traînent sur les trottoirs encombrés.

– Typhon, Typhon, répète-t-il sans cesse au conducteur, faisant signe d'aller de l'avant.

Il reste fasciné par les temples, les murs blancs ou de briques, les toits de faïences vertes, rouges et jaunes, les alignements des fastueuses statues de bouddha, blanches, ocres, ou parsemées de feuilles dorées, en partie couvertes de fragments de tissus orangés qui s'effilochent au vent. Les statues sont couronnées de mille cailloux sculptés et de boutons de lotus. Sur les parvis des temples, les moines assis en tailleur au milieu de centaines de chaussures abandonnées demandent l'aumône. Des enfants vêtus de haillons, les yeux écarquillés, rieurs, attendent les piécettes dorées.

– Typhon ! *It's here !* crie le chauffeur, rabattant sèchement sa machine sur le côté de la rue.

Un scooter monté par deux jeunes gens, et dont le passager maintient en équilibre une vitre d'au moins deux mètres carrés, manque de peu le *tuk-tuk*, accélère, grimpe sur le trottoir, les piétons s'écartent miraculeusement.

Il paye la course. Le chauffeur le salue les mains jointes devant son visage. Après quoi gaze, lance sa machine sur la chaussée sans un coup d'œil à la circulation.

« Eh bien les miracles existent ! » pense-t-il. L'enseigne Typhon est gravée dans une planche de noyer fixée au-dessus d'une entrée de bois et de tôle. À gauche de la porte, des nuées de moustiques virevoltent au-dessus de deux barbecues improvisés dans les deux moitiés d'un tonneau cisaillé par le milieu, puis fixées sur des pattes métalliques dépareillées. Une dizaine de brochettes de viande carbonisée sont abandonnées sur des braises éteintes. Regards à droite, à gauche. Personne. « Pourtant… aucun doute ». Il approche.

Il se hisse sur la pointe des pieds pour atteindre une fissure entre deux planches ajourées. Le restaurant est fermé. Plusieurs lampes à huile allumées sur le comptoir contigu à la terrasse qui borde une rivière permettent de distinguer la jungle d'hévéas, de palmiers, de lianes et de yuccas ; des bougainvilliers en fleurs recouvrent les tables.

Il perçoit aussi clairement les croassements ininterrompus des crapauds, qui répètent la même note d'octave en octave.

Il est gagné par un désagréable pressentiment, hésite à pousser la porte. Il scrute une fois encore la rue, les enseignes sont illuminées, les filles et leurs clients enfilent cul sec des bouteilles de Singha, des verres de Mékong. Les routards, sacs à dos chargés, échangent des paroles d'amitié. La rue est encombrée de véhicules. Agitation habituelle.

« De toute manière il ne peut pas m'arriver grand-chose… avec tout ce monde », se rassure-t-il, observant à quelques mètres un homme d'une trentaine d'années, la peau craquelée et brûlée, le torse dénudé, assis derrière une archaïque machine à coude Singer noire et marquée de dessins argentés. Ses larges pieds nus font aller un tour instable qui entraîne l'aiguille de haut en bas. L'homme coud avec dextérité un chemisier de soie grège. Dans une caisse de plastique transparent sont mélangés pêle-mêle vêtements, chaussures, bobines de fils. Un parasol coca-cola recouvre l'établi.

Il se décide et interpelle un vieil homme qui se glisse derrière lui, portant sur son épaule une longue tige de bambou, d'où se balancent aux extrémités des seiches séchées.

– *Mister* Zhang ? demande-il en désignant la porte de l'établissement. Zhang… Typhon ?

L'homme dépose avec application son chargement sur le sol, d'un coup de lame tranche l'attache d'une série de poissons, se redresse et les tend en souriant ; les yeux rieurs, la bouche édentée.

– Euh merci beaucoup, marmonne-t-il en sortant une poignée de bahts de la poche de son pantalon. Je cherche Zhang… *mister* Zhang.

– Zhang, Zhang, répète le vieil homme sans comprendre, s'esclaffant en agitant les poissons séchés devant son visage triomphal et marqué de mille rides.

Il lui rend cent bahts en touchant son épaule, le remercie.

L'homme se penche en riant, et d'un coup de reins repositionne la tige de bambou en équilibre, avant de s'éloigner, les jambes arc-boutées, et en criant Zhang ! Zhang ! entre les scooters et motos taxis stationnés sur le trottoir.

Vingt-deux heures 16 minutes. « Le flic est un chasseur, un chasseur… » répète-t-il en poussant la porte du Typhon.

Pénombre. Les odeurs des brochettes carbonisées lui filent sous le nez. Il jette un coup d'œil sur la terrasse et écrase un moustique sur sa nuque. Les tables sont massives, décorées de centaines de bougies, et la cire a coulé sur le bois. Il évolue doucement entre les chaises, glisse les pieds en cherchant à garder son équilibre. « Rien qui vaille ! » se dit-il, levant la tête sur les ventilateurs hors service et les familles de chauves-souris, suspendues la tête en bas, silencieuses.

En revanche une forte odeur a remplacé celle des brochettes. Il la reconnaît immédiatement : charogne. Il a suffisamment d'expérience pour reconnaître le parfum de la mort. « Un animal ? »

Il s'approche des lampes à huile. Les flammes vacillent. Descend trois marches d'un dénivelé près du comptoir, tend l'oreille. Les bruits de la ville se mélangent aux grincements du sol. Les croassements discontinus des batraciens résonnent de la rivière toute proche. Les fleurs des bougainvilliers s'agitent dans un bruissement léger, ainsi que les feuilles des palmiers et des yuccas. Les roseaux vacillent, caressés par une brise légère.

Par terre… fourmillement de cafards. Il scrute l'obscurité. Des ombres se dessinent contre la paroi, les flammes oscillent. Il balaye d'un coup sec quelques blattes qui s'affolent en s'échappant sous le plancher.

Un craquement. Il se fige. Les croassements des crapauds se sont interrompus sur-le-champ. Il serre son sac contre sa hanche, retient son souffle, aux aguets. Il examine le clair-obscur, entre terrasse, jungle et intérieur de l'établissement. Craquement. Il durcit son corps, évalue sa situation… précaire. Les secondes s'écoulent. Rien. Alors il prend la décision de passer derrière le comptoir car, il en est certain, l'odeur de la mort vient de ce côté-ci. Il fait un pas supplémentaire, puis un autre, et un dernier. La forme est allongée.

Coup de hanches et il pare la première attaque de l'homme qui a surgi de la jungle. Jette son sac sur le sol. Immédiatement il rend coup pour coup, frappe en cherchant à atteindre son adversaire au visage. Au même instant il est agrippé par-derrière, soulevé de terre par un deuxième attaquant. Réflexe. Il balance la tête en arrière, le nez se brise. Il lève le talon, atteint l'entrejambe. L'homme lâche prise.

Il serre les coudes contre son corps, se protège et frappe. Crochet du gauche. Crochet du droit. Il se dégage, recule d'un mètre. Balance un coup de pied circulaire. L'impact est sec et puissant, et son adversaire s'effondre, touché à la hanche. L'homme gémit.

Il envoie un coup de coude, manque sa cible. Déséquilibré, il se retient contre le comptoir. Son premier agresseur enjambe le cadavre, il le cueille d'un direct au menton, se jette sur lui. Il sait que dans ces combats il ne faut jamais ralentir. Imposer son rythme, mettre la pression.

Il évalue les chances d'une fuite. Évite plusieurs coups de pieds, balaye une jambe, assène un revers du tranchant de la main. Il reçoit un violent coup dans le dos, trébuche, tombe à quatre pattes, écrasant les cafards sous ses mains. L'homme est déjà sur lui.

Il pivote, envoie son coude, l'atteint à l'oreille. Il lève le genou, perçoit un gémissement. Il se dégage, se relève, et se trouve face à ses adversaires. Deux pas les séparent. Les respirations sont saccadées.

Il profite de cette relâche pour reculer en direction de la sortie, les bras relevés devant sa poitrine, les poings serrés. Le sang coule sur ses yeux, le nez, le coin des lèvres. Chaud. Lourd. Poisseux.

Le coup est porté dans le dos. Déjà sa vision vacille, ses bras ramollissent, comme des chiffes tombent sur le corps. Enfin ses jambes cèdent.

Il résiste, mais sombre doucement dans les abîmes, comprenant trop tard qu'un troisième homme attendait dans la nuit.

Il a les mains attachées dans le dos.

Les jambes liées.

« Une voiture ! » pense-t-il, percevant les sons d'un moteur diesel.

Il cherche à entrouvrir les yeux. Ténèbres. Il a la tête en feu. Il est allongé, secoué par de légères vibrations. « Merde ! » pense-t-il encore, s'enfonçant doucement dans l'inconscience.

Il est soulevé, saisi sous les aisselles. Il veut se débattre, son corps ne répond pas. La tête en feu, il entrevoit des lueurs, des formes humaines. Son ventre tressaille. Il vomit. Est alors jeté lourdement à terre.

Son visage s'écrase dans la boue.

Il suffoque.

Des hommes se disputent, des armes cliquètent. Des visages flous se penchent par-dessus lui.

Il redresse la nuque.

Il inspire profondément.

L'effort est gigantesque. Souffrances. Il se laisse aller sur le sol vaseux. Inconscient.

– Réveillez-vous !

Il entrouvre les yeux, mais c'est encore trop tôt, les referme. Reçoit alors un coup sec dans le visage.

– Réveillez-vous !

Il gigote, grogne, trop épuisé pour se défendre. « Nom de dieu j'ai les mains liées », comprend-il. Il s'agite, cherche à se dégager. C'est inutile. Alors il inspire puissamment à la recherche de son souffle, ses poumons sont en feu. Il suffoque, la poitrine serrée.

– Faut t'réveiller ! tonne quelqu'un par-dessus lui.

Il écarquille les yeux. L'homme est debout, les jambes écartées de chaque côté de son corps. La forme est trouble.

Il aperçoit un mouvement rapide. Une gifle. Il a la tête projetée brutalement de côté. Courte plainte. Un visage se forme : cheveux noirs coiffés de côté, la peau caramélisée, les pommettes saillantes, lèvres relevées par un rictus dégoûté. Il fait un effort gigantesque pour maintenir ses yeux boursouflés ouverts. Il retient un haut-le-cœur, serre les dents. Le sang bat à ses tempes. Violentes nausées.

– Bienvenue ! Bienvenue ! répète l'homme en anglais, et sans accent, saisissant le col de sa chemise en le secouant énergiquement.

– Oh putain… murmure-t-il entre ses lèvres meurtries. Vous !

– Vous me reconnaissez, khun Pat !… C'est très bien !

– Salopard, fait-il en crachant du sang.

La sanction est immédiate, la gifle monstrueuse. Il est projeté de côté. Quasi knock-out. Se sent soulevé de terre, rejeté en arrière, cogné contre le sol. Une fois. Deux fois. Trois fois. « C'est bien cet enfoiré qui m'a accueilli à l'aéroport », se dit-il sans résister, percevant le bruit d'un moteur diesel qui ronfle dans la nuit. L'homme relâche le col, se redresse en scrutant l'obscurité, l'abandonne sur le parterre marécageux.

À demi-conscient, il aperçoit la bague que l'homme porte à l'annulaire : serpent enroulé, yeux rouges. « Pas de doute, l'enviandé ! Et dire qu'il m'avait ramassé mon passeport… » Il le revoit dans son uniforme immaculé bleu et blanc portant l'insigne : *Don Muang International Airport – Bangkok Thaïland.*

Il vomit.

Des hommes s'approchent. Il est saisi par-dessous les bras, traîné sans ménagement sur le sol. Il compte les phares d'au moins trois véhicules, type 4 × 4, unique éclairage sur le rivage d'un fleuve, au-delà d'une jungle épaisse. Il est hissé par-dessus un boudin pneumatique, et jeté sur le fond humide d'une embarcation.

Peur. Un enlèvement, c'est long, très long, bien trop long. Ne pas penser à ses proches. Cessez de penser. Ne pas penser à ceux que l'absence fera souffrir. Ne pas penser aux instants de bonheur… passé. Ni à ceux à venir. Ne pas penser au corps qui souffre. Ne pas penser à son âme. Contrôler sa respiration. Un. Deux. Un. Deux. Ne pas penser aux enlèvements… qui se terminent mal. Ne pas penser aux morts. Écouter chaque bruissement. Écouter les pas. Écouter le cliquetis des armes. Fermer les yeux. Prolonger la nuit. Retenir les vomissements. Rester discret. Se faire oublier. Ne pas penser à la faim, aux repas entre amis. Ne penser qu'aux vrombissements du moteur, qu'aux soubresauts du bateau.

Il navigue depuis des heures, une nuit, totalement couvert par une couverture. Perçoit des lueurs. Des paroles. Des gesticulations. Il a compté une dizaine de voix différentes, déduit que le bateau avoisine les six mètres, peut-être huit. « Un zodiac ! »

Il fait jour maintenant. Il distingue vaguement le disque solaire à travers les mailles serrées de la couverture. « Quelle heure est-il ? Peut-être dix heures ou onze heures du matin ? » imagine-t-il selon la position du soleil. Il transpire. Suffoque. Les maux de tête n'ont pas cessé, les coups de marteaux raisonnent encore.

On s'approche, il perçoit un ombre. On lui retire sa couverture, il est aveuglé par la lumière d'une rare violence. Reçoit un sévère coup de pied dans les côtes. Il a peur… plus que jamais. « Ne rien penser, ne rien penser. » Le canon d'une arme à feu est appuyé sur sa gorge.

– De l'eau… de l'eau, murmure-t-il la gorge sèche, surveillant la silhouette qui s'est redressée.

La couverture est rejetée par-dessus lui. « Ne rien penser… ne rien penser. » Il se concentre sur le roulis du bateau. « Où suis-je… où m'emmènent-ils ? » Un bras se glisse sous la couverture. Une gourde est posée contre ses lèvres.

Plusieurs heures se sont écoulées. Son corps s'est ankylosé. Les cordelettes cisaillent ses poignets et les chevilles. La couverture est devenue lourde. Humide. Il estime que ce doit être le milieu de l'après-midi. À plusieurs reprises le bateau s'est immobilisé à l'abri de l'ombre, il a perçu au loin le bruit de moteurs, a compris qu'il fallait se cacher. Il note que le rythme de la progression s'est ralenti, que les temps passés sous les branchages, le moteur au ralenti, se sont fortement allongés. « La frontière ? Approchons-nous de la Birmanie, du Laos ? »

Il se concentre. Détend son corps, tente de s'allonger.

Ses habits sont trempés, il repose depuis toutes ces heures dans plusieurs centimètres d'eau huileuse. Un violent coup de gaz, une accélération, la proue se redresse. Il raidit son corps, se sent glisser. Le bateau zigzague et file sous de nouveaux branchages, et cette fois-ci le moteur est éteint.

Et c'est l'attente. Il contrôle son rythme cardiaque. Sang-froid. Il sait que si la peur gagne, c'est la fin.

Le zodiac tangue gentiment. Clapotis. Une rive. La forêt. Ombrage. Le moteur toujours éteint. « Souffler à peine… ne rien dire et patienter », se répète-t-il depuis des heures, sachant qu'il ne faut en aucun cas qu'il se fasse remarquer. De temps à autre, il entend un raclement de gorge. Se concentre sur sa respiration. « Ne pas se faire remarquer. » Il fait extrêmement chaud. Bien trop chaud.

Un bras se glisse une nouvelle fois sous la couverture. Une lame affûtée se pose sur sa gorge. Légère pression. Elle entaille la chair. Il retient son souffle. L'embout humide d'une gourde se pose alors sur ses lèvres. L'eau fraîche se répand dans sa gorge. La lame se retire.

Rien ne bouge, et il tient à garder les yeux ouverts. « En aucun cas s'endormir… plus maintenant. » Ses maux de tête ont disparu. Il a faim. « Ne rien dire… rien demander. Il me faut survivre… point ! » Il a froid. Frissonne. L'humidité est insupportable. Il a des bouffées d'angoisse. Se concentre sur les points de maillage de la couverture. Il est attentif à chaque bruissement. Clapotis. Tangages. Les hommes bougent très doucement. Il imagine qu'ils sont fatigués d'attendre.

Plusieurs bateaux ont croisé au large. « J'en suis certain », pense-t-il après avoir distingué des bruits de moteurs diesels, directement associés à des tangages plus prononcés. Une fois ou l'autre, il a aussi très nettement entendu le survol d'hélicoptères de combat.

Il se concentre. Se relaxe. « Il le faut. » Il se remémore plusieurs interventions, difficiles, des bagarres de quartier. « Mais rien de pareil », conclut-il, pensant aux enlèvements de personnalités, journalistes, ou fils de… ; enlèvements suivis à la télévision, vautré dans un fauteuil. Il pense à son collègue Alain, enlevé au Zaïre par une patrouille de police, brutalisé, détroussé.

Il fait nuit. Le voilage déjà sombre s'est encore noirci. Le moteur est toujours silencieux, et les sons de la jungle se sont intensifiés. Il tend l'oreille, combinaisons de chants, gazouillis, bourdonnements, craquètements, mélopées et croassements. Des branches se brisent. Le bois éclate. Le bateau tangue.

Il sursaute. On a remis le moteur en marche. La proue se redresse. Un souffle frais se glisse immédiatement sous la couverture, caresse son visage. Il inspire à pleins poumons.

On lui retire la couverture qui le recouvrait. Luminosité effrayante. Il cligne des yeux. Terrifié. Des ombres. Des visages au-dessus lui. Des sourires. Des peaux sombres. Crânes rasés. Les hommes rient. Les sons résonnent. Maux de tête.

Il est saisi par-dessous les bras. Soulevé. Vertige. Assis contre les boudins pneumatiques, il vomit une bile brunâtre. Un homme s'approche, lui vide un seau d'eau sur la tête, un deuxième, un troisième. Il est maintenant complètement réveillé. Affaibli. Vivant. Ses mains sont bien entendu ligotées, les chevilles sanglées par deux ceintures de cuir. Il se garde de regarder les hommes qui l'entourent, toutefois il en a compté une dizaine, lourdement armés : fusils-mitrailleurs, armes de poing. Ils revêtent des tenues de combat vertes, sont chaussés de sandales noires, et coiffés de casquettes rondes affublées d'une large visière.

Le bateau tangue. Gaz.

Il tourne lentement la tête, l'embarcation est peinturlurée de tâches brunes, olive, noires et beiges. Il jette alors un coup d'œil sur l'eau boueuse, troublée par les remous de l'hélice. La rivière charrie des branches, des feuilles de palmiers, des cocos. Seul indice, le bateau remonte le courant, navigue dans une région montagneuse. Des pics s'élèvent vers le ciel, la roche est humide et luisante, couverte de lianes et de verdure luxuriante. De larges tranchées, couvertes de grumes tropicales, entaillent la jungle et filent à l'horizon. « Depuis combien de temps m'ont-ils enlevé ? se demande-t-il en laissant retomber son menton sur sa poitrine. Il fait une chaleur exécrable ! » Les mains entravées, il ne peut que subir les piqûres de nuées de moustiques agressifs.

Un soldat se glisse souplement vers lui.

Il ne lève pas les yeux.

L'ombre approche.

Il devine que l'homme hésite, puis il bouscule son épaule.

Il redresse la tête.

L'homme a le visage piqué par la vérole, la peau tendue, d'une noirceur africaine. L'homme sourit. Dents rouges. Bétel. Il se met en tailleur, porte à ses lèvres la cigarette roulée main qu'il tient entre ses doigts, gratte une allumette sur son talon.

Il le regarde approcher doucement la flamme vers sa bouche, inspirer profondément.

L'homme lâche alors quelques mots, ses compagnons éclatent de rire. L'un trempe sa main dans l'eau et l'asperge copieusement. Ils rient. Jaugent leur prisonnier.

Maintenant il soutient leurs regards.

L'homme s'approche en ricanant, glisse la cigarette entre ses lèvres.

Il sait qu'il faut accepter. Il ferme les yeux, aspire longuement, se laisse gentiment gagner par la torpeur… marijuana.

Il repose la tête contre le pneumatique. Les rires des soldats s'éloignent petit à petit. Il fait rouler la cigarette entre ses lèvres, se fiche des essaims de moustiques qui tourbillonnent. Sonde les branchages, attentif aux faisceaux de lumière qui traversent les couches les plus épaisses de la forêt tropicale.

Il somnole. Il devine qu'il ne doit plus y avoir énormément de risques de rencontrer une patrouille hostile. Ses ravisseurs discutent sans plus guetter les rivages, échangent rires, cigarettes et canettes de Singha. L'un d'eux, le visage enfantin, manipule une radio militaire à peine plus grande qu'un talkie-walkie. Il a déplié l'antenne, semble en conversation avec son commandement.

Il observe les lèvres du jeune homme, éprouve un certain malaise. « Ne pense pas, tu vas flipper complètement », se dit-il, tirant une dernière fois sur la marijuana avant de cracher le mégot.

Les arbres… là-bas, sur le rivage. Il relève doucement la tête, pense avoir rêvé. Il a aperçu des hommes assis à cheval sur les épaisses racines aériennes des palétuviers. « Des militaires ? » Pourtant il en est certain, ces hommes portaient des jeans ; il a aussi repéré des armes.

Il dévisage l'homme assis face à lui, qui tire doucement sur la drogue en souriant niaisement, balançant la tête aux rythmes d'une musique imaginaire. « J'en suis sûr… j'ai vu des mecs sur les branches », se dit-il, ses yeux allant de la jungle aux hommes qui l'escortent, certains somnolent, le menton appuyé contre le canon de leur arme, celui qui lui fait face sourit encore, sourit toujours.

Il examine attentivement la végétation, repère un groupe de crocodiles, la gueule ouverte, immobiles sous les mangroves, racines enchevêtrées fixées dans les rivages marécageux ; des azalées, des camélias et des jasmins sont disséminés par-ci par-là ; des singes roux aux poils longs se jettent d'arbre en arbre ; les oiseaux s'échappent.

Le moteur ronronne doucement. Il est attentif aux multiples sons de la forêt tropicale. Pense aux kilomètres parcourus. « Chiang Mai est déjà bien loin ». Des grenouilles rouges, tachetées de points verts, sont recroquevillées sur de larges nénuphars. Il décolle légèrement le dos du boudin pneumatique, frissonne en imaginant les araignées poilues, noires et rouges, les serpents, verts ou marron, les varans, les scorpions, les iguanes, les multiples animaux qui occupent ces terrains inhospitaliers.

À mesure que le bateau remonte la rivière vers l'ouest, il compte des dizaines de militaires à cheval sur les branches les plus basses des palétuviers, ils sont pour la plupart allongés sur les larges racines, pieds et mains trempés dans l'eau.

Le bateau navigue à présent au milieu de la rivière. L'équipage s'est assis sur les rebords pneumatiques. « Le danger s'est bien éloigné, en conclut-il. Je vais bientôt être fixé sur mon sort. » L'idée que le capitaine Chan et ses hommes se soient rendus dans le Nord traverse un instant son esprit, il imagine même Europol envoyer en urgence des renforts. « Qu'ont-ils foutu au bureau depuis que je ne les ai plus appelés, pense-t-il, apercevant dans la jungle plusieurs éléphants entravés de lourdes chaînes, qui, sous les ordres de leurs cornacs, traînent des troncs en direction de hangars aux toits de feuilles de palmier. Opération Suzette… mon cul ! » Il imagine les mensonges inventés par l'administration pour éviter un incident diplomatique. « Et qu'a raconté Chan pour s'en sortir ? »

Il reprend son observation attentive des rivages à présent clairsemés : rizières sauvages, petites digues de terre grasse, maisons flottantes, construites avec des lamelles de bambou tressé et des toits de feuille de bananiers, buffles domestiques qui se désaltéraient, les pattes enfoncées dans la boue du rivage, près de grues, de martins-pêcheurs et de hérons cendrés. Des femmes et des enfants observent la lente progression du bateau, saluent parfois. Des hommes armés se mélangent aux paysans coiffés de chapeaux tressés ; ils abattent un arbre, piochent la terre ou attisent des feux, grillant bœufs et volailles. Sur les flancs des coteaux, des champs de fleurs blanches et mauves… culture de pavots.

Il ressent une immense fatigue. Le soleil braisé a brutalement entamé sa descente, le ciel se jaunit légèrement, les feuilles des arbres perdent doucement de leur brillance. Ses liens deviennent véritablement insupportables, il aimerait se frotter les yeux, il est épuisé, crotté, poisseux. Il remue doucement pour faire jouer les cordelettes, la douleur disparaît durant quelques secondes. « Ne pas penser ! » ; mais il a faim…

La rivière fait un coude, le courant augmente, le bateau est méchamment ballotté, il contourne des rochers lisses et ronds de plusieurs mètres de hauteur. Le moteur hoquette, le barreur, un jeune garçon d'une vingtaine d'années, guère plus, bataille pour maintenir l'hélice dans les flots.

Il dresse un peu la tête, stupéfait par le décor qui se présente au-delà des rochers. Une cité. Des ruines. Des bâtisses éboulées. D'épais murs de pierre taillée, couverts de mousse verdâtre et de végétation, qu'un observateur éloigné de quelque 100 mètres ne pourrait pas découvrir, un avion encore moins. De larges escaliers patinés se jettent dans la rivière, de nombreuses colonnes se dressent entre les amas de pierres. Des feux sont allumés à distance régulière, les flammes se reflètent contre les murs de la cité. Des alignements de statues envahies par des plantes grimpantes, le haut du corps sectionné, témoignent qu'un temple devait s'ériger sur ce rivage. Les lianes tissent leur réseau d'une colonne à l'autre. « Où sommes-nous, bordel ? » se demande-t-il, alarmé par l'approche de pirogues manœuvrées par des hommes armés, dont la plupart des corps et des visages sont couverts de poudre blanchâtre, avec des yeux entourés d'auréoles noires ; une étoffe indigo leur ceint les reins jusqu'aux chevilles, ils sont coiffés de turbans beiges, quelques-uns de feutres européens.

Les embarcations glissent doucement à la surface de l'eau vaseuse, couverte de jacinthes et de nénuphars.

« Ne rien faire... », se dit-il, terrassé par l'angoisse, et fermant les yeux, distrait par des arrangements rythmiques, du rock, qui s'élèvent de la cité.

Il sent la peur s'immiscer plus profondément en lui, de la tête au ventre. Il s'affaisse insensiblement en remontant les épaules, une impression de protéger son cou, sa vie. Et il prie. Il prie pour lui. Il prie pour les siens.

Le zodiac ralentit. Bousculades. Les pirogues accostent.

Il inspire profondément, tente de maîtriser son angoisse croissante. Œillades à gauche, œillades à droite. Les hommes se tapent les mains, d'une embarcation à l'autre, se bousculent, et s'enlacent en s'esclaffant.

Trois types, armés de fusils russes Simonov, portant des vestes militaires olive, enjambent les boudins pneumatiques et s'approchent sans hésitation. L'un s'agenouille, lui saisit le menton, le soulève. Il se laisse faire. L'homme porte des lunettes rondes, de minces rides allongées filent du coin de ses yeux vers les tempes, couvertes de mèches de cheveux noires et épaisses ; son nez est large, ses pommettes saillantes, sa bouche semble trop fine pour ses larges mâchoires.

L'homme le dévisage en reculant légèrement la tête, lui saisit les poignets, compte ses pulsations en adoptant une expression douce et pensive, presque mélancolique ; puis il se redresse, braille une succession d'ordres aux visiteurs qui regagnent leurs embarcations.

Le zodiac reprend sa lente progression, maintenant escorté par les pirogues. Une foule dense s'est entre-temps approchée du rivage, à quelque 100 mètres. Des dizaines d'hommes armés, de l'eau jusqu'à la taille, sont positionnés sur les marches des escaliers qui plongent dans la rivière. Les rythmes métronomiques des tambours se mêlent aux exclamations de la foule, composée uniquement d'hommes… rebelles ou militaires ?

Des psalmodies s'élèvent des pirogues, reprises immédiatement par les hommes agglutinés sur le rivage, et qui déchargent leurs fusils par salves. Il sent que la fièvre monte, contient de plus en plus difficilement son angoisse.

Le bateau approche doucement… encore quelque 50 mètres. Les clameurs sont d'une force terrible, elles couvrent largement le bruit du moteur.

Il est terrorisé, ne peut détacher ses yeux de cette foule immense et surexcitée.

Trente mètres. Il entend les sons des tambours, mêlés à des résonances hard rock. Il perd son sang-froid.

Le bateau accoste. Remue-ménage. L'équipage se redresse brusquement. Deux hommes le saisissent sous les bras. Il est tiré hors de l'embarcation. Ses jambes endolories traînent dans le fond du bateau, épousent le boudin dur, viennent frapper les marches des escaliers de pierre taillée. L'eau lui éclabousse le visage. Il raidit la nuque, cherche à accrocher un regard, est terrifié par les hurlements, les rafales des armes automatiques et la musique, à plein tube. Curieusement, il ressent un certain bien-être… la fin approche.

On le redresse sur la dernière marche, on le maintient debout. Les hommes sont torses nus, tatoués, cicatrisés, la peau en partie couverte de peinture blanche. Trait commun : yeux dilatés, injectés de sang.

Il n'est plus en mesure de réfléchir, de calculer ou de se défendre, il s'abandonne sans se rebeller.

Un homme, avec un tatouage tribal en travers de la poitrine, s'approche en grimaçant ; il est plutôt costaud, les épaules larges, des abdominaux d'acier ; il dégaine une lame, s'agenouille, cisaille les cordelettes qui maintiennent ses chevilles.

Les clameurs sont affolantes.

L'homme se redresse, le dévisage froidement. Crache, l'atteint au visage, éclate d'un rire grave, guttural, seulement alors coupe les liens qui lui maintiennent les poignets.

Des visages. De plus en plus de visages. Rieurs. Moqueurs. Terrifiants. « Des blattes humaines », se dit-il dans un sursaut d'orgueil, les canons des armes automatiques plantés dans les côtes.

Il avance en toisant ses bourreaux. Ils sont des dizaines, des centaines probablement. Les têtes peuvent êtres rasées, blessées, entourées de tissus ou couvertes d'une casquette militaire. Les peaux crasseuses, tannées. Les rictus… haineux. Il aperçoit un homme armé d'un coupe-coupe, qui s'acharne sur l'épaisse nuque d'un buffle noir ; les pattes avant de l'animal plient lentement sous les coups, les hommes hurlent, le sol se teinte de rouge.

Il est bousculé. Il chancelle, redresse la tête, les yeux dans les arbres. « Quitte à crever… je veux voir du vert ! » Les éclats lumineux des feux attisés sur le rivage redessinent le paysage, la forêt tropicale avale la civilisation des hommes, le cercle solaire disparaît derrière les collines en dorant les cimes, le ciel est traversé de lignes orange.

Il est ainsi mené au centre d'une place en hémicycle, entourée d'arbres tropicaux, de racines enchevêtrées et de brasiers monumentaux. Ici encore le hard rock fait écho sans pour autant effrayer les éléphants, enchaînés à des blocs de pierre taillée, montés par des moines, robes safran et larges colliers de perles noires, qui observent amusés le spectacle.

Poussé. Poussé. Poussé, il s'affale à plat ventre au centre de la place sablonneuse. Les clameurs vont grandissant. Il se retourne d'un coup de rein, les coudes dans les guanos de chauve-souris. Il reste allongé, observe la foule hystérique qui l'encercle en tonnant. Il voit les yeux injectés, les mimiques guerrières. « Sont complètement défoncés », comprend-il tout à coup en se traînant contre une colonne effondrée. Son cœur bat la chamade.

Il frotte son visage ensanglanté. Inspire profondément, plante ses yeux dans ceux de ses adversaires. Il n'est pas une proie. Il est un homme. Il ne s'offrira pas sans combattre.

Il tâtonne le sol, saisit une pierre.

Une plainte, une seule, celle grave et caverneuse d'un instrument à vent. Un cor, une harmonie couvrant les résonances rocks et les vociférations de la foule. Cessent les gestes, les hurlements, les bousculades. Les hommes se sont immobilisés, certains pétrifiés.

Il tente de se redresser, le dos contre la pierre, est effrayé par des escadrilles d'oiseaux et de chauve-souris qui piquent vers le sol, qui tournoient par-dessus leurs têtes et qui s'envolent dans le ciel gris rose. Maintenant, le soleil s'est dissimulé derrière les arbres et les collines.

Deuxième plainte. Terreur. Le hard rock s'interrompt aussi sec.

Il balaye d'un coup d'œil les ruines, la forêt et la foule. La nuit est tombée. De gigantesques feux sont allumés dans les décombres. Il ne respire plus que par courtes saccades nerveuses.

Une nouvelle plainte traverse les décombres. Elle vient de là ! Il fixe, pétrifié, un espace entre les blocs de pierres effondrés, retenus par des racines et des lianes qui ont depuis longtemps repris du terrain. De larges escaliers révèlent l'accès à ce qui a été selon toute vraisemblance une porte, un passage, ou le parvis d'un édifice.

Il retient son souffle, la foule se retire de plusieurs mètres, les hommes s'asseyent en tailleur, leur arme entre leurs jambes. Plus personne ne bouge. Silence. Quelques rumeurs… simplement, et le son du vent entre les feuilles.

Quatrième résonance.

Une silhouette se dessine entre les blocs de pierre. L'homme toise longuement la foule, silencieuse. Tourne la tête, regarde dans la direction du prisonnier.

Il ne fait plus aucun geste.

L'homme avance dans la lumière, descend les escaliers pour le rejoindre.

– Salopard ! trouve-t-il la force de murmurer, reconnaissant immédiatement Surapon, le maître d'hôtel.

Il expire profondément, épuisé, bêtement soulagé de reconnaître un visage. Il se repose contre la pierre, sombre doucement dans l'inconscience, les yeux plantés dans les yeux globuleux d'un iguane à la crête dorsale noire, qui, nullement concerné, observe sa lente agonie.

– Oh ! Khun Pat… khun Pat.

Il entrouvre les yeux. Un visage se forme dans la brume légère.

Il vacille, la tête serrée, le corps ankylosé. Le goût de sang dans la bouche.

– Bienvenu, khun Pat, ne vous laissez pas aller, pas maintenant, vous aurez le temps de dormir.

Il fait un gigantesque effort pour garder les yeux ouverts. Distingue avec peine le visage qui se penche. Il est couché, nu, sur une pierre froide.

– Surapon, espèce de salopard… fait-il, retenant une nausée.

– Bien, vous m'avez reconnu, khun Pat, c'est bien, très bien. Ne vous avais-je pas fait comprendre de nous laisser tranquilles et…

– Fils de pute ! souffle-t-il, se laissant aller de côté en vomissant sans retenue sur le sol sablonneux.

– Taisez-vous ! Vous devez votre vie juste parce que… enfin, *mai pen rai* !

– J'ai froid, une couverture, demande-t-il en s'essuyant la bouche avec le dos de la main.

– Voilà, khun Pat, fait Surapon, tirant un paréo bleu nuit. Je vous laisse récupérer et reviendrai tout à l'heure. Tenez, avalez ces comprimés, exige-t-il en tendant un verre d'eau. Je vous recommande aussi de manger, dit-il encore, désignant une corbeille garnie de fruits exotiques. Je vous laisse, khun Pat… ne tentez rien, je vous le recommande.

Surapon s'enfonce dans l'obscurité, et il prend lentement conscience qu'il est en vie. « Je suis couché sur un rocher… », se dit-il, tâtant la pierre humide et polie sur laquelle il est étendu, seulement couvert par le tissu que Surapon a tiré sur lui.

Il remue doucement les doigts et les orteils, agite ses jambes et ses bras, balance la tête.

Il est blessé en plusieurs endroits… rien d'important. « Où suis-je ? » se demande-t-il, concentré sur le bruissement d'une eau qui s'égoutte, caverneuse. Il regarde le plafond de stalactites oxydées, couverte de mousse humide. « T'as pas rêvé ! »

Il se décide. Se contracte lentement pour se redresser, sent immédiatement ses blessures, ses fêlures, ses ecchymoses. Il respire difficilement, se concentre sur de courtes inspirations, se réapproprie ses sens ; tranquillement encore, il découvre son environnement… carcéral.

Il se trouve dans l'alcôve d'une salle gigantesque, en partie taillée dans la pierre, et partiellement couverte de teck clair et d'acajou rougeâtre, sur lesquels sont dessinés des serpents verts à sept têtes, aux yeux rouges. Une lumière vaporeuse et blanche tombe d'une large ouverture découpée dans la voûte sur un bouddha de bronze à la patine mordorée, assis dans la position du lotus, qui s'élève à plus de trois mètres entre deux colonnes incrustées de verres colorés et décorées de bayadères rayées jaune et orange. L'effigie est entourée d'autres sculptures religieuses, de bois et d'albâtre moucheté, de bronze ou d'or, ou encore de grès érodé ; des nattes, en paille et en bambou, sont étendues sur le sol terreux ; des tables et des chaises de plastique sont dispersées dans la salle ; des familles de chauves-souris sont suspendues dans les recoins surhaussés.

Il aperçoit encore des singes aux poils marron, groupés sur un terre-plein en contrebas. Il scrute plus attentivement les zones et les galeries plongées dans le noir, des colonnes de fumées s'élèvent de jattes imposantes dans lesquelles sont plantés des bâtons d'encens. Des essences de bois de santal et des parfums aromatiques flottent dans l'air. Il ferme les yeux, inspire profondément. Les maux de tête ont quasiment disparu. « Je suis resté combien de temps inconscient ? » se demande-t-il, couvrant sa nudité des tissus de cotons teintés pourpre et safran jetés sur la couche.

Un mouvement. Un seul. Dans l'obscurité, à sa gauche, à moins de 10 mètres. Il retient son souffle.

– Où sommes-nous ?

La question résonne contre les murs.

Guidé par le son, il distingue une forme à contre-jour. Un homme est assis sur les marches d'un gigantesque escalier hélicoïdal, taillé dans la pierre fatiguée, filant dans l'encadrement d'une brèche creusée dans la roche.

Il ne perçoit qu'une forme noire, humaine. Comprend que l'homme l'observe depuis un certain temps, qu'il l'évalue aussi.

Il ne dit rien. Renifle seulement bruyamment en s'essuyant le visage avec son avant-bras. Il sent ses lèvres gonflées et douloureuses, son nez endolori, les croûtes de sang séché.

Il fait alors mine de se redresser, mais une douleur aiguë lui vrille les côtes. Il se plie, appuie son poing sous sa poitrine, compte trois, peut-être quatre côtes fissurées.

– Où sommes-nous ?

La question n'a aucun sens, il lui appartiendrait de la poser.

Il réfléchit, rassemble les tissus de coton répandus ça et là, se protège. « De quoi ? » se demande-t-il angoissé.

– Ne serait-ce pas à moi de poser la question ? fait-il nonchalamment, osant cette attitude, se disant qu'il est préférable qu'il ne montre aucune inquiétude.

Il attrape une mangue dans la corbeille, aperçois son livre *Voyage au bout de la nuit* posé sur ses habits proprement pliés sur une chaise.

Il arrache doucement la peau du fruit préalablement entaillé, laisse tomber les pelures sur le sol et porte à ses lèvres la pulpe jaune et parfumée, ce qui déclenche une onde bienfaisante le long de son épine dorsale ; il laisse alors fondre le fruit dans sa bouche, ferme les yeux.

– Eh bien alors, quelle est la question, « khun Pat »… ?

La partie d'échecs s'est sérieusement engagée. Il fait mine de ne pas être surpris, tourne doucement la tête, suce un litchi décortiqué en repérant coins et recoins, se conditionne pour la fuite, « … dès qu'il en sera temps ! »

– N'essayez même pas, vous êtes mon hôte, et ça pourrait changer… et ça ne tient qu'à vous ! Mes hommes aiment chasser… le singe, à l'arc et à l'*ipoh*, un poison *moï*… très efficace…

L'homme a lâché la phrase d'une voix fatiguée.

Il remarque aussi que l'homme paraît épuisé, lassé sans aucun doute. « Je n'ai pas intérêt à faire le mariolle », pense-t-il en se grattant la tête, en y décollant d'épaisses croûtes de sang séché.

– Quelle est la question, me demandiez-vous. Ben… où suis-je, et pourquoi suis-je toujours en vie ?

– Cela fait deux questions, répond l'homme en levant lourdement le bras. Pourquoi en vie, c'est plutôt facile, reprend-il en soufflant péniblement, je l'ai décidé ainsi. Cependant, pour vous situer, alors là, ça se complique légèrement… vous ne trouvez pas ?

Ces propos lui échappent. « Où veut-il en venir ? » s'interroge-t-il sans détourner les yeux de l'homme qui s'est maintenant redressé. Il note au passage qu'il s'est servi de son bras droit, qu'il a fait un effort gigantesque pour se bouger, et qu'il vacille légèrement.

Il se concentre, mais ne distingue que la silhouette épaisse. « Deux mètres, au moins », se dit-il.

– Serions-nous en Birmanie ?

– Vous me décevez, khun Pat, je vous avais pris pour quelqu'un de plus perspicace, répond l'homme, descendant quelques marches. Il prend toutefois garde de se tenir dans l'obscurité. Sachez que j'ai la sagesse de n'avoir aucune certitude ; Birmanie, Laos, Thaïlande, je m'en contrefiche. Si ce n'est là que votre seule inquiétude, alors selon la cartographie de la région vous êtes dans l'État de Shan, pas si éloigné de Tang Yang et Loi Maw… en Birmanie en effet. Bref est-ce véritablement ce qui compte… entre nous, c'est vide de sens tout cela, non ?

Son souffle s'est légèrement accéléré. Prend peur. Les propos tenus ne sont que divagations. La terreur s'est immiscée dans ses pensées. Il trouve la force de ne pas fuir, de ne pas repousser son geôlier, de ne pas le tuer. Il a côtoyé suffisamment de tarés pour les reconnaître quand il s'en présente un. « Et celui-là, c'est un premier de classe », pense-t-il en scrutant l'obscurité.

– Et qui êtes-vous ?

– Cherchez en vous, khun Pat, n'abandonnez pas de sitôt !

Sa phrase terminée, l'homme descend quelques marches, sa silhouette noire est maintenant traversée d'un rayon de lumière. L'homme porte un pantalon militaire, un t-shirt olive.

Il ne distingue pas les traits de son visage, ne devine que le crâne rasé.

– Un indice ? Mon armée est celle du Mong Taï, nous contrôlons toutes les zones frontalières…

– Khun Sa ? interrompt-il, sûr de son effet.

– Olive Yang, Lo Hsing Han, Lin Ming Xian… quelle importance ! lâche l'homme sur un ton grave. Ils ont tous disparu aujourd'hui.

Il réfléchit un instant. Le silence est perturbé par le déplacement des singes dans le fond de la grotte, et l'envol de temps à autre d'une chauve-souris, qui vient bousculer ses camarades endormies.

– Vous me surprenez, s'essaye-t-il. Je suis seulement à la recherche d'un expatrié français qui a causé un certain nombre de problèmes. Je veux juste l'entendre…

– Vous ne l'entendrez pas, plus du moins, interrompt l'homme. Lefebvre était nuisible pour nous tous, ajoute-t-il en jetant à ses pieds un médaillon argenté. Tenez, c'est pour vous, poursuit-il d'un ton neutre. C'est tout ce qui reste de cet abruti.

Il pose les yeux sur le bijou, sans être surpris d'entendre mentionner Lefebvre, au fond il s'y attendait. Cependant, les battements de son cœur s'accélèrent légèrement. « La situation sent le soufre », se dit-il, essuyant la paume de ses mains sur la couverture.

– Mais je ne m'intéresse pas à ce minable, Patrick, c'est bien votre prénom, n'est-ce pas ? Plus sérieusement, comment se porte le capitaine Chan, ce vieux renard ?

– Chan ?… Ben, la dernière fois que je l'ai vu, il n'était pas gai. Un homme avait été tué à mon hôtel, répond-il ne sachant pas que dire d'autre. Vous en savez peut-être quelque chose ? s'essaye-t il.

– La mort n'est qu'un passage, Patrick. Armand était comme les escargots, capable de glisser sur la lame d'un rasoir sans se blesser… Dommage, il nous avait filé un sacré coup de main à l'époque. Je vous raconte ?

– Ça peut m'intéresser.

– C'est l'aube sur Ban Hin Taek.

Il devine que l'homme, Khun Sa, baisse les yeux.

– Mes hommes résistent une fois encore aux blindés et à l'artillerie engagée dans le combat. Il s'interrompt, laisse écouler une minute, peut-être deux. Il y a eu pas mal de tués ce jour-là, reprend-il presque imperceptiblement. De part et d'autre… et devinez qui m'aide à fuir ?

– Armand ?

– Facile, Armand exactement. Il était journaliste à Assab, je l'avais connu là-bas. Nous étions bien jeunes… Enfin, c'est vieux tout ça. Reprenons, bien plus récemment il accompagnait le colonel Charoensom, le chef de Chanvit Kaselsiri…

– Le capitaine ?

– Eh ! Le jeune capitaine Chan des narcotiques, c'était vraiment un nouveau, à l'époque.

Il s'y perd, se prend la tête entre les mains et appuie ses coudes sur ses genoux. Comprend qu'un certain nombre d'informations lui ont échappé dès le départ de l'aventure. « Putain, mais alors Chan connaissait Bel Armand ! » Il frissonne, contrarié.

– Là n'est pas le problème, mes hommes s'échappent, se regroupent et se replient ici même… et depuis nous tenons cette position. J'ai pas loin de 20 000 hommes qui protègent Chan Shee Fu, seigneur de l'opium, plus communément appelé Khun Sa, termine-t-il en appuyant chaque syllabe.

Il relève la tête à l'énonciation du nom de Khun Sa.

– Khun Sa ? demande-t-il déconcerté. Mais ne l'êtes-vous pas ?

L'homme avance alors d'un pas, le visage ainsi éclairé par le rayon de lumière.

Il se redresse d'un seul bond, le tissu glisse sur le sol, il est à présent nu.

– Nom de dieu ! souffle-t-il stupéfait, dévisageant le vieil homme fatigué qui se présente alors.

– Ne faites pas cette tronche, souffle l'homme en français, souriant doucement, presque gêné.

– Mais… ! crachote-t-il désarçonné, pris d'une violente quinte de toux.

– Mais rien, Patrick… je ne suis qu'un laissé-pour-compte de l'armée française.

Bangkok
Opération Suzette
Épilogue

Seize heures. Patpong. Bangkok. La chaleur est terrible, la climatisation défectueuse, les fenêtres sont verrouillées. Les agents Chammong et Somdhat s'installent sur la banquette arrière, l'encadrent sans un mot ; le capitaine Chan referme brutalement la portière, prend place à l'avant du véhicule ; l'inspecteur Kraisak fait rugir le moteur. La voiture bondit.

Il tourne la tête, ne détache pas ses yeux de la devanture du Coffee parisien. Sur le trottoir, Fabrice, le barman, bousculé par les piétons qui fourmillent, agite la main en signe d'adieu.

Pour toute réponse il lève le menton, soulagé que Chan ait honoré sa parole. « Tenez, Patrick ! a-t-il marmonné dans l'ascenseur du Firsthouse, lui remettant discrètement un passeport. Je n'ai qu'une seule parole. »

« Merci pour lui, a-t-il rétorqué, examinant avec attention la validité du visa de sortie, attribué à François Lerco. Capitaine, avant de partir il me faut encore passer au Coffee parisien, à Patpong, j'ai des adieux à faire », a-t-il ajouté en traversant le hall de l'hôtel, ralentissant à la hauteur de la vieille femme de ménage agenouillée devant un temple miniature, qui arrangeait une ornementation de jacinthes violettes ; elle a joint les mains devant son visage sans relever la tête, certainement intimidée par l'escorte policière. Chan a acquiescé et a ordonné à ses hommes un détour par le centre ville.

Voitures de service. Klaxons et coups de sifflets. Croisements, ruelles et avenues encombrées. Ornières et nids-de-poule. Les narcotiques l'ont déposé comme convenu devant l'établissement, qui, à cette heure, est déserté par la clientèle. « Où puis-je trouver François ? » a-t-il demandé, s'approchant du barman qui astiquait machinalement le comptoir, une casquette sale vissée sur la tête. « Pas vu, il sera très certainement là ce soir, a répondu l'homme, sans interrompre l'astiquage minutieux du plateau de marbre. J'vous reconnais, dites voir, vous êtes le flic qui étiez l'autre jour avec François ? »

« Ouais, et vous êtes Fabrice. Tenez ! Je ne peux pas attendre jusqu'à ce soir… un avion à prendre », a-t-il lâché en glissant le passeport sur le comptoir. François n'avait-il pas demandé de le remettre à son copain barman ? « … on peut lui faire confiance il est muet comme une tombe », avait-il confié.

« Nom de dieu ! a murmuré Fabrice en relevant la visière de sa casquette, examinant longuement le document. François n'en reviendra pas… j'vous offre un verre ? »

« Non merci, pas le temps. Mais rappelez-lui, a-t-il ajouté en se dirigeant déjà vers la sortie, qu'il faut rentrer au plus vite en France, et avant que l'immigration ne change d'avis, vous connaissez les autorités par ici… »

« J'y penserai… je vous le promets. C'est sûr… j'connais les autorités », a lâché Fabrice, l'accompagnant sur le trottoir. « Oh putain ! a-t-il fait encore, découvrant les trois voitures de police garées devant son établissement. Dites-moi, vous avez touché à quelles magouilles ? »

« Rien qui vous concerne… » a-t-il répondu en lui serrant longuement la main.

Fabrice a souri.

Seize heures 15 minutes. À l'ouest le soleil brille. La voiture s'engage sur une avenue principale, huit voies express mènent à l'aéroport. « Suriya a-t-elle été écartée, mise en congé ? » se questionne-t-il en regardant le bitume défiler à vive allure. Elle n'a pas repris contact depuis qu'il est rentré à l'hôtel, il y a trois jours maintenant. Il a plusieurs fois cherché à obtenir de ses nouvelles. Sans succès. Black-out.

La voiture enfile des kilomètres entre les piliers de béton rongés par la rouille d'une autoroute en construction. D'énormes piliers en soutiennent la structure. À la base sont construites des cabanes, assemblage de bois et de tôles. Des enfants courent derrière des ballons, des chiens se battent pour des restes de nourriture. Plusieurs gros tuyaux de ciment sont abandonnés à même le sol, des couvertures sales et déchirées obstruent les extrémités de ces abris de fortune.

Il observe Chan, qui garde en permanence les yeux sur la route, sans ciller, fixant les piliers bétonnés qui inlassablement défilent à perte de vue. Depuis son retour, pas une fois Chan n'a soutenu son regard. « Gêné, sans aucun doute ! » a-t-il conclu tout en se disant que le capitaine ne pouvait que se douter de ce qu'il avait appris pendant sa captivité. Toutefois une entente tacite s'est établie : Chan ne précipiterait pas son retour, n'ajouterait rien auprès d'Europol, et de son côté il tairait les questions gênantes.

La radio de bord grésille. Il interrompt ses rêveries. Aperçoit les lettres lumineuses qui se reflètent dans le ciel rougeoyant, fixées sur le toit de l'immense bâtiment qui se dessine dans le ciel : *Don Muang International Airport*.

Dix-sept heures, il est escorté dans les entrelacs, les escaliers, les couloirs et les passerelles climatisées. Par moments, il jette un œil discret sur Chan, qui se tient sur sa gauche, légèrement en avance ; Chan garde la nuque raide, le regard fixe. Personne ne dit mot, les pas s'allongent.

Les contrôles sont franchis sans ralentir, le personnel de sécurité se courbe respectueusement en joignant les mains.

L'escorte arrive à la porte du Boeing 747 de la compagnie Lufthansa. Le personnel de cabine accueille le capitaine, peu rassuré par la présence d'agents armés.

– Tenez, Patrick, formule simplement Chan, lui remettant son passeport et son billet d'avion.

Il cherche à accrocher son regard, mais Chan baisse les yeux. Il saisit les documents, tourne les talons.

Business class. Le siège est moelleux. Il boucle sa ceinture. Les passagers arrivent par vagues successives ; il examine les femmes qui franchissent la porte, trouverait cocasse de retrouver la rouquine en tailleur qui avait effectué le vol aller ; il se remémore sa jupe échancrée sur la cuisse, ses bas de soie claire, son corps élancé ; imagine aussi qu'elle prend place à ses côtés.

Il relève l'appuie-tête, vérifie le maintien de la nuque, étire ses bras, ses jambes, bâille et sort de son sac *Voyage au bout de la nuit*.

Il regarde une dernière fois en direction de la porte d'embarquement, fermée par le maître de cabine. « Pas de rouquine cette fois-ci ! » Il se plonge dans la lecture... *autant pas se faire d'illusions, les gens n'ont rien à se dire, ils ne se parlent que de leurs peines à eux chacun, c'est entendu. Chacun pour soi, la terre pour tous. Ils essayent de s'en débarrasser de leur peine, sur l'autre, au moment de l'amour, mais alors ça ne marche pas et ils ont beau faire, ils la gardent tout entière leur peine, et ils recommencent, ils essayent encore une fois de la placer.*

Il inspire profondément, s'enfonce dans son siège, ferme les yeux et abandonne ses pensées à Ferdinand Céline, qui, depuis qu'il s'est mis à cette lecture, agit comme un miroir ; paragraphe après paragraphe, il est gagné par un soudain besoin de méditer sur la vie, l'amour et la mort. Flic de quartier, il a patrouillé des années dans les coins parfois les plus sombres de l'espèce humaine ; et d'un quartier, il a accédé au monde... de Cronos à Suzette. Bref, la littérature lui a permis de garder la tête sur les épaules, Céline de rester en vie, « ... Céline, Khun Sa ! » pense-t-il, se remémorant la rencontre avec l'homme qui a perpétré la légende « ... un laissé-pour-compte de l'armée française. Vous allez rire, avait ajouté le colonel en toussant profondément, dévoilant son visage, mais mon nom de code est Céline, et un type qui... lit Ferdinand, me suis-je dit, ne peut pas tout à fait être un salopard, voilà simplement pourquoi vous êtes en vie, Patrick. On en parlera... » avait-il ajouté, interrompu par un violent accès de toux, l'abandonnant à Surapon, chargé de prendre soin de son séjour… d'otage.

Il a rapidement repris des forces, soigné ses blessures, et quelques jours se sont ainsi écoulés, paisiblement, avant que le colonel le fasse venir dans ses quartiers ; un campement rudimentaire, aménagé sur les flancs d'un coteau, dans une grotte masquée par une palmeraie éloignée du bord du fleuve et de la cité. À son arrivée, les gardes qui l'escortaient se sont placés devant l'entrée, ont écarté un vieux drapeau rouge du Kuo Min Tang, sur lequel il était encore possible de distinguer le soleil blanc entouré de bleu, symbole de l'armée nationaliste chinoise. Ils l'ont poussé à l'intérieur.

Il s'est avancé lentement entre des hommes vêtus de saris traditionnels, les cheveux tirés en arrière dans une queue de cheval, qui excitaient des grillons, larges comme des bols à riz, de couleur brun rouge, aux mandibules puissantes. Les uns après les autres, les insectes jetés dans le sable s'affrontaient dans des duels violents et rapides.

Le colonel était étendu sur une couche, éclairée par des feux allumés dans de larges récipients de fonte noire ; les flammes se reflétaient sur une série de statues bouddhiques de bronze, partiellement couvertes de feuilles dorées ; des effluves d'encens caressaient les narines, le rythme régulier d'un gong mêlé à la mélopée d'un bonze résonnait dans la grotte.

Le colonel a fait signe qu'il prenne place près de lui, désignant une pipe à opium posée sur un tréteau, la drogue noircie, roulée, se consumant lentement dans son fourneau. « L'aventure, jeune homme, a-t-il commencé en se dressant sur sa couche, immédiatement pris d'une violente quinte de toux. L'aventure est une recherche étrange avec soi-même… n'est-ce pas ? » a-t-il fait sans le lâcher du regard, pendant que deux serviteurs le frictionnaient à l'aide de bandes brûlantes sur les épaules, le ventre et le front.

Il n'a d'abord pas répondu, occupé à sonder les yeux enfoncés du colonel Céline, empreints d'une incommensurable lassitude. « Bon, passons à quelque chose qui devrait vous détendre, Patrick… j'me crève, voyez-vous ! a finalement soufflé le colonel en s'allongeant. Mais approchez, et s'il vous plaît, parlons littérature, depuis le temps que j'ai quitté la France. »

Il a donc parlé plusieurs heures durant avec cet homme, avant qu'il ne soit congédié en soirée, raccompagné dans ses quartiers par Surapon qui a éclairci certains points encore obscurs. « On l'apprécie énormément ici, monsieur Patrick, le colonel a su se comporter comme un chef après avoir perdu Khun Sa. Il nous a fallu maintenir les structures de l'Organisation, vous comprenez, telles qu'elles étaient. Oui ! bien des familles dépendent de nous dans la région, près de 250 000, toutes retranchées dans ces montagnes, l'armée birmane les étouffe petit à petit… un génocide. La répression américano-birmane est une chose, certes, mais quand la culture du pavot est la seule richesse pour tant gens, que faire d'autre, monsieur Patrick ? »

« Mais tant de désolation… »

« *Mai pen rai !* a interrompu Surapon. Souvenez-vous, ce terme qui exprime, pour notre peuple, la perception de l'impermanence de toutes choses, monsieur Patrick. Ne vous l'ai-je pas enseigné ? » a terminé Surapon, le visage illuminé par un large sourire.

Il a aussi appris que le colonel avait rencontré Bel Armand en Érythrée pendant la Deuxième Guerre mondiale « … il se faisait appeler comme ça, monsieur Patrick, car il s'appelait Bellini, Armand Bellini, il était un fameux journaliste par ailleurs, paraît qu'il avait été envoyé au Vietnam pour suivre des commandos envoyés derrière les lignes viêtcongs, les fameux LRRP, c'est là qu'il aurait retrouvé le colonel. Mais je n'en sais pas vraiment plus. Juste que le colonel et lui ont fréquenté la même femme, une chanteuse… »

Il a bien sûr revu en imagination la maîtresse de ces deux hommes, Dissassa, son allure, sa grande beauté

« Mouais… Pourquoi avoir supprimé Armand ? »

« Il y a bien d'autres enjeux, monsieur Patrick, et la priorité est à l'Organisation, a soufflé Surapon. Cette affaire ne s'est pas passée comme nous l'avions imaginée, voyez-vous, nous sommes trop souvent aux prises avec la violence des autres… d'ailleurs monsieur Armand s'est fortement débattu. Il était costaud pour son âge, et je n'ai rien pu faire. J'étais à la réception ce jour-là… je maîtrisais l'autre journaliste, Claudio. Oui, j'aurai dû monter avec l'équipe. J'aurai certainement pu éviter ce drame, a-t-il dit, baissant les yeux. Je peux vous assurer que le colonel était furieux, mais comme tout chef il a dû faire des concessions ; donner d'une main et prendre de l'autre, c'est pourquoi j'ai dû m'enfuir de Bangkok, ma couverture n'était plus suffisante… »

« Dites, les bouteilles de whisky abandonnées dans sa chambre étaient une grotesque mise en scène, vous ne trouvez pas ? Et maintenant Surapon, pour Lefebvre, qu'en est-il ? »

« Pouh ! Rien d'important. Ça ne vous concerne même pas. Il y a quelque temps, nous avons découvert que Lefebvre collaborait avec les Chinois, qu'il passait des enfants enlevés à leur famille. Et ça, le colonel ne supporte pas. »

À l'évocation de l'enlèvement des enfants, il s'est rappelé le dossier qu'il avait eu entre les mains avant de s'envoler pour Bangkok. Le juge ne comprenait pas la connexion entre l'organisation de Khun Sa et les réseaux mafieux de la vallée de Guangxi, en Chine.

« Et que va-t-il se passer maintenant ? » a-t-il demandé, inquiet.

« Le colonel m'a demandé de vous raccompagner à la frontière. Il souhaite que vous remettiez un dossier à Chanvit Kaselsiri. »

« Au capitaine Chan ? »

« En effet, monsieur Patrick, nous avons des informations à transmettre. Mais ne craignez pas pour votre vie, tout ira bien ! a lâché sereinement Surapon en tapant sèchement dans ses mains pour réclamer le repas. Du whisky ! » a-t-il exigé encore.

Il a alors appris que Khun Sa aurait tenté plusieurs fois de négocier avec le gouvernement américain, Nixon, Carter, Reagan, et aurait proposé que les États-Unis versent une rente, en échange de quoi l'Organisation abandonnerait l'exploitation du pavot dans la région. « Eh oui, rappelez-vous, monsieur Patrick, qu'à l'époque il nous fallait nous autofinancer pour combattre les communistes, a précisé Surapon en lui servant une assiette de boulettes de viande et riz. Malheureusement les négociations ont échoué, reprit-il, les Américains ont préféré trafiquer avec Rangoon, ils ont obtenu des concessions pour l'exploitation du gaz du gisement de Yanada. Il faut que vous sachiez, monsieur Patrick, que Khun Sa a combattu courageusement dans les rangs du Kuo Min Tang. C'est seulement vers 1965 qu'il a constitué une Kha Kwe Yei, l'Organisation actuelle en quelque sorte. À cette époque, il n'était pas l'ennemi des Américains, bien entendu il était déjà le seigneur de l'opium, mais ça arrangeait pas mal de monde… ça s'est gâté par la suite. »

Surapon s'est interrompu, l'a observé qui poussait maladroitement le riz parfumé à sa bouche à l'aide de baguettes qui désespérément s'entrecroisaient. « *Mai pen rai !* monsieur Patrick, a-t-il fait alors en souriant. Tout s'acquiert avec patience et prudence… sachez maintenant que le colonel Céline a rencontré Khun Sa en prison, en 69, il trempait dans quelques affaires, avait fait l'Indochine et travaillait pour les renseignements français. Quand il s'est rendu compte qu'il était lâché par les siens, il a trouvé avec Khun Sa une nouvelle famille. À leur libération, quatre ans plus tard, ils ont établi deux bases en Thaïlande, à Mae Hong Son et dans la province de Chiang Mai, c'est là qu'ils ont constitué l'armée Shan. Les militaires birmans ont compris bientôt les avantages qu'ils pouvaient tirer du commerce du jade… et de celui de la drogue. D'ailleurs je crois bien qu'aujourd'hui la région est la première productrice mondiale d'opium et d'héroïne… Nous tenons aussi la région Mojok pour ses pierres, ses rubis et ses saphirs. »

Ils ont donc échangé durant toute la nuit leurs impressions sur les trafics internationaux, des accords sino-américains, franco-birmans ou onusiens, des barrages en construction sur la rivière Salween, qui décimera les derniers Môns et les Karens, de l'implantation des firmes françaises Total et américaines Unocal, en négociation avec Rangoon pour des projets de gazoduc.

Cette nuit-là, le monde a été réinventé devant des verres de whisky qui se sont succédé.

« Bel Armand avait bien raison, a-t-il pensé au petit matin, s'affaissant sur sa couche, Surapon déjà endormi au pied de la statue. De la pisse d'âne, le whisky thaï ! »

Le jour de son départ, on l'a emmené auprès du colonel Céline qui lui a saisi la main, les yeux vitreux : « La lumière se fait sur les tombes, Patrick, sur les tombes. Croyez-moi, c'est toujours vers la maison que nous nous dirigeons… rien d'autre. »

« Suriya ne m'avait-elle pas dit que la seule bonne question, c'est de chercher vers où on se dirige ? » s'est-il dit en quittant le colonel, faisant rouler entre ses doigts le médaillon argenté qu'il lui avait jeté à terre, disant de Lefebvre : « … c'est tout ce qui reste de cet abruti ! »

– Monsieur… bœuf ou poisson ? fait l'hôtesse en lui frôlant l'épaule, un plateau couvert de papier aluminium dans sa main droite.

– Excusez-moi… poisson, s'il vous plaît ! répond-il en se frottant les yeux, surpris de ne pas s'être aperçu du décollage de l'avion.

Il jette un coup d'œil par le hublot. Ciel noir. Étoiles filantes.

Table

Avant-propos 9

Opération Cronos. Sud-Ouest européen
Dernier jour 13

Bangkok. Opération Suzette
Premier jour 45

Bangkok. Opération Suzette
Deuxième jour 95

Bangkok. Opération Suzette
Troisième jour 153

Chiang Mai, Thaïlande. État de Shan, Birmanie.
Opération Suzette
Quatrième jour 203

Bangkok. Opération Suzette
Épilogue 253

RÉALISATION : NORD COMPO, À VILLENEUVE D'ASCQ
IMPRESSION : BRODARD ET TAUPIN, À LA FLÈCHE
DÉPÔT LÉGAL : MAI 2007. N° 89426
N° D'IMPRIMEUR : 40992.
IMPRIMÉ EN FRANCE

Collection Points Policier

DERNIERS TITRES PARUS

P18. L'Héritage empoisonné, *Paul Levine*
P19. Les Égouts de Los Angeles, *Michael Connelly*
P29. Mort en hiver, *L.R. Wright*
P81. Le Maître de Frazé, *Herbert Lieberman*
P103. Cadavres incompatibles, *Paul Levine*
P104. La Rose de fer, *Brigitte Aubert*
P105. La Balade entre les tombes, *Lawrence Block*
P106. La Villa des ombres, *David Laing Dawson*
P107. La Traque, *Herbert Lieberman*
P108. Meurtre à cinq mains, *Jack Hitt*
P142. Trésors sanglants, *Paul Levine*
P155. Pas de sang dans la clairière, *L.R. Wright*
P165. Nécropolis, *Herbert Lieberman*
P181. Red Fox, *Anthony Hyde*
P182. Enquête sous la neige, *Michael Malone*
P226. Une mort en rouge, *Walter Mosley*
P233. Le Tueur et son ombre, *Herbert Lieberman*
P234. La Nuit du solstice, *Herbert Lieberman*
P244. Une enquête philosophique, *Philip Kerr*
P245. Un homme peut en cacher un autre, *Andreu Martín*
P248. Le Prochain sur la liste, *Dan Greenburg*
P259. Minuit passé, *David Laing Dawson*
P266. Sombre Sentier, *Dominique Manotti*
P267. Ténèbres sur Jacksonville, *Brigitte Aubert*
P268. Blackburn, *Bradley Denton*
P269. La Glace noire, *Michael Connelly*
P272. Le Train vert, *Herbert Lieberman*
P282. Le Diable t'attend, *Lawrence Block*
P295. La Jurée, *George Dawes Green*
P321. Tony et Susan, *Austin Wright*
P341. Papillon blanc, *Walter Mosley*
P356. L'Ange traqué, *Robert Crais*
P388. La Fille aux yeux de Botticelli, *Herbert Lieberman*
P389. Tous les hommes morts, *Lawrence Block*
P390. La Blonde en béton, *Michael Connelly*
P393. Félidés, *Akif Pirinçci*
P394. Trois heures du matin à New York
Herbert Lieberman
P395. La Maison près du marais, *Herbert Lieberman*
P422. Topkapi, *Eric Ambler*
P430. Les Trafiquants d'armes, *Eric Ambler*

P432. Tuons et créons, c'est l'heure, *Lawrence Block*
P435. L'Héritage Schirmer, *Eric Ambler*
P441. Le Masque de Dimitrios, *Eric Ambler*
P442. La Croisière de l'angoisse, *Eric Ambler*
P468. Casting pour l'enfer, *Robert Crais*
P469. La Saint-Valentin de l'homme des cavernes *George Dawes Green*
P483. La Dernière Manche, *Emmett Grogan*
P492. N'envoyez plus de roses, *Eric Ambler*
P513. Montana Avenue, *April Smith*
P514. Mort à la Fenice, *Donna Leon*
P530. Le Détroit de Formose, *Anthony Hyde*
P531. Frontière des ténèbres, *Eric Ambler*
P532. La Mort des bois, *Brigitte Aubert*
P533. Le Blues du libraire, *Lawrence Block*
P534. Le Poète, *Michael Connelly*
P535. La Huitième Case, *Herbert Lieberman*
P536. Bloody Waters, *Carolina Garcia-Aguilera*
P537. Monsieur Tanaka aime les nymphéas *David Ramus*
P539. Énergie du désespoir, *Eric Ambler*
P540. Épitaphe pour un espion, *Eric Ambler*
P554. Mercure rouge, *Reggie Nadelson*
P555. Même les scélérats..., *Lawrence Block*
P571. Requiem caraïbe, *Brigitte Aubert*
P572. Mort en terre étrangère, *Donna Leon*
P573. Complot à Genève, *Eric Ambler*
P606. Bloody Shame, *Carolina Garcia-Aguilera*
P617. Les Quatre Fils du Dr March, *Brigitte Aubert*
P618. Un Vénitien anonyme, *Donna Leon*
P626. Pavots brûlants, *Reggie Nadelson*
P627. Dogfish, *Susan Geason*
P636. La Clinique, *Jonathan Kellerman*
P639. Un regrettable accident, *Jean-Paul Nozière*
P640. Nursery Rhyme, *Joseph Bialot*
P644. La Chambre de Barbe-Bleue, *Thierry Gandillot*
P645. L'Épervier de Belsunce, *Robert Deleuse*
P646. Le Cadavre dans la Rolls, *Michael Connelly*
P647. Transfixions, *Brigitte Aubert*
P648. La Spinoza Connection, *Lawrence Block*
P649. Le Cauchemar, *Alexandra Marinina*
P650. Les Crimes de la rue Jacob, *ouvrage collectif*
P651. Bloody Secrets, *Carolina Garcia-Aguilera*
P652. La Femme du dimanche *Carlo Fruttero et Franco Lucentini*
P653. Le Jour de l'enfant tueur, *Pierre Pelot*

P669. Le Concierge, *Herbert Lieberman*
P670. Bogart et moi, *Jean-Paul Nozière*
P671. Une affaire pas très catholique, *Roger Martin*
P687 Tir au but, *Jean-Noël Blanc*
P693. Black Betty, *Walter Mosley*
P706. Les Allumettes de la sacristie, *Willy Deweert*
P707. Ô mort, vieux capitaine…, *Joseph Bialot*
P708. Images de chair, *Noël Simsolo*
P717. Un chien de sa chienne, *Roger Martin*
P718. L'Ombre de la louve, *Pierre Pelot*
P727. La Morsure des ténèbres, *Brigitte Aubert*
P733. Le Couturier de la Mort, *Brigitte Aubert*
P734 Entre deux eaux, *Donna Leon*
P742. La Mort pour la mort, *Alexandra Marinina*
P754. Le Prix, *Manuel Vázquez Montalbán*
P755. La Sourde, *Jonathan Kellerman*
P756. Le Sténopé, *Joseph Bialot*
P757. Carnivore Express, *Stéphanie Benson*
P768. Au cœur de la mort, *Laurence Block*
P769. Fatal Tango, *Jean-Paul Nozière*
P770. Meurtres au seuil de l'an 2000
Éric Bouhier, Yves Dauteuille, Maurice Detry, Dominique Gacem, Patrice Verry
P771. Le Tour de France n'aura pas lieu, *Jean-Noël Blanc*
P781. Le Dernier Coyote, *Michael Connelly*
P782. Prédateurs, *Noël Simsolo*
P792. Le Guerrier solitaire, *Henning Mankell*
P793. Ils y passeront tous, *Lawrence Block*
P794. Ceux de la Vierge obscure, *Pierre Mezinski*
P803. La Mante des Grands-Carmes
Robert Deleuse
P819. London Blues, *Anthony Frewin*
P821. Palazzo maudit, *Stéphanie Benson*
P834. Billy Straight, *Jonathan Kellerman*
P835. Créance de sang, *Michael Connelly*
P847 King Suckerman, *George P. Pelecanos*
P849. Pudding mortel, *Margaret Yorke*
P850. Hemoglobine Blues, *Philippe Thirault*
P851. Exterminateurs, *Noël Simsolo*
P859. Péchés mortels, *Donna Leon*
P860. Le Quintette de Buenos Aires
Manuel Vázquez Montalbán
P861. Y'en a marre des blondes, *Lauren Anderson*
P862. Descente d'organes, *Brigitte Aubert*
P875. La Mort des neiges, *Brigitte Aubert*
P876. La lune était noire, *Michael Connelly*

P877. La Cinquième Femme, *Henning Mankell*
P882. Trois Petites Mortes, *Jean-Paul Nozière*
P883. Le Numéro 10, *Joseph Bialot*
P888. Le Bogart de la cambriole, *Lawrence Block*
P892. L'Œil d'Ève, *Karin Fossum*
P898. Meurtres dans l'audiovisuel, *Yan Bernabot, Guy Buffet, Frédéric Karar, Dominique Mitton et Marie-Pierre Nivat-Henocque*
P899. Terminus pour les pitbulls, *Jean-Noël Blanc*
P909. L'Amour du métier, *Lawrence Block*
P910. Biblio-quête, *Stéphanie Benson*
P911. Quai des désespoirs, *Roger Martin*
P926. Sang du ciel, *Marcello Fois*
P927. Meurtres en neige, *Margaret Yorke*
P928. Heureux les imbéciles, *Philippe Thirault*
P949. 1280 Âmes, *Jean-Bernard Pouy*
P950. Les Péchés des pères, *Lawrence Block*
P963. L'Indispensable Petite Robe noire, *Lauren Henderson*
P964. Vieilles dames en péril, *Margaret Yorke*
P965. Jeu de main, jeu de vilain, *Michelle Spring*
P971. Les Morts de la Saint-Jean, *Henning Mankell*
P972. Ne zappez pas, c'est l'heure du crime, *Nancy Star*
P976. Éloge de la phobie, *Brigitte Aubert*
P989. L'Envol des anges, *Michael Connelly*
P990. Noblesse oblige, *Donna Leon*
P1001. Suave comme l'éternité, *George P. Pelecanos*
P1003. Le Monstre, *Jonathan Kellerman*
P1004. À la trappe !, *Andrew Klavan*
P1005. Urgence, *Sara Paretsky*
P1016. La Liste noire, *Alexandra Marinina*
P1017. La Longue Nuit du sans-sommeil, *Lawrence Block*
P1029. Speedway, *Philippe Thirault*
P1030. Les Os de Jupiter, *Faye Kellerman*
P1039. Nucléaire chaos, *Stéphanie Benson*
P1040. Bienheureux ceux qui ont soif…, *Anne Holt*
P1042. L'Oiseau des ténèbres, *Michael Connelly*
P1048. Les Lettres mauves, *Lawrence Block*
P1060. Mort d'une héroïne rouge, *Qiu Xiaolong*
P1061. Angle mort, *Sara Paretsky*
P1070. Trompe la mort, *Lawrence Block*
P1071. V'là aut'chose, *Nancy Star*
P1072. Jusqu'au dernier, *Deon Meyer*
P1081. La Muraille invisible, *Henning Mankell*
P1087. L'Homme de ma vie, *Manuel Vázquez Montalbán*
P1088. Wonderland Avenue, *Michael Connelly*
P1089. L'Affaire Paola, *Donna Leon*

P1090. Nous n'irons plus au bal, *Michelle Spring*
P1100. Dr la Mort, *Jonathan Kellerman*
P1101. Tatouage à la fraise, *Lauren Henderson*
P1102. La Frontière, *Patrick Bard*
P1105. Blanc comme neige, George P. Pelecanos
P1110. Funérarium, *Brigitte Aubert*
P1111. Requiem pour une ombre, *Andrew Klavan*
P1122. Meurtriers sans visage, *Henning Mankell*
P1123. Taxis noirs, *John McLaren*
P1134. Tous des rats, *Barbara Seranella*
P1135. Des morts à la criée, *Ed Dee*
P1146. Ne te retourne pas !, *Karin Fossum*
P1158. Funky Guns, *George P. Pelecanos*
P1159. Les Soldats de l'aube, *Deon Meyer*
P1162. Visa pour Shanghai, *Qiu Xiaolong*
P1174. Sale temps, *Sara Paretsky*
P1175. L'Ange du Bronx, *Ed Dee*
P1187. Les Chiens de Riga, *Henning Mankell*
P1188. Le Tueur, *Eraldo Baldini*
P1189. Un silence de fer, *Marcello Fois*
P1190. La Filière du jasmin, *Denise Hamilton*
P1197. Destins volés, *Michael Pye*
P1206. Mister Candid, *Jules Hardy*
P1207. Déchaînée, *Lauren Henderson*
P1215. Tombe la pluie, *Andrew Klavan*
P1224. Le Vagabond de Holmby Park, *Herbert Lieberman*
P1225. Des amis haut placés, *Donna Leon*
P1228. Chair et sang, *Jonathan Kellerman*
P1230. Darling Lilly, *Michael Connelly*
P1239. Je suis mort hier, *Alexandra Marinina*
P1240. Cendrillon, mon amour, *Lawrence Block*
P1242. Berlinale Blitz, *Stéphanie Benson*
P1245. Tout se paye, *George P. Pelecanos*
P1251. Le Rameau brisé, *Jonathan Kellerman*
P1256. Cartel en tête, *John McLaren*
P1271. Lumière morte, *Michael Connelly*
P1291. Le croque-mort a la vie dure, *Tim Cockey*
P1292. Pretty Boy, *Lauren Henderson*
P1306. La Lionne blanche, *Henning Mankell*
P1307. Le Styliste, *Alexandra Marinina*
P1308. Pas d'erreur sur la personne, *Ed Dee*
P1309. Le Casseur, *Walter Mosley*
P1318. L'Attrapeur d'ombres, *Patrick Bard*
P1331. Mortes-eaux, *Donna Leon*
P1332. Déviances mortelles, *Chris Mooney*
P1344. Mon vieux, *Thierry Jonquet*

P1345. Lendemains de terreur, *Lawrence Block*
P1346. Déni de justice, *Andrew Klavan*
P1347. Brûlé, *Leonard Chang*
P1359. Los Angeles River, *Michael Connelly*
P1360. Refus de mémoire, *Sarah Paretsky*
P1361. Petite musique de meurtre, *Laura Lippman*
P1372. L'Affaire du Dahlia noir, *Steve Hodel*
P1373. Premières armes, *Faye Kellerman*
P1374. Onze jours, *Donald Harstad*
P1375. Le croque-mort préfère la bière, *Tim Cockey*
P1393. Soul Circus, *George P. Pelecanos*
P1394. La Mort au fond du canyon, *C. J. Box*
P1395. Recherchée, *Karin Alvtegen*
P1396. Disparitions à la chaîne, *Ake Smedberg*
P1407. Qu'elle repose en paix, *Jonathan Kellerman*
P1408. Le Croque-mort à tombeau ouvert, *Tim Cockey*
P1409. La Ferme des corps, *Bill Bass*
P1414. L'Âme du chasseur, *Deon Meyer*
P1417. Ne gênez pas le bourreau, *Alexandra Marinina*
P1425. Un saut dans le vide, *Ed Dee*
P1435. L'Enfant à la luge, *Chris Mooney*
P1436. Encres de Chine, *Qiu Xiaolong*
P1437. Enquête de mor(t)alité, *Gene Riehl*
P1451. L'homme qui souriait, *Henning Mankell*
P1452. Une question d'honneur, *Donna Leon*
P1453. Little Scarlet, *Walter Mosley*
P1476. Deuil interdit, Michael Connelly
P1493. La Dernière Note, *Jonathan Kellerman*
P1494. La Cité des Jarres, *Arnaldur Indridason*
P1495. Électre à La Havane, *Leonardo Padura*
P1496. Le croque-mort est bon vivant, *Tim Cockey*
P1497. Le Cambrioleur en maraude, *Lawrence Block*
P1539. Avant le gel, *Henning Mankell*
P1540. Code 10, *Donald Harstad*
P1541. Les Nouvelles Enquêtes du juge Ti, vol. 1
Le Château du lac Tchou-An, *Frédéric Lenormand*
P1542. Les Nouvelles Enquêtes du juge Ti, vol. 2
La Nuit des juges, *Frédéric Lenormand*
P1559. Hard Revolution, *George P. Pelecanos*
P1560. La Morsure du lézard, *Kirk Mitchell*
P1561. Winterkill, *C.J. Box*
P1582. Le Sens de l'arnaque, *James Swain*
P1583. L'Automne à Cuba, *Leonardo Padura*
P1597. La Preuve par le sang, *Jonathan Kellerman*
P1598. La Femme en vert, *Arnaldur Indridason*
P1599. Le Che s'est suicidé, *Petros Markaris*

P1600. Les Nouvelles Enquêtes du juge Ti, vol. 3
Le Palais des courtisanes, *Frédéric Lenormand*
P1601. Trahie, *Karin Alvtegen*
P1602. Les Requins de Trieste, *Veit Heinichen*
P1635. La Fille de l'arnaqueur, *Ed Dee*
P1636. En plein vol, *Jan Burke*
P1637. Retour à la Grande Ombre, *Hakan Nesser*
P1660. Milenio, *Manuel Vázquez Montalbán*
P1661. Le Meilleur de nos fils, *Donna Leon*
P1662. Adios Hemingway, *Leonardo Padura*
P1678. Le Retour du professeur de danse, *Henning Mankell*
P1679. Romanzo Criminale, *Giancarlo de Cataldo*
P1680. Ciel de sang, *Steve Hamilton*
P1690. La Défense Lincoln, *Michael Connelly*
P1691. Flic à Bangkok, *Patrick Delachaux*
P1692. L'Empreinte du renard, *Moussa Konaté*
P1693. Les fleurs meurent aussi, *Lawrence Block*
P1703. Le Très Corruptible Mandarin, *Qiu Xiaolong*

Collection Points

DERNIERS TITRES PARUS

P1243. Abattoir 5, *Kurt Vonnegut*
P1244. Catalogue des idées reçues sur la langue
Marina Yaguello
P1245. Tout se paye, *George P. Pelecanos*
P1246. Autoportrait à l'ouvre-boîte, *Philippe Ségur*
P1247. Tout s'avale, *Hubert Michel*
P1248. Quand on aime son bourreau, *Jim Lewis*
P1249. Tempête de glace, *Rick Moody*
P1250. Dernières nouvelles du bourbier, *Alexandre Ikonnikov*
P1251. Le Rameau brisé, *Jonathan Kellerman*
P1252. Passage à l'ennemie, *Lydie Salvayre*
P1253. Une saison de machettes, *Jean Hatzfeld*
P1254. Le Goût de l'avenir, *Jean-Claude Guillebaud*
P1255. L'Étoile d'Alger, *Aziz Chouaki*
P1256. Cartel en tête, *John McLaren*
P1257. Sans penser à mal, *Barbara Seranella*
P1258. Tsili, *Aharon Appelfeld*
P1259. Le Temps des prodiges, *Aharon Appelfeld*
P1260. Ruines-de-Rome, *Pierre Sengès*
P1261. La Beauté des loutres, *Hubert Mingarelli*
P1262. La Fin de tout, *Jay McInerney*
P1263. Jeanne et les siens, *Michel Winock*
P1264. Les Chats mots, *Anny Duperey*
P1265. Quand j'avais cinq ans, je m'ai tué, *Howard Buten*
P1266. Vers l'âge d'homme, *J. M. Coetzee*
P1267. L'Invention de Paris, *Eric Hazan*
P1268. Chroniques de l'oiseau à ressort, *Haruki Murakami*
P1269. En crabe, *Günter Grass*
P1270. Mon père, ce harki, *Dalila Kerchouche*
P1271. Lumière morte, *Michael Connelly*
P1272. Détonations rapprochées, *C. J. Box*
P1273. Lorsque la nature parlait aux Égyptiens
Christiane Desroches Noblecourt
P1274. Les Réquisitoires du Tribunal des Flagrants Délires 1
Pierre Desproges
P1275. Les Réquisitoires du Tribunal des Flagrants Délires 2
Pierre Desproges
P1276. Un amant naïf et sentimental, *John le Carré*
P1277. Fragiles, *Philippe Delerm et Martine Delerm*
P1278. La Chambre blanche, *Christine Jordis*
P1279. Adieu la vie, adieu l'amour, *Juan Marsé*

P1280. N'entre pas si vite dans cette nuit noire
António Lobo Antunes
P1281. L'Évangile selon saint Loubard, *Guy Gilbert*
P1282. La Femme qui attendait, *Andreï Makine*
P1283. Les Candidats, *Yun Sun Limeț*
P1284. Petit traité de désinvolture, *Denis Grozdanovitch*
P1285. Personne, *Linda Lê*
P1286. Sur la photo, *Marie-Hélène Lafon*
P1287. Le Mal du pays, *Patrick Roegiers*
P1288. Politique, *Adam Thirlwell*
P1289. Érec et Énide, *Manuel Vázquez Montalbán*
P1290. La Dormeuse de Naples, *Adrien Goetz*
P1291. Le croque-mort a la vie dure, *Tim Cockey*
P1292. Pretty Boy, *Lauren Henderson*
P1293. La Vie sexuelle en France, *Janine Mossuz-Lavau*
P1294. Souvenirs obscurs d'un Juif polonais né en France
Pierre Goldman
P1295. Dans l'alcool, *Thierry Vimal*
P1296. Le Monument, *Claude Duneton*
P1297. Mon nerf, *Rachid Djaïdani*
P1298. Plutôt mourir, *Marcello Fois*
P1299. Les pingouins n'ont jamais froid, *Andreï Kourkov*
P1300. La Mitrailleuse d'argile, *Viktor Pelevine*
P1301. Un été à Baden-Baden, *Leonid Tsypkin*
P1302. Hasard des maux, *Kate Jennings*
P1303. Le Temps des erreurs, *Mohammed Choukri*
P1304. Boumkœur, *Rachid Djaïdani*
P1305. Vodka-Cola, *Irina Denejkina*
P1306. La Lionne blanche, *Henning Mankell*
P1307. Le Styliste, *Alexandra Marinina*
P1308. Pas d'erreur sur la personne, *Ed Dee*
P1309. Le Casseur, *Walter Mosley*
P1310. Le Dernier Ami, *Tahar Ben Jelloun*
P1311. La Joie d'Aurélie, *Patrick Grainville*
P1312. L'Aîné des orphelins, *Tierno Monénembo*
P1313. Le Marteau pique-cœur, *Azouz Begag*
P1314. Les Âmes perdues, *Michael Collins*
P1315. Écrits fantômes, *David Mitchell*
P1316. Le Nageur, *Zsuzsa Bánk*
P1317. Quelqu'un avec qui courir, *David Grossman*
P1318. L'Attrapeur d'ombres, *Patrick Bard*
P1319. Venin, *Saneh Sangsuk*
P1320. Le Gone du Chaâba, *Azouz Begag*
P1321. Béni ou le Paradis privé, *Azouz Begag*
P1322. Mésaventures du Paradis
Erik Orsenna et Bernard Matussière

P1323. L'Âme au poing, *Patrick Rotman*
P1324. Comedia Infantil, *Henning Mankell*
P1325. Niagara, *Jane Urquhart*
P1326. Une amitié absolue, *John le Carré*
P1327. Le Fils du vent, *Henning Mankell*
P1328. Le Témoin du mensonge, *Mylène Dressler*
P1329. Pelle le Conquérant 1, *Martin Andersen Nexø*
P1330. Pelle le Conquérant 2, *Martin Andersen Nexø*
P1331. Mortes-eaux, *Donna Leon*
P1332. Déviances mortelles, *Chris Mooney*
P1333. Les Naufragés du Batavia, *Simon Leys*
P1334. L'Amandière, *Simonetta Agnello Hornby*
P1335. C'est en hiver que les jours rallongent, *Joseph Bialot*
P1336. Cours sur la rive sauvage, *Mohammed Dib*
P1337. Hommes sans mère, *Hubert Mingarelli*
P1338. Reproduction non autorisée, *Marc Vilrouge*
P1339. S.O.S., *Joseph Connolly*
P1340. Sous la peau, *Michel Faber*
P1341. Dorian, *Will Self*
P1342. Le Cadeau, *David Flusfeder*
P1343. Le Dernier Voyage d'Horatio II, *Eduardo Mendoza*
P1344. Mon vieux, *Thierry Jonquet*
P1345. Lendemains de terreur, *Lawrence Block*
P1346. Déni de justice, *Andrew Klavan*
P1347. Brûlé, *Leonard Chang*
P1348. Montesquieu, *Jean Lacouture*
P1349. Stendhal, *Jean Lacouture*
P1350. Le Collectionneur de collections, *Henri Cueco*
P1351. Camping, *Abdelkader Djemaï*
P1352. Janice Winter, *Rose-Marie Pagnard*
P1353. La Jalousie des fleurs, *Ysabelle Lacamp*
P1354. Ma vie, son œuvre, *Jacques-Pierre Amette*
P1355. Lila, Lila, *Martin Suter*
P1356. Un amour de jeunesse, *Ann Packer*
P1357. Mirages du Sud, *Nedim Gürsel*
P1358. Marguerite et les Enragés
Jean-Claude Lattès et Éric Deschodt
P1359. Los Angeles River, *Michael Connelly*
P1360. Refus de mémoire, *Sarah Paretsky*
P1361. Petite musique de meurtre, *Laura Lippman*
P1362. Le Cœur sous le rouleau compresseur, *Howard Buten*
P1363. L'Anniversaire, *Mouloud Feraoun*
P1364. Passer l'hiver, *Olivier Adam*
P1365. L'Infamille, *Christophe Honoré*
P1366. La Douceur, *Christophe Honoré*
P1367. Des gens du monde, *Catherine Lépront*

P1368. Vent en rafales, *Taslima Nasreen*
P1369. Terres de crépuscule, *J. M. Coetzee*
P1370. Lizka et ses hommes, *Alexandre Ikonnikov*
P1371. Le Châle, *Cynthia Ozick*
P1372. L'Affaire du Dahlia noir, *Steve Hodel*
P1373. Premières armes, *Faye Kellerman*
P1374. Onze jours, *Donald Harstad*
P1375. Le croque-mort préfère la bière, *Tim Cockey*
P1376. Le Messie de Stockholm, *Cynthia Ozick*
P1377. Quand on refuse on dit non, *Ahmadou Kourouma*
P1378. Une vie française, *Jean-Paul Dubois*
P1379. Une année sous silence, *Jean-Paul Dubois*
P1380. La Dernière Leçon, *Noëlle Châtelet*
P1381. Folle, *Nelly Arcan*
P1382. La Hache et le Violon, *Alain Fleischer*
P1383. Vive la sociale !, *Gérard Mordillat*
P1384. Histoire d'une vie, *Aharon Appelfeld*
P1385. L'Immortel Bartfuss, *Aharon Appelfeld*
P1386. Beaux seins, belles fesses, *Mo Yan*
P1387. Séfarade, *Antonio Muñoz Molina*
P1388. Le Gentilhomme au pourpoint jaune
Arturo Pérez-Reverte
P1389. Ponton à la dérive, *Daniel Katz*
P1390. La Fille du directeur de cirque, *Jostein Gaarder*
P1391. Pelle le Conquérant 3, *Martin Andersen Nexø*
P1392. Pelle le Conquérant 4, *Martin Andersen Nexø*
P1393. Soul Circus, *George P. Pelecanos*
P1394. La Mort au fond du canyon, *C.J. Box*
P1395. Recherchée, *Karin Alvtegen*
P1396. Disparitions à la chaîne, *Åke Smedberg*
P1397. Bardo or not Bardo, *Antoine Volodine*
P1398. La Vingt-Septième Ville, *Jonathan Franzen*
P1399. Pluie, *Kirsty Gunn*
P1400. La Mort de Carlos Gardel, *António Lobo Antunes*
P1401. La Meilleure Façon de grandir, *Meir Shalev*
P1402. Les Plus Beaux Contes zen, *Henri Brunel*
P1403. Le Sang du monde, *Catherine Clément*
P1404. Poétique de l'égorgeur, *Philippe Ségur*
P1405 La Proie des âmes, *Matt Ruff*
P1406. La Vie invisible, *Juan Manuel de Prada*
P1407. Qu'elle repose en paix, *Jonathan Kellerman*
P1408. Le Croque-mort à tombeau ouvert, *Tim Cockey*
P1409. La Ferme des corps, *Bill Bass*
P1410. Le Passeport, *Azouz Begag*
P1411. La station Saint-Martin est fermée au public
Joseph Bialot

P1412. L'Intégration, *Azouz Begag*
P1413. La Géométrie des sentiments, *Patrick Roegiers*
P1414. L'Âme du chasseur, *Deon Meyer*
P1415. La Promenade des délices, *Mercedes Deambrosis*
P1416. Un après-midi avec Rock Hudson
Mercedes Deambrosis
P1417. Ne gênez pas le bourreau, *Alexandra Marinina*
P1418. Verre cassé, *Alain Mabanckou*
P1419. African Psycho, *Alain Mabanckou*
P1420. Le Nez sur la vitre, *Abdelkader Djemaï*
P1421. Gare du Nord, *Abdelkader Djemaï*
P1422. Le Chercheur d'Afriques, *Henri Lopes*
P1423. La Rumeur d'Aquitaine, *Jean Lacouture*
P1424. Une soirée, *Anny Duperey*
P1425. Un saut dans le vide, *Ed Dee*
P1426. En l'absence de Blanca, *Antonio Muñoz Molina*
P1427. La Plus Belle Histoire du bonheur, *collectif*
P1429. Comment c'était. Souvenirs sur Samuel Beckett
Anne Atik
P1430. Suite à l'hôtel Crystal, *Olivier Rolin*
P1431. Le Bon Serviteur, *Carmen Posadas*
P1432. Traité de savoir-vivre à l'usage des jeunes Russes
Gary Shteyngart
P1433. C'est égal, *Agota Kristof*
P1434. Le Nombril des femmes, *Dominique Quessada*
P1435. L'Enfant à la luge, *Chris Mooney*
P1436. Encres de Chine, *Qiu Xiaolong*
P1437. Enquête de mor(t)alité, *Gene Riehl*
P1438. Le Château du Roi Dragon. La Saga du Roi Dragon I
Stephen Lawhead
P1439. Les Armes des Garamont. La Malerune I
Pierre Grimbert
P1440. Le Prince déchu. Les Enfants de l'Atlantide I
Bernard Simonay
P1441. Le Voyage d'Hawkwood. Les Monarchies divines I
Paul Kearney
P1442. Un trône pour Hadon. Le Cycle d'Opar I
Philip-José Farmer
P1443. Fendragon, *Barbara Hambly*
P1444. Les Brigands de la forêt de Skule, *Kerstin Ekman*
P1445. L'Abîme, *John Crowley*
P1446. Œuvre poétique, *Léopold Sédar Senghor*
P1447. Cadastre, *suivi de* Moi, laminaire…, *Aimé Césaire*
P1448. La Terre vaine et autres poèmes, *Thomas Stearns Eliot*
P1449. Le Reste du voyage et autres poèmes, *Bernard Noël*
P1450. Haïkus, *anthologie*

P1451. L'Homme qui souriait, *Henning Mankell*
P1452. Une question d'honneur, *Donna Leon*
P1453. Little Scarlet, *Walter Mosley*
P1454. Elizabeth Costello, *J. M. Coetzee*
P1455. Le maître a de plus en plus d'humour, *Mo Yan*
P1456. La Femme sur la plage avec un chien, *William Boyd*
P1457. Accusé Chirac, levez-vous !, *Denis Jeambar*
P1458. Sisyphe, roi de Corinthe. Le Châtiment des Dieux I
François Rachline
P1459. Le Voyage d'Anna, *Henri Gougaud*
P1460. Le Hussard, *Arturo Pérez-Reverte*
P1461. Les Amants de pierre, *Jane Urquhart*
P1462. Corcovado, *Jean-Paul Delfino*
P1463. Hadon, le guerrier. Le Cycle d'Opar II
Philip José Farmer
P1464. Maîtresse du Chaos. La Saga de Raven I
Robert Holdstock et Angus Wells
P1465. La Sève et le Givre, *Léa Silhol*
P1466. Élégies de Duino *suivi de* Sonnets à Orphée
Rainer Maria Rilke
P1467. Rilke, *Philippe Jaccottet*
P1468. C'était mieux avant, *Howard Buten*
P1469. Portrait du Gulf Stream, *Érik Orsenna*
P1470. La Vie sauve, *Lydie* Violet et *Marie* Desplechin
P1471. Chicken Street, *Amanda Sthers*
P1472. Polococktail Party, *Dorota Maslowska*
P1473. Football factory, *John King*
P1474. Une petite ville en Allemagne, *John le Carré*
P1475. Le Miroir aux espions, *John le Carré*
P1476. Deuil interdit, *Michael Connelly*
P1477. Le Dernier Testament, *Philip Le Roy*
P1478. Justice imminente, *Jilliane Hoffman*
P1479. Ce cher Dexter, *Jeff Lindsay*
P1480. Le Corps noir, *Dominique Manotti*
P1481. Improbable, *Adam Fawer*
P1482. Les Rois hérétiques. Les Monarchies divines II
Paul Kearney
P1483. L'Archipel du soleil. Les Enfants de l'Atlantide II
Bernard Simonay
P1484. Code Da Vinci : l'enquête
Marie-France Etchegoin et Frédéric Lenoir
P1485. L.A. confidentiel : les secrets de Lance Armstrong
Pierre Ballester et David Walsh
P1486. Maria est morte, *Jean-Paul Dubois*
P1487. Vous aurez de mes nouvelles, *Jean-Paul Dubois*
P1488. Un pas de plus, *Marie Desplechin*

P1489. D'excellente famille, *Laurence Deflassieux*
P1490. Une femme normale, *Émilie Frèche*
P1491. La Dernière Nuit, *Marie-Ange Guillaume*
P1492. Le Sommeil des poissons, *Véronique Ovaldé*
P1493. La Dernière Note, *Jonathan Kellerman*
P1494. La Cité des Jarres, *Arnaldur Indridason*
P1495. Électre à La Havane, *Leonardo Padura*
P1496. Le croque-mort est bon vivant, *Tim Cockey*
P1497. Le Cambrioleur en maraude, *Lawrence Block*
P1498. L'Araignée d'émeraude. La Saga de Raven II
Robert Holdstock et Angus Wells
P1499. Faucon de mai, *Gillian Bradshaw*
P1500. La Tante marquise, *Simonetta Agnello Hornby*
P1501. Anita, *Alicia Dujovne Ortiz*
P1502. Mexico City Blues, *Jack Kerouac*
P1503. Poésie verticale, *Roberto Juarroz*
P1506. Histoire de Rofo, clown, *Howard Buten*
P1507. Manuel à l'usage des enfants qui ont des parents difficiles
Jeanne Van den Brouk
P1508. La Jeune Fille au balcon, *Leïla Sebbar*
P1509. Zenzela, *Azouz Begag*
P1510. La Rébellion, *Joseph Roth*
P1511. Falaises, *Olivier Adam*
P1512. Webcam, *Adrien Goetz*
P1513. La Méthode Mila, *Lydie Salvayre*
P1514. Blonde abrasive, *Christophe Paviot*
P1515. Les Petits-Fils nègres de Vercingétorix, *Alain Mabanckou*
P1516. 107 ans, *Diastème*
P1517. La Vie magnétique, *Jean-Hubert Gailliot*
P1518. Solos d'amour, *John Updike*
P1519. Les Chutes, *Joyce Carol Oates*
P1520. Well, *Matthieu McIntosh*
P1521. À la recherche du voile noir, *Rick Moody*
P1522. Train, *Pete Dexter*
P1523. Avidité, *Elfriede Jelinek*
P1524. Retour dans la neige, *Robert Walser*
P1525. La Faim de Hoffman, *Leon De Winter*
P1526. Marie-Antoinette, la naissance d'une reine.
Lettres choisies, *Évelyne Lever*
P1527. Les Petits Verlaine *suivi de* Samedi, dimanche et fêtes
Jean-Marc Roberts
P1528 Les Seigneurs de guerre de Nin. La Saga du Roi Dragon II
Stephen Lawhead
P1529. Le Dire des Sylfes. La Malerune II
Michel Robert et Pierre Grimbert

P1530. Le Dieu de glace. La Saga de Raven III
Robert Holdstock et Angus Wells
P1531. Un bon cru, *Peter Mayle*
P1532. Confessions d'un boulanger, *Peter Mayle et Gérard Auzet*
P1533. Un poisson hors de l'eau, *Bernard Comment*
P1534. Histoire de la Grande Maison, *Charif Majdalani*
P1535. La Partie belle *suivi de* La Comédie légère
Jean-Marc Roberts
P1536. Le Bonheur obligatoire, *Norman Manea*
P1537. Les Larmes de ma mère, *Michel Layaz*
P1538. Tant qu'il y aura des élèves, *Hervé Hamon*
P1539. Avant le gel, *Henning Mankell*
P1540. Code 10, *Donald Harstad*
P1541. Les Nouvelles Enquêtes du juge Ti, vol. 1
Le Château du lac Tchou-An, *Frédéric Lenormand*
P1542. Les Nouvelles Enquêtes du juge Ti, vol. 2
La Nuit des juges, *Frédéric Lenormand*
P1543. Que faire des crétins ? Les perles du Grand Larousse
Pierre Enckell et Pierre Larousse
P1544. Motamorphoses. À chaque mot son histoire
Daniel Brandy
P1545. L'habit ne fait pas le moine. Petite histoire des expressions
Gilles Henry
P1546. Petit fictionnaire illustré. Les mots qui manquent au dico
Alain Finkielkraut
P1547. Le Pluriel de bric-à-brac et autres difficultés
de la langue française, *Irène Nouailhac*
P1548. Un bouquin n'est pas un livre. Les nuances des synonymes
Rémi Bertrand
P1549. Sans nouvelles de Gurb, *Eduardo Mendoza*
P1550. Le Dernier Amour du président, *Andreï Kourkov*
P1551. L'Amour, soudain, *Aharon Appelfeld*
P1552. Nos plus beaux souvenirs, *Stewart O'Nan*
P1553. Saint-Sépulcre !, *Patrick Besson*
P1554. L'Autre comme moi, *José Saramago*
P1555. Pourquoi Mitterrand ?, *Pierre Joxe*
P1556. Pas si fous ces Français !
Jean-Benoît Nadeau et Julie Barlow
P1557. La Colline des Anges
Jean-Claude Guillebaud et Raymond Depardon
P1558. La Solitude heureuse du voyageur
précédé de Notes, *Raymond Depardon*
P1559. Hard Revolution, *George P. Pelecanos*
P1560. La Morsure du lézard, *Kirk Mitchell*
P1561. Winterkill, *C. J. Box*
P1562. La Morsure du dragon, *Jean-François Susbielle*

P1563. Rituels sanglants, *Craig Russell*
P1564. Les Écorchés, *Peter Moore Smith*
P1565. Le Crépuscule des géants. Les Enfants de l'Atlantide III
Bernard Simonay
P1566. Aara. Aradia I, *Tanith Lee*
P1567. Les Guerres de fer. Les Monarchies divines III
Paul Kearney
P1568. La Rose pourpre et le Lys, tome 1, *Michel Faber*
P1569. La Rose pourpre et le Lys, tome 2, *Michel Faber*
P1570. Sarnia, *G. B. Edwards*
P1571. Saint-Cyr/La Maison d'Esther, *Yves Dangerfield*
P1572. Renverse du souffle, *Paul Celan*
P1573. Pour un tombeau d'Anatole, *Stéphane Mallarmé*
P1574. 95 poèmes, *E. E. Cummings*
P1575. Le Dico des mots croisés.
8 000 définitions pour devenir imbattable, *Michel Laclos*
P1576. Les deux font la paire.
Les couples célèbres dans la langue française, *Patrice Louis*
P1577. C'est la cata. Petit manuel du français maltraité
Pierre Bénard
P1578. L'Avortement, *Richard Brautigan*
P1579. Les Braban, *Patrick Besson*
P1580. Le Sac à main, *Marie Desplechin*
P1581. Nouvelles du monde entier, *Vincent Ravalec*
P1582. Le Sens de l'arnaque, *James Swain*
P1583. L'Automne à Cuba, *Leonardo Padura*
P1584. Le Glaive et la Flamme. La Saga du Roi Dragon III
Stephen Lawhead
P1585. La Belle Arcane. La Malerune III
Michel Robert et Pierre Grimbert
P1586. Femme en costume de bataille, *Antonio Benitez-Rojo*
P1587. Le Cavalier de l'Olympe. Le Châtiment des Dieux II
François Rachline
P1588. Le Pas de l'ourse, *Douglas Glover*
P1589. Lignes de fond, *Neil Jordan*
P1590. Monsieur Butterfly, *Howard Buten*
P1591. Parfois je ris tout seul, *Jean-Paul Dubois*
P1592. Sang impur, *Hugo Hamilton*
P1593. Le Musée de la sirène, *Cypora Petitjean-Cerf*
P1594. Histoire de la gauche caviar, *Laurent Joffrin*
P1595. Les Enfants de chœur (Little Children), *Tom Perrotta*
P1596. Les Femmes politiques, *Laure Adler*
P1597. La Preuve par le sang, *Jonathan Kellerman*
P1598. La Femme en vert, *Arnaldur Indridason*
P1599. Le Che s'est suicidé, *Petros Markaris*

P1600. Les Nouvelles Enquêtes du juge Ti, vol. 3
Le Palais des courtisanes, *Frédéric Lenormand*
P1601. Trahie, *Karin Alvtegen*
P1602. Les Requins de Trieste, *Veit Heinichen*
P1603. Pour adultes seulement, *Philip Le Roy*
P1604. Offre publique d'assassinat, *Stephen W. Frey*
P1605. L'Heure du châtiment, *Eileen Dreyer*
P1606. Aden, *Anne-Marie Garat*
P1607. Histoire secrète du Mossad, *Gordon Thomas*
P1608. La Guerre du paradis. Le Chant d'Albion I
Stephen Lawhead
P1609. La Terre des Morts. Les Enfants de l'Atlantide IV
Bernard Simonay
P1610. Thenser. Aradia II, *Tanith Lee*
P1611. Le Petit Livre des gros câlins, *Kathleen Keating*
P1612. Un soir de décembre, *Delphine de Vigan*
P1613. L'Amour foudre, *Henri Gougaud*
P1614. Chaque jour est un adieu *suivi de* Un jeune homme est passé
Alain Rémond
P1615. Clair-obscur, *Jean Cocteau*
P1616. Chihuahua, zébu et Cie.
L'étonnante histoire des noms d'animaux
Henriette Walter et Pierre Avenas
P1617. Les Chaussettes de l'archiduchesse et autres défis
de la prononciation
Julos Beaucarne et Pierre Jaskarzec
P1618. My rendez-vous with a femme fatale.
Les mots français dans les langues étrangères
Franck Resplandy
P1619. Seulement l'amour, *Philippe Ségur*
P1620. La Jeune Fille et la Mère, *Leïla Marouane*
P1621. L'Increvable Monsieur Schneck, *Colombe Schneck*
P1622. Les Douze Abbés de Challant, *Laura Mancinelli*
P1623. Un monde vacillant, *Cynthia Ozick*
P1624. Les Jouets vivants, *Jean-Yves Cendrey*
P1625. Le Livre noir de la condition des femmes
Christine Ockrent (dir.)
P1626. Comme deux frères, *Jean-François Kahn et Axel Kahn*
P1627. Equador, *Miguel Sousa Tavares*
P1628. Du côté où se lève le soleil, *Anne-Sophie Jacouty*
P1629. L'Affaire Hamilton, *Michelle De Kretser*
P1630. Une passion indienne, *Javier Moro*
P1631. La Cité des amants perdus, *Nadeem Aslam*
P1632. Rumeurs de haine, *Taslima Nasreen*
P1633. Le Chromosome de Calcutta, *Amitav Ghosh*
P1634. Show business, *Shashi Tharoor*

P1635. La Fille de l'arnaqueur, *Ed Dee*
P1636. En plein vol, *Jan Burke*
P1637. Retour à la Grande Ombre, *Hakan Nesser*
P1638. Wren. Les Descendants de Merlin I, *Irene Radford*
P1639. Petit manuel de savoir-vivre à l'usage des enseignants *Boris Seguin, Frédéric Teillard*
P1640. Les Voleurs d'écritures *suivi de* Les Tireurs d'étoiles *Azouz Begag*
P1641. L'Empreinte des dieux. Le Cycle de Mithra I *Rachel Tanner*
P1642. Enchantement, *Orson Scott Card*
P1643. Les Fantômes d'Ombria, *Patricia A. McKillip*
P1644. La Main d'argent. Le Chant d'Albion II *Stephen Lawhead*
P1645. La Quête de Nifft-le-mince, *Michael Shea*
P1646. La Forêt d'Iscambe, *Christian Charrière*
P1647. La Mort du Nécromant, *Martha Wells*
P1648. Si la gauche savait, *Michel Rocard*
P1649. Misère de la Ve République, *Bastien François*
P1650. Photographies de personnalités politiques *Raymond Depardon*
P1651. Poèmes païens de Alberto Caeiro et Ricardo Reis *Fernando Pessoa*
P1652. La Rose de personne, *Paul Celan*
P1653. Caisse claire, poèmes 1990-1997, *Antoine Emaz*
P1654. La Bibliothèque du géographe, *Jon Fasman*
P1655. Parloir, *Christian Giudicelli*
P1656. Poils de Cairote, *Paul Fournel*
P1657. Palimpseste, *Gore Vidal*
P1658. L'Épouse hollandaise, *Eric McCormack*
P1659. Ménage à quatre, *Manuel Vázquez Montalbán*
P1660. Milenio, *Manuel Vázquez Montalbán*
P1661. Le Meilleur de nos fils, *Donna Leon*
P1662. Adios Hemingway, *Leonardo Padura*
P1663. L'avenir c'est du passé, *Lucas Fournier*
P1664. Le Dehors et le dedans, *Nicolas Bouvier*
P1665. Partition rouge
poèmes et chants des indiens d'Amérique du Nord
Jacques Roubaud, Florence Delay
P1666. Un désir fou de danser, *Elie Wiesel*
P1667. Lenz, *Georg Büchner*
P1668. Resmiranda. Les Descendants de Merlin II, *Irene Radford*
P1669. Le Glaive de Mithra. Le Cycle de Mithra II, *Rachel Tanner*
P1670. Phénix vert. Trilogie du Latium I, *Thomas B. Swann*
P1671. Essences et parfums, *Anny Duperey*
P1672. Naissances, *Collectif*

P1673. L'Évangile une parole invincible, *Guy Gilbert*
P1674. L'époux divin, *Fransisco Goldman*
P1675. Petit dictionnaire des étymologies curieuses
Pierre Larousse
P1676. Facéties et Cocasseries du français, *Jean-Loup Chiflet*
P1677. Ça coule sous le sens, expression mêlées
Olivier Marchon
P1678. Le Retour du professeur de danse, *Henning Mankell*
P1679. Romanzo Criminale, *Giancarlo de Cataldo*
P1680. Ciel de sang, *Steve Hamilton*
P1681. Ultime Témoin, *Jilliane Hoffman*
P1682. Los Angeles, *Peter Moore Smith*
P1683. Encore une journée pourrie
ou 365 bonnes raisons de rester couché, *Pierre Enckell*
P1684. Chroniques de la haine ordinaire 2, *Pierre Desproges*
P1685. Desproges, portrait, *Marie-Ange Guillaume*
P1686. Les Amuse-Bush, *Collectif*
P1687. Mon valet et moi, *Hervé Guibert*
P1688. T'es pas mort !, *Antonio Skármeta*
P1689. En la forêt de Longue Attente.
Le roman de Charles d'Orléans, *Hella S. Haasse*
P1690. La Défense Lincoln, *Michael Connelly*
P1691. Flic à Bangkok, *Patrick Delachaux*
P1692. L'Empreinte du renard, *Moussa Konaté*
P1693. Les fleurs meurent aussi, *Lawrence Block*
P1694. L'Ultime Sacrilège, *Jérôme Bellay*
P1695. Engrenages, *Christopher Wakling*
P1696. La Sœur de Mozart, *Rita Charbonnier*
P1697. La Science du baiser, *Patrick Besson*
P1698. La Domination du monde, *Denis Robert*
P1699. Minnie, une affaire classée, *Hans Werner Kettenbach*
P1700. Dans l'ombre du Condor, *Jean-Paul Delfino*
P1701. Le Nœud sans fin. Le Chant d'Albion III, *Stephen Lawhead*
P1702. Le Feu primordial, *Martha Wells*
P1703. Le Très Corruptible Mandarin, *Qiu Xiaolong*
P1704. Dexter revient !, *Jeff Lindsay*
P1705. Vous plaisantez, monsieur Tanner, *Jean-Paul Dubois*
P1706. À Garonne, *Philippe Delerm*
P1707. Pieux mensonges, *Maile Meloy*
P1708. Chercher le vent, *Guillaume Vigneault*
P1709. Les Pierres du temps et autres poèmes, *Tahar Ben Jelloun*
P1710. René Char, *Éric Marty*
P1711. Les Dépossédés, *Robert McLiam Wilson et Donovan Wylie*
P1712. Bob Dylan à la croisée des chemins. Like a Rolling Stone
Greil Marcus